# 菩薩凝視的島嶼

麥可・翁達傑 著

江先聲 譯

# Anil's Ghost

by Michael Ondaatje

# 目次

# 作者小記

從一九八〇年代中期到九〇年代初，正是斯里蘭卡多事之秋，形成三方對峙之局：南有反政府叛變勢力，北有分離主義游擊隊，同時向政府宣戰。結果，政府動員了合法甚至是非法的部隊全力清剿。

本書是以這個政治局勢和歷史時刻為背景的一部小說。雖然確實出現過類似故事所描述的組織，也曾發生類似事件，但書中的人物和情節全都是虛構的。

斯里蘭卡的戰亂至今尚未平息，只不過換了一種形式。

麥可・翁達傑

我來到博嘎拉啊，就為討口飯
礦坑七十二噚哪，拚命往下攀
坑洞深不見底呀，一望看傻眼

回到地面上
命才活得長……

老天爺保佑，鷹架牢牢別抖震
老天爺保佑，生命之輪別亂滾
老天爺保佑，輪索緊緊繫得穩……

——斯里蘭卡礦工民謠

當鑑識小組在清晨五點半來到現場時，總有一、兩個失蹤者家屬在等著。安悠和組員展開工作，他們則一整天輪班守候在旁，片刻不離，看起來像是為了確保證物不要流失。他們為死者守靈，守護著那些若隱若現的遺骸。

到了晚上，現場會蓋上塑膠布，用石頭或鐵塊壓著。家屬知道鑑識人員什麼時候到來，總是偷偷把塑膠布翻開，湊近看看埋在泥裡的骸骨，直到遠處傳來越野車駛近的聲音才一哄而散。安悠有一天早上就看見泥淖裡留下一個赤足腳印，另一天又看到了一片花瓣。

守候的家屬會為鑑識人員煮茶，在瓜地馬拉熱得最要命的時刻又會舉起披肩或芭蕉葉為他們擋住烈日。

家屬們總是擺脫不掉兩面襲來的憂懼：一方面害怕坑裡躺著的就是自己的兒子，一方面又害怕是另有其人——自己的兒子仍然沒有著落。一旦發現那是陌生人的屍體，就表示這幾個禮拜都白等了，又要到別處守候。他們會轉往西部高地其他地點。失蹤的兒子可能身處任何一個地方。

一日，安悠和其他組員趁著午休步行到附近的河邊納涼。回來時看見一個婦人在墳地上像禱告似的跪坐著，手肘靠在大腿上，雙眼往下凝視著兩具殘骸。她的丈夫和一個兄弟一年前在這個地區的一次綁架行動中失蹤。眼前的景象就像這兩個男人在草蓆上並肩躺著午睡。她曾憑著女性的親和力成為兩人之間的一種聯繫：他們在田間忙了半天後回到農舍，就吃她準備好的午飯，再小睡一個鐘頭。一整個禮拜的每個下午，她都在默默維繫著這樣的作息。

安悠此刻無法找到任何詞語描述這個婦人的面容，欲語無言。但婦人因愛而肩負的悲傷卻長存她的腦海，至今難忘。婦人聽到大夥兒走近，馬上站了起來，騰出空間讓工作繼續下去。

沙勒特

她在三月初抵達此地。飛機在破曉前降落在卡圖納亞克機場。飛機越過印度西岸之後就全速前進，因此乘客此刻踏上停機坪時仍是漆黑一片。

當她踏出航廈，正值旭日初升。在西方接受教育的她，曾念過像「破曉驟來似驚雷」這樣的句子，當時她就知道，班上只有她曾親歷其景。但在她的經驗中這其實不是那麼突如其來：她首先會聽到雞群以至於卡車的喧鬧聲，還有晨雨不疾不徐的聲音，又或是房子另一端傳來一個男人用報紙擦拭玻璃窗的吱吱作響。

她拿著附有聯合國淺藍標籤的護照通關後，一位年輕公務員趨前與她並肩而行。她狼狽地拖著一個個行李箱，對方卻沒有伸出援手。

「在外頭多久了？你是這裡出生的，對吧？」

「十五年了。」

「還會講僧伽羅語嗎？」

「一點點。對了，待會兒坐車到可倫坡別跟我聊天行嗎？我時差還沒調過來，只想沿途隨便看看。也許來得及的話去喝杯棕櫚酒。幫人做頭部按摩的蓋布雷髮廊還在嗎？」

「還在，在柯魯皮堤雅。我認識老闆的老爸。」

「我爸爸也認識他。」

他吩咐人把行李箱一一放好在車上，自己不花半點力氣。「棕櫚酒！」他笑著又聊了起來。「十五年後首先就想到它。好一個浪子回頭。」

「我可不是浪子。」

一小時後，在他們為她所租小房子的門前，他使勁地跟她握手。

「預定明天要與迪亞瑟納先生見面。」

「謝謝。」

「你在這裡有朋友吧？」

「談不上。」

安悠樂於獨自一人。她還有寥寥幾個親戚在可倫坡，但她沒跟他們聯絡，告知自己要回來。她從皮包掏出一顆安眠藥，開了風扇，穿上紗籠，爬到床上。這裡的東西最難忘懷的就是吊扇。自從十八歲離開斯里蘭卡，她保持與斯里蘭卡的唯一聯繫就是每年聖誕節父母寄給她的新紗籠（她總會乖乖穿上），還有不時寄來的有關游泳比賽的剪報。安悠十來歲時是個游泳健將，家人總是念念不忘；這種天賦也成為她一輩子的標記。在她家人看來，如果你是個板球好手，憑著你的旋球絕技或曾在皇家湯瑪斯大賽中打過漂亮的一局，就能夠在任何事業上平步青雲。安悠十六歲時就在拉維尼亞山大飯店的兩哩游泳錦標賽中脫穎而出。

每年有上百名參賽者躍進海裡，游向一哩外的浮標再折返海灘，最快的男女選手就會在報紙體育版上風光一兩天。《觀察家報》刊出了當年一月那個早上她破浪而出的照片，大字標題是「安悠奪標！」，她的父親一直把剪報放在辦公室裡。遠遠近近的每個家族成員（除了在斯里蘭卡的，還有遠在澳洲、馬來西亞和英國的）都端詳過這張照片，不是因為她的成就，而是對她目前甚至是將來的外表品評一番。她的臀部是不是太大了？

攝影師捕捉了安悠帶著倦意的笑容，她正彎起右臂拉下橡膠泳帽，模糊的背景裡有幾個落敗者（她當時還知道他們是誰）。長久以來，這張黑白照成為了她在家人心目中的印記。

她把被子推到床腳，躺在漆黑的房間裡，吊扇迎面送來陣陣輕風。她不再受到這座島嶼的舊日記憶羈絆。十五年來她一直試著把早年的名聲拋諸腦後。她讀了滿是悲劇的報告和新聞報導，如今在外頭也待得夠久了，可以抽離地看待斯里蘭卡。但置身其中，在道德上卻不是那麼簡單的一個世界。街道依舊，人面如昔——他們一樣在購物，換工作，一樣在笑。但最黑暗的希臘悲劇跟這裡正發生的事相比就都算不上一回事。梟首者時或有之，還有一具具的骸骨從馬特萊一個廢置礦坑給掘了出來。安悠念大學時曾翻譯過古希臘詩人阿爾基羅庫斯的詩句——「待敵之道，殺敵留屍，以顯我威。」

但這裡的死者家屬卻連這樣的待遇也談不上，甚至對加害者也一無所知。

第十四窟曾是山西省佛教石窟群中最美的一座。今天走進洞裡，卻只見它像一個巨大的鹽礦被開掘一空。一整排的菩薩——二十四諸天護法神——從石壁上被人用斧用鋸砍割下來，留下殷紅的切痕，像是一道道傷口。

「萬物無常，」帕里帕拿說道，「不過是個古老的夢。藝術終歸湮滅。它只是作為歷史的反諷而受到珍愛——算不上什麼。」他在考古學學生上第一堂課時就這樣直言不諱。他跟學生談到典籍和藝術時不忘指出，能夠流傳後世的，往往只是「昇華的觀念」。

這裡發生的是徹頭徹尾的罪案。只見身首異處，斷手折足，片體不存。日本考古學家在一九一八年發現這個石窟之後，不消幾年所有雕像就被挖鑿淨盡，隨即被西方博物館悉數收購。三座雕像的軀幹成為加州一所博物館的藏品。一座雕像的頭遺落在辛德沙漠以南緊鄰著朝聖古道的一條河流。

這就是尊貴者的來生。

第二天早上他們請安悠到金賽路醫院跟一群法醫學生見面。這不是她此行的任務，但她還是答應了。她還沒有見到政府指派與她一起進行人權調查的迪亞瑟納先生。有人告訴她這位考古學家出城去了，回到可倫坡後會盡快跟她聯絡。

他們推進來的第一具屍體是剛死去不久的一個男人，在她抵達後才遇害。當她得悉凶案發生在傍晚時分的培塔市場，當時她正在那兒閒逛，不由得雙手顫抖，只能竭力抑制。在旁的兩個學生面面相覷。她從來不慣於把別人死亡的時間跟自己生活作息的時間對照，但還是不禁推算這相當於倫敦和聖地牙哥的什麼時間——兩地分別相差五個半小時、十三個半小時。

「難道……你是第一次接觸屍體？」他們問道。

她搖搖頭。「兩條手臂的骨頭都斷了。」血淋淋的事實擺在她面前。

她抬頭打量兩個年輕人。他們都是還在學的學生，年紀尚輕容易被嚇到。這又是個骨肉未寒的屍體，不久前還是個活人。通常政治謀殺的受害人沒那麼快被發現。她把死者的每一根手指泡進盛著的藍色液體的燒杯中，檢驗有沒有割傷或擦傷的痕跡。

「大約二十歲。死去十二小時。你們看是不是？」

「是。」

「是。」

他們面露緊張甚至驚懼的神情。

「你們剛才說自己叫什麼名字？」

他們再說了一遍。

「重點是把你的第一印象放膽說出來。然後再三思考。承認自己有可能誤判。」（她該這樣當起教師來嗎？）「如果察覺錯了，就重頭構想整個情景。也許就會發現一些先前忽略的問題……怎麼手指絲毫無損卻能打斷雙臂？可真奇怪。你會伸手保護自己。手指往往會先受傷。」

「也許他在禱告。」

她停下來，抬頭看了一眼說話的那個學生。

第二具推進來的屍體多根相鄰的肋骨多處折斷。這表示他至少是從五百呎高的地方，胸部朝下摔落水面。體內的空氣在碰擊下頓時外洩。一如失速墜落的直升機。

第二天早上她一大早就起床，從華德路租住的房子，循著噪鵑聒躁的叫聲，往外踏進仍暗黑一片的庭園。她站著喝完了茶。然後當微雨飄下時，她走到大街上。一輛三輪計程車在她身旁停下，她一鑽進去，車子便往前疾駛，在擠滿車輛的馬路上穿來插去。她緊緊握住前面的橫桿。雨絲從車子敞開的一面打到她的腳踝上。這種機動三輪車比起裝有冷氣的汽車更涼爽，而且她喜歡它的喇叭發出如鴨叫般低沉的嘎嘎聲響。

她早年在可倫坡，似乎總是獨個兒在體驗天候的變幻，像雨點落在上衣的觸感、塵埃在濕氣中的氣味。當烏雲化而為雨，城裡所有人便會熱切地奔走相告。如果只是短暫的陣雨，大家也只好帶著點猶豫接受事實。

多年前安悠的父母在家設宴款待客人。他們在乾枯已久的花園架起長桌。已是五月尾了，但乾旱持續，季風雨姍姍來遲。快要曲終人散時，就下起雨來了。空氣的變化令臥房裡的安悠醒過來，她奔向窗口往外張望。賓客在傾盆大雨下匆匆走避，把古董椅子搬進屋裡。但她爸爸和身旁那位女士繼續坐在桌前，歡慶雨季終於來臨。他們腳下的泥土漸漸變成泥淖。時間五分鐘、十分鐘的過去，他們還是坐著聊個不停。安悠心想，他們就是要確認這不是短促的陣雨，確認雨水持續落下。

鴨叫般的喇叭聲響了起來。

三輪車抄捷徑向考古辦事處駛去，此刻大雨正橫掃整個可倫坡。小商店紛紛亮起了燈。「對不起，我要買些香菸，」安悠欠身對司機說。車子往側一轉停在人行道旁，司機向著一家店鋪喊了幾句話。一個男人冒著雨拿著三種不同牌子的香菸出來，安悠挑了「金葉牌」，付過錢後車子就繼續前行。

突然間安悠對於重返老家感到一陣喜悅，隱埋的童年記憶重新變得鮮活。當日內瓦的人權中心決定選派一個法醫人類學家前去斯里蘭卡，她只是姑且一試遞交申請，沒期望能夠中選，因為老家就在這裡，儘管她現在拿的是英國護照。而且人權專家也不大可能獲准入境。多年來國際特赦組織和其他人權團體寄往瑞士人權中心的控訴信函堆積如山。卡圖葛拉總統聲稱並未察覺國內有任何有組織的殺戮情事。但面對西方國家的壓力，為了安撫這些貿易伙伴，政府終於擺出從善如流的姿態容許外國顧問在本地官員配合下前來調查。安悠．堤瑟拉獲選成為人權中心的法醫調查專員，將與可倫坡的一位考古學家展開為期七周的調查。但人權中心裡沒有人對這項調查寄予厚望。

安悠一踏進考古辦事處就聽見他的聲音。

「**哦，你就是那位游泳好手！**」一個胸膛寬闊、看來快五十歲的男人神態自若地朝她走過來。她真的希望這個人不是沙勒特．迪亞瑟納，可是事與願違。

「游泳是很久以前的事了。」

「話雖如此……我也許在拉維尼亞山見過你呢。」

「怎麼說……？」

「我在聖湯瑪斯學校念書，正好就在那裡。當然，我年紀比你大哦。」

「迪亞瑟納先生……別再提游泳的事好嗎？一切都是明日黃花了。」

「對，對，」他慢聲慢氣地說——他這種確切中帶著猶豫的古怪說話方式，她後來才漸漸習慣。這就像亞洲人點頭示意，點頭近似搖頭，肯定中不排除否定的可能性。他連說兩次「對」，只是一種官腔，出於禮貌語帶猶豫但姑且同意，意思是暫且不談。

她向他展露笑容，試著避開彼此初次交談就話不投機的尷尬。「很高興能跟你見面，我讀過你的好幾篇論文。」

「當然我研究的不是這個時代。不過我起碼對大部分調查地點有些認識……」

「我們一起吃個早餐行嗎？」他們一路往他的車走去，她問道。

「你結婚了嗎？有孩子嗎？」

「沒有。也不是游泳好手。」

「了解。」

「現在每個星期都有屍體被發現。恐怖活動在八八和八九年達到巔峰，當然在此之前就已持續多年。各方都大開殺戒並毀屍滅跡。**無一例外**。這是一場非正式戰爭，任何一方都恐怕觸怒外國勢力。因此這像是暗中進行的幫派廝殺。跟中美洲不一樣。政府不是唯一的屠殺者。一直以來都有三股敵對勢力，兩者在南一者在北，不擇手段動用武器、宣傳、恐嚇、煽動性大字報，以至於箝制言論。他們或輸入西方的先進軍火，或打造土製武器。幾年前起，失蹤事件頻傳，被燒得面目全非的屍體時有發現。無法指證罪責在任何一方。沒有人能指認受害者是誰。我只是個考古學家。委派你的機構和我們的政府把你和我配對起來，這可不是我的主意。如果你問我的看法，法醫病理學家搭配考古學家實在奇哉怪也。我們這裡發生的大部分是底細不明、無法無天的屠殺事件。叛變分子、政府或分離主義游擊隊都可能是行兇者。各方都是劊子手。

「我無法判斷哪一方更兇狠，所看到的報告都太可怕了。」

他點了另一杯茶，目光移向送上來的食物。她特別點了凝乳點心和棕櫚糖。吃完早餐後，他說：「來，我帶你到船上去，看看我們未來工作的地方……」

那叫做歐朗賽號，是昔日東方航線的一艘客輪，所有昂貴機具和豪華裝置都已移除一空。它一度往來於亞洲和英國之間：從可倫坡到塞德港，穿越蘇伊士運河的狹窄水道，然後駛往堤伯利港。到了一九七〇年代就只行駛國內航線了。觀光級客艙打通了所有隔間，改建成一個載貨艙。茶葉、淡水、橡膠產品和稻米取代了難纏的乘客，僅餘的寥寥幾個乘員就是船運公司股東留給找工作和尋求冒險機會的甥姪們。它畢竟是一艘能適應東方氣候的輪船，抵受得住亞洲的酷熱。它殘留著鹹水、鐵鏽和機油的氣味，貨艙裡還飄盪著茶葉的幽香。

過去三年來這艘巨輪一直停泊在可倫坡港北端一個廢棄的碼頭。它彷彿已成為陸地不可分割的一部分，變成金賽路醫院貯藏和作業的場所。由於可倫坡各醫院實驗室空間有限，這艘改建的客輪就撥出部分地方用作沙勒特和安悠的工作基地。

他們走過新填地街，踏上了登船跳板。

她劃一根火柴，在漆黑的艙房裡，火光投向她的手臂往上散開。她瞥見自己左手手腕那一圈棉線的「護身符」，火光隨即熄滅。她在一個朋友的祈福辟邪法會戴上這種具守護作用的法器，還不到一個月，它原來的玫瑰紅色已然褪去。當她在實驗室裡穿上橡膠手套，這一圈棉線就顯得更蒼白，猶如冰封。

身旁的沙勒特在她擦亮火柴的片刻找到了一個手電筒把它打開，他們跟在忽明忽暗的光束後頭，走向一堵鐵牆。到了牆前，沙勒特張開手掌使勁拍打，牆後傳來一陣躁動聲，一群老鼠慌張逃竄。他再拍打一次，又是一番躁動。「就像一男一女聽見男人的老婆回家了，慌忙下床……」安悠喃喃自語，突然欲語還止。雖然跟他還沒有熟悉到可以開夫妻關係的玩笑。她當時還真的想補上一句：

**親愛的，我回來了**。

**親愛的，我回來了**——每次她蹲在一具屍體旁研判死亡時間，總會念念有詞如是說。語氣或是譏諷或是溫婉，就看當時的心情。往往一邊輕聲說著，一邊伸手放在屍體上方一公釐處測量它的體溫——對，是「它」，不再是「他」或「她」了。

「再拍一次，」她說。

「讓我用個錘子。」這次金屬敲擊聲在漆黑的空間裡迴盪，然後平息下來，恢復一片沉寂。

「閉上眼睛，」他說，「我要點亮硫磺燈。」其實安悠也曾在硫磺燈照明下在採石場展開夜間作業，也曾憑著它把地下室照得通明。在水銀瀉地的燈光下，一個巨大的房間顯現眼前。牆角有一座已變成破瓦頹垣的吧檯，後來安悠在它後方還發現一座吊燈。這就是他們的貯藏室和實驗室，密不透風，瀰漫著消毒藥水的氣味。

安悠發現沙勒特已經開始把一些出土古物貯藏到這裡來。地板上堆滿了石塊和骨頭碎片，裹在透明塑膠袋裡，還有一些繩索緊捆著的木箱。她可不是來處理這些中古文物的啊。

沙勒特一邊喃喃說著一些她聽不見的話，一邊把箱子打開，取出最近一次發掘的成果。

「……大多是六世紀的東西。我相信那是安葬僧侶的冢墓，在班達拉維拉地區附近。」

「有沒有發現什麼骸骨？」

「到目前為止有三具。還有來自同一時期的一些木罐化石。所有東西在時代特徵上都相符。」

安悠穿上手套，拿起一根古老的骨頭，估量一下重量，年份看來沒錯。

「這些骸骨先裹一層樹葉，再裹上布，」沙勒特說。「然後用石頭壓在上面，石頭最後會穿過肋骨之間的縫隙掉進胸膛。」

屍體入土為安之後，經過多年時間，表土發生輕微移位，下墜的石塊便掉進肉體朽壞後形成的空位，彷彿標誌著靈魂終於脫離肉體。這種順從自然規律的儀式總是令安悠心生感動。她童年時在庫塔皮提雅，有一次不小心踩在一隻剛埋葬不久、僅蓋上一層淺土的死雞上面，她的體重把死雞體內的空氣一下子透過雞喙擠壓出來，爆出咯的一聲悶響，安悠一驚之下彈開，魂不附體，然後一邊撥開表土，一邊生怕看見半死不活還在眨眼的雞。但牠無疑是死了，眼窩堆塞著泥沙。當天下午發生的事，安悠至今餘悸猶存。她重新把死雞埋葬，倒著走跑開了。

她又從那堆碎片撿起一塊碎骨擦了一下。「這也是同一個地點挖掘出來的嗎？不太像六世紀的。」

「全都是從那個僧侶冢墓找到的，那是政府劃定的考古保護區。閒雜人等進不去。」

「可是這塊骨頭——不屬於這個年代。」

他擱下手頭上的事，直看著她。

「這是政府的保護區。骸骨都埋在班達拉維拉洞窟附近的天然窪地，有整具的骸骨也有零散骨塊。不大可能找到另一個年代的東西。」

「可以去看看嗎？」

「應該可以吧。我申請一個許可證試試看。」

他們爬上甲板，重新置身陽光之下，噪音當中。他們可以聽到可倫坡港主航道上機動船往來穿梭，擴音器的叫嚷聲在擁擠的水道上迴盪。

抵達後的第一個周末，安悠借來一輛車，駛往拉賈吉里亞一哩外的一個村莊。她把車停在樹叢後方的一塊小空地，它小得那麼可憐，她簡直無法相信上面可以蓋一棟房子。巴豆斑駁的巨葉蔓生到天井去。看似無人在家。

安悠抵達可倫坡翌日就寄信了，可是沒有回音。她不曉得那是表示默然接納，還是地址已經過時，因此她不知道這次是否會白跑一趟。她敲了一下門，然後透過窗櫺往內望。當她聽見有人從門廊走出來，便趕緊轉過身來。她幾乎認不得迎面而來這個矮小的老婦人，呆站片刻後，趨前與她相擁。這時一個年輕女子走出來看著她們，面上擠不出半點笑容——安悠感覺到她以冷峻目光凝視著這一幕動人的情景。

安悠把身子縮回去，老婦人不禁潸然淚下，伸手撫弄安悠的頭髮。安悠握住她的手臂，相對無言。她親吻拉莉妲的雙頰。因為她矮小瘦弱，安悠不得不彎下腰來。當安悠鬆開手，老婦人顯得手足無措。那個年輕女子（她到底是誰？）馬上向前一步把她帶到椅子前坐下，然後轉身走開。安悠坐在拉莉妲身邊，默然握著她的手，感受到老婦人的心酸。她們身旁的桌子上有一幀裝在相框裡的大照片，拉莉妲拿起遞給安悠。照片中是五十歲的拉莉妲和她那一無是處的丈夫，還有雙臂各抱著一個嬰兒的女兒。她指一指其中一個嬰兒，再向屋內昏暗處指了一下。那個年輕女子原來是她的孫女。

年輕女子端出盛著甜餅和茶的托盤，用坦米爾語跟拉莉姐談了一陣子。安悠只聽得懂幾個字，多半要借助語氣來了解談話內容。曾有一次安悠對一個陌生人說了一番話，對方聽了一臉茫然，告訴她說，由於她說話沒有語氣的起伏，根本無法了解，聽不出那是問句、陳述還是命令。對於用坦米爾語交談，拉莉姐看上去很尷尬，一直輕聲耳語。她的孫女起初跟安悠握過手後，就幾乎沒再瞧她一眼，這時突然大聲說起話來。然後她望向安悠，用英語說：「我奶奶要我給你們倆拍張照片，好讓她記得你來過。」

於是她又跑開，然後拿著一部尼康相機回來，請她們倆挨近一點。她用坦米爾語說了些什麼，還沒等安悠準備好，就咔擦的按下快門。只拍了一張，顯然信心滿滿。

「你住在這兒嗎？」安悠問道。

「不，這是我兄弟的房子。我在北部的難民營工作。我盡量隔周周末回來一趟，讓兄弟夫婦倆可以離開一下。上一回你跟我奶奶見面時是幾歲？」

「才十八歲，後來就出國了。」

「你父母在這兒嗎？」

「都過世了，哥哥也離開了，只有父親的一些老朋友還在。」

「那麼你在這裡豈不是無親無故？」

「就只有拉莉姐。我算是她撫養成人的——」安悠還想說，她兒時真正學到的任何事，都是拉莉姐教的。

「我們全都是她一手帶大的，」孫女說。

「你那位兄弟，他是——」

「他是個有點名氣的流行歌手！」

「那你在難民營工作多久……」

「四年了。」

她們轉過頭去，看見拉莉姐已呼呼入睡。

她走進金賽路醫院，敲打聲和吆喝聲從大廳的四面八方襲來。他們正在敲碎水泥地板，要重新鋪上瓷磚。醫學院的學生和教授從她身旁匆匆走過。看來沒有人擔心這些噪音會令送進來裹傷或服藥穩定傷勢的病人驚恐難熬以至於精疲力竭。更糟糕的是，高階醫官佩雷拉醫生高聲大罵一眾醫生和助手是惡鬼，指責他們沒有好好保持醫院清潔。正因為喝罵聲連續不斷，看來大部分員工都充耳不聞。

他是一個矮小瘦削的人，整間醫院大抵只有一個人跟他友好，那是一位年輕女病理師，對他的惡名一無所知，某次前來向他求助，令他受寵若驚，就這樣交上朋友。其他同僚都跟他保持距離，在背後用一波接一波的匿名小報告和大字報來對付他。（其中一幅大字報宣稱他是格拉斯哥一起謀殺案的通緝犯。）佩雷拉自己辯解說，醫院的員工毫無紀律、懶散、愚笨、骯髒、冥頑不靈。只有當他在公開場合談到政治和法醫病理學的關聯，才會一改常態，提出具有知識分子內涵的精闢議論。他這溫和的一面，似是偷偷攀上了演講台。

安悠抵達可倫坡第二天晚上就聽過他的演講，對於有權位的人竟然也會提出這樣的見解感到很驚訝。可是如今來醫院使用這裡的儀器，她面對的是他另一面的人格，宛如流浪狗見人就咬。她目瞪口呆站著，看著疲於應付的醫護人員，以及其他員工和工人，甚至漫步經過的病人，都對佩雷拉避之唯恐不及，當他是瘟神。

一個年輕人趨前打招呼。

「你就是安悠．堤瑟拉吧？」

「是的。」

「拿獎學金到美國留學的。」

她默不作聲。她因出國留學的名聲成為箭靶了。

「可以做個簡短的演講嗎？三十分鐘就夠了，談談遭蛇咬和中毒的問題。」

對於被蛇咬，他們的認知恐怕不比她少，可以肯定他們挑選這個講題別有用意——讓本地和海外受訓的人員能平起平坐。

「行，好的。什麼時候？」

「今天晚上行嗎？」他問道。

她點頭。「吃午飯時再跟我聯絡，告訴我演講地點。」她一邊說，一邊閃過身邊的佩雷拉醫生。

「**嗨！**」

她轉身面對這位惡名遠播的高階醫官。

「你就是那位新來的——堤瑟拉？」

「對，沒錯。兩天前晚上我聽過你的演講。很抱歉，我——」

「令尊就是……**那位**……嗯？」

「什麼……」

「令尊就是尼爾森・K・堤瑟拉？」

「對。」

「我曾在斯皮泰醫院跟他共事。」

「是喔……」

「看看那群**混蛋**。看——到處都是垃圾。這裡像醫院嗎？該死的狗雜種，簡直像個茅坑。你在忙吧？」

她確實在忙，儘管她也可以把事情擱下。她很想跟佩雷拉醫生聊聊，追憶一下父親的往事，但她想等到他戾氣消了、心平氣和而且單獨見面時再說，而不是在這怒氣沖沖的一刻。「我有個公務約會。恐怕不方便。不過我還會在可倫坡待一陣子。希望還能找機會見面。」

「了解，你穿的是西式服裝啊。」

「習慣了。」

「你就是那個游泳好手吧？」

她誇張地點了點頭，就跑開了。

出於不自覺的好奇心，沙勒特坐在辦公桌對面倒讀著她手中的明信片。他慣常讀的是石碑上漫漶的楔形古文字。即使考古辦公室燈光暗淡，要解讀眼前這些文字於他而言太輕而易舉了。

辦公室響起的主要是小心翼翼打字的噠噠響聲。安悠被安排坐到影印機旁的辦公桌，因為機器狀況百出，抱怨聲不絕於耳。

「戈帕，」沙勒特喊道，聲量比平常大。一名助手來到桌前。

「兩杯茶。公牛奶。」

「是。」

安悠笑了起來。

「今天是星期三。要服瘧疾藥啊。」

「吃過了。」沙勒特為此操心，令她有點訝異。

茶送來了，加了煉乳。安悠舉起杯子，打算借題發揮。

「乾杯！當僕役的老懷大慰。好一個驕矜狂妄的政府。好了不起的每一個憑槍桿子撐腰的政治派系。」

「你這口氣像個外國記者。」

「我無法漠視眼前的事實。」

他放下杯子。「瞧，我沒有站在任何一邊。如果你說的是這個。就如你所說，每個派系憑的都是槍桿子。」

她拿起明信片，在兩個拇指間把弄著。「對不起，我累了，一整個早上在人權運動辦公室翻閱報告。令人絕望。待會兒吃晚飯好嗎？」

「抱歉。」

她等著聽他解釋，他卻一言不發，只是左盯一下牆上的地圖，右盯一下她明信片圖片上的鳥，一邊不停用鉛筆輕敲桌面。

「那是哪兒來的鳥？」

「哦……管它呢。」她也不想多談了。

一小時後，他們冒雨跑上車，全身濕透了。他開車送她到華德路。車停在騎樓下，沒有熄火。她收拾好後座的物件後，跟他說句「明天見」就關上車門。

一走進房間，安悠便把袋子裡的東西全倒到桌子上，把那張明信片翻了出來。重讀閨蜜莉芙從美國傳來的消息，會讓她心裡好受一點。畢竟它來自西方世界。她走進廚房，心思又繞回到沙勒特。

她跟他共事好幾天了，仍然摸不清他的底細。他在國家資助的考古部位居要職，究竟多大程度上站在政府的一邊？他受政府委派協助她進行人權調查和撰寫報告，是否為了充當政府的耳目？要是如此，她到底在為誰賣力？

她曉得，在政治動盪的情勢下從事法醫調查吃力不討好，要面對層層疊疊的難關、檯面下的交易，還有所謂「國家利益」的忌諱。在剛果，人權中心一個調查團隊就因為沒有拿捏好分寸，搜集到的資料一夕間化為烏有，所有文件付之一炬。就如一個出土古城被重新掩埋。安悠當時也在團隊中擔任計畫助理的低階職位，結果在束手無策之下，整個調查小組只能打道回府。日內瓦人權中心的國際威望無補於事。它信箋上和歐洲辦公室門上那個令人肅然起敬的招牌，放到了動亂地區頓時變得不值一哂。只要當地政府一聲令下，你就得兩手空空的滾蛋，一盤幻燈片或一格底片也休想帶走。安悠在機場被搜身時，就幾乎被剝個精光呆坐在板凳上。

回到莉芙的明信片。上面印著的是一隻美洲鳥。她從冰箱取出了一些肉片和一瓶啤酒。待會兒她要讀一本書，洗個澡。然後也許到蓋勒菲斯海濱公園逛逛，或是找一家比較新的飯店喝杯酒，看看那些前來參加巡迴賽的英國板球隊球員醉醺醺大唱卡拉ＯＫ。

被指派與她合作的這位夥伴在戰亂中是保持中立的嗎？他只不過是個熱愛工作的考古學家嗎？昨天他們開車到可倫坡市外，他順道帶她參觀了幾座寺廟，路上碰上他的一群學生正在某處歷史遺跡工作，他興致勃勃加入他們的行列，三兩下工夫就發現雲母的碎屑，還告訴他們哪裡可以發掘到鐵器的殘片，彷彿他與生俱來具備尋寶搜奇的本領。他所探索的知識大多跟大地、泥土有某種關係。她猜想，在他眼中周遭的社會世界都無關宏旨。他曾告訴她，他的願望就是寫一本書，描述斯里蘭卡這個島嶼南部一個已灰飛煙滅的城市。雖然這座古城沒有留下一堵牆，他還是深盼能訴說它的故事。這個故事從他與土地的深沉互動孕育而來，也來自他對這個地區歷史的深刻認知——它曾是中古時代貿易要衝，又是某位國王最愛的避暑行宮所在，這都可見於歌頌這座城市日常生活的詩作。他引述了恩師帕里帕拿向他傳授的一首古詩的詩句。

沙勒特最為情真意摯、志氣昂揚的這一面，某天晚上在拉維尼亞山的一頓螃蟹大餐後顯露出來。當時他腳踏浪花，雙手在夜空中揮動，比劃著那個古城的形貌。安悠的目光穿過那些無形的線條望向大海，只見波浪滔滔，就如他那突如其來的激情朝向她迎面撲來。

火車上每個角落都有警察。那個男人提著一個鳥籠上車，籠裡是一隻八哥。他穿過一節一節的車廂，邊走邊掃視身旁的乘客。他沒找到空位，就坐在地板上。他身穿紗籠，腳踏涼鞋，上身罩一件蓋勒路市集賣的T恤。這是一列慢車，穿過山隘，在乍現的美景前劃過。他知道火車在到達庫魯內嘎拉前約一哩處，會繞進一條足以誘發幽閉恐懼症的暗黑隧道。為了讓新鮮空氣進來，有幾扇車窗始終打開，可怕的轟隆聲會傳進車廂。一穿過隧道見到陽光，就要準備下車了。

火車鑽進漆黑的隧道後他就站了起來。開頭還有幾個燈泡隱隱發出微光，然後就都熄滅了。他聽見八哥的學舌之聲。三分鐘的黑暗世界。

那個男人迅速走近一個走道旁的座位——他記住那個政府官員就坐這兒。在黑暗中他抓住官員的頭髮往前猛拉，用鏈子纏住他的脖子，發力要把他勒死。他在黑暗中默數著時間一秒一秒的過去。即使官員已經渾身無力，他仍然不輕易罷休，鏈子半點兒沒放鬆。

只剩下一分鐘了。他站起身，雙臂托住官員的軀體，讓它直立起來，然後把它拖向開敞的車窗。隧道的一排黃燈在眼前一閃而過。他這戲劇性的舉動，彷彿是某人的夢境。

他使勁把官員的軀體拖離地面，一把推出窗外。軀體的頭顱和肩膀在氣流衝擊下直往後拋。他再推一下然後鬆手，軀體隨即消失在隧道的轟隆響聲中。

安悠和法醫鑑識小組在瓜地馬拉工作時，她曾搭飛機前去邁阿密跟庫利斯見面。她抵達時已精疲力竭，一臉倦容，渾身乏力。痢疾、肝炎、登革熱在瓜地馬拉肆虐。她和組員前去挖掘屍體時，就在村子裡吃飯裹腹，面對送來的食物只能照吃不誤，因為給他們準備食物是村民唯一能出一分力的方式。「千盼萬盼吃的是豆子，」她一邊喃喃對庫利斯說著，一邊脫掉匆匆趕搭末班機來不及換的工作服，然後嘗一下幾個月來首次在飯店泡浴缸的滋味。「醃生魚就避之則吉了。如果迫不得已要吃下去，要盡快偷偷吐掉。」她在泡沫浴的神奇力量下舒展身體，很高興能在這兒跟他一聚，向他展露帶著倦容的微笑。那疲憊而專注的神情，還有說故事時慢吞吞的含糊口音，都是他熟悉的。「我從來沒有動手挖掘，通常只關在實驗室裡。這回卻是實地挖掘。馬努埃給我一把刷子和一根棒子，吩咐我先把土弄鬆然後撥開。第一天我們就挖到了五具骸骨。」

他坐在浴缸邊緣凝視著雙目緊閉神遊方外的她。她把頭髮剪短了，消瘦不少。他看得出來她更加熱愛她的工作了。工作既令她疲憊也令她振奮。

她欠身往前拔掉塞子，再躺下來感覺洗澡水從身邊逐漸流走。然後她站到瓷磚地板上，任由他把毛巾往她黝黑的肩膀按下去。

「我懂得幾塊骨骼的西班牙文名稱，」她誇口說，「我懂一點兒西班牙文。這是 *omóplato* 肩胛骨，*maxilar* ——上頜骨，*occipital* ——枕骨。」她含糊不清地念了幾個字，像麻醉失去知覺前的倒數。「一起在現場工作的人可謂龍蛇混雜。來自美國的大牌法醫總是不放過任何機會占女人的便宜。馬努埃是本地社群的一分子，因此不像我們其他人備受保護。他一次跟我說：**我一直在掘，累了，不想繼續下去了，我心想，如果埋在下面的人是我，我不希望別人會停手不掘下去**……每次我想放棄，就會想起這番話。我睏了，庫利斯。快說不出話來了。念些什麼給我聽聽。」

「我寫了一篇有關挪威蛇類的文章。」

「這個不要。」

「那麼念首詩吧。」

「好，無任歡迎。」可是安悠已經睡著了，臉上掛著笑容。

庫利斯在房間另一端的桌子前坐下，在筆記本上寫下那些骨骼的名稱：*cúbito*（尺骨）、*omóplato*、*occipital*……。她酣然倒臥在鋪著白床單的床上，一隻手動個不停，像在把泥土撥開。

她早上七點左右起床，房裡又暗又熱。她赤條條從大床滑下來，庫利斯仍在睡夢中。她開始想念起實驗室來了，想念起開亮鋁質手術台上方的燈那一剎那的怦然心動。

位在邁阿密的這間臥室，舉目盡是繡花枕頭和地毯，感覺上像精品店。她走進浴室，洗了臉，往頭髮上潑些冷水，完全清醒過來。她爬進淋浴間，扭開水龍頭，片刻之後閃起一個念頭，就走了出來。她懶得把身體擦乾，就走去打開旅行袋，取出一架大型老式攝影機——把它帶來邁阿密是要裝上一個新的麥克風。這台法醫鑑識小組使用的二手電視攝影機是八〇年代初期的老古董，她在發掘現場使用，早已習慣了它的重量和種種缺點。她放進一卷錄影帶，把機器扛在濕漉漉的肩膀上，打開開關。

她先在臥室拍一下，然後回到浴室，拍攝自己在鏡中揮揮手。然後是毛巾質地的特寫、蓮蓬頭嘩啦啦噴水的特寫。她站到床上，往下拍攝庫利斯酣睡的面容，還有他那伸出來擱在她睡了一整晚那半邊床上的左臂。接著是她的枕頭，又回到庫利斯——他的嘴巴、誘人的胸膛，再從床上移到地板，鏡頭緩緩移動，一路拍到他的腳踝。她再倒退拍下他們丟在地板上的衣服，然後鏡頭轉移到桌面和他的筆記本。最後是他筆跡的特寫。

她從機器取出錄影帶，把它塞到他行李箱的衣服中間。她把攝影機放回袋子裡，然後回到床上躺在他身旁。

他們躺在床上，陽光灑遍一室。「我無法想像你的童年，」他說。「你對我來說完全陌生。啊，**可倫坡**！——是個了無生氣的地方嗎？」

「在家裡了無生氣，在外頭熱鬧翻天。」

「你不打算回去？」

「不。」

「我有個朋友到新加坡去了。到處是冷氣！他說就像被關在倫敦塞爾福里奇百貨公司裡一整個星期。」

「我猜想可倫坡的人倒是很樂於困在塞爾福里奇。」

他們相聚的時光，最美好的就是交歡後散漫地閒聊的這些寧靜片刻。對他來說，她開朗，有趣，漂亮；而對她來說，他是有婦之夫，總是不失風趣，也總是處處防著別人。三點中有兩點不是好事。

他們當初在蒙特婁邂逅。安悠前去開會，庫利斯在飯店大廳跟她不期而遇。

「我正要開溜。」她說。「真是受夠了！」

「陪我吃頓晚餐吧。」

「我另有安排。我答應和一群朋友共度這一晚。你也來吧。我們日以繼夜埋首一篇又一篇的論文。如果你跟我來，我保證這是你在蒙特婁最糟的一頓飯。」

他們開車穿越市郊。

「你說法語嗎？」他問道。

「不，只說英語，能寫一點僧伽羅文。」

「這就是你的出身背景？」

公路旁一個沒名字的廣場映入眼簾，她把車停在「保齡之家」的閃亮燈光下。「我住這兒，」她說，「如今我在西方世界。」

她介紹庫利斯跟其他七位人類學家認識，他們細心打量他一番，從他的姿態判斷他能否在團隊裡扮演一個角色。他們看似來自世界各地。他們從歐洲和中美洲老遠飛來蒙特婁，剛從又一個投影片報告發布會中溜出來，此刻像安悠一樣，準備在保齡球館玩個痛快。劣質紅酒從一台自動販賣機緩緩注入一個像牙醫給病人漱口用的小紙杯，他們大口大口喝下，同時大嚼蘸醋的炸薯條和罐裝鷹嘴豆泥。一位古生物學家操作電子計分板。這群法醫界名人也許是整個場館裡不會說法語的人，不消十分鐘，他們就像穿上保齡球鞋的精靈，喧鬧翻天。有人求勝心切不惜使詐。有人把球往球道的鑲木地板猛砸。庫利斯真的不希望這群笨手笨腳、步法錯誤百出的人有一天會碰觸自己的屍體。比賽一路下去，他和安悠愈來愈頻密地奔向對方，互相擁抱道賀。他踩著一雙污跡斑斑的鞋子，步履輕盈，不用瞄準把球往前一拋，球瓶就劈劈啪啪倒了一地。她過來親吻他，一嘴吻在他頸背。他們摟抱著彼此走出場館。

「鷹嘴豆泥準是摻了些什麼。真的是豆泥而已？」

「是啊。」她笑起來。

「催情效果名不虛傳……」

「如果你敢說不喜歡『藝名原叫某某』的那位歌星，我絕不會跟你上床……親我這兒一下。你也有個超難念又彆扭的中間名嗎？」

「比格斯。」

「比格斯？就是《比格斯飛向東》……什麼《比格斯尿濕了床》那個比格斯？」

「對，正是。我爸爸看這些書長大。」

「我絕不會嫁給叫比格斯的人。我一直想嫁一個『銲鍋匠』，我喜歡這個名字……」

「銲鍋匠不娶老婆——除非是冒牌貨。」

「可是你有老婆，不是嗎？」

＊＊＊

一天晚上，她獨自在船上的實驗室工作，一不小心被手術刀狠狠割了一刀，沿著拇指割出長長一道裂口。她擦了消毒藥水再紮上繃帶，決定回家路上順道到醫院求診，她可不想傷口受感染——船艙裡到處是老鼠，當她和沙勒特不在，也許就急急跑到各種器具上。她疲累不堪，雇了一輛深夜營業的三輪計程車送她到醫院急診室。

候診室的長凳坐了大約十五人。每過一陣子就有一個醫生走過來，召喚下一個病人進去看診。她等了一個多鐘頭，結果她放棄了，因為送進來的傷患愈來愈多，她的傷勢愈來愈顯得微不足道。但促使她離開另有原因。一個身穿黑色外套、一身衣服沾上血跡的男人走進候診室坐了下來等待別人幫忙，他沒說半句話，也沒有像其他人一樣拿號碼牌。終於等到長凳有三個空位，他躺下伸直身子，脫下黑色外套用作枕頭，可是他無法入睡，張開雙眼掃視過來盯住安悠。

他的臉給外套上的血染紅了，還濕答答的。他坐起身，從口袋掏出一本書，很快的一頁一頁翻閱起來。他吞下一顆藥丸，又再躺下，這回打了個盹兒，對周遭的事無知無覺了。一個護士走過來輕拍他肩膀；他一動不動，護士的手一直搭在他肩上。這一切安悠記得一清二楚。最後他站起來，把書塞回口袋，拍肩喚醒下一個病人，然後兩人一起走出去。原來他是醫生。護士拿起他的外套帶走。安悠就是在這一刻離開的。如果她無法辨別醫院裡的人是誰，豈不是太不保險了嗎？

《斯里蘭卡全國地圖集》收錄這座島嶼共七十三幅各式各樣的地圖——每幅都呈現一種地理風貌或關注焦點：雨量、風向、湖泊地表水、較罕見的深藏地下水等。

歷史地圖展現當時的物產和歷代王朝；當代地圖則顯示國民的貧富水準和識字率等。

地質圖標示出尼甘布市以南的穆圖拉賈維拉沼澤的泥炭、從安巴蘭戈達到當卓岬沿岸的珊瑚礁、曼納灣的珍珠灘岸。地表之下，有遠古以來蘊藏的雲母、鋯石、方針、偉晶岩、長石砂岩、黃玉、紅土石灰岩、白雲質大理岩；帕拉戈達附近的石墨；卡圖皮塔和吉尼蓋佩雷薩的綠紋大理石；安迪嘎馬的黑頁岩；波拉勒斯嘎穆瓦的高嶺土或瓷土；還有高純度石墨（礦脈或薄層），這種純度最高的石墨含碳量達百分之九十七，在斯里蘭卡已有一百六十年開採歷史，在兩次世界大戰時期更是大量開採，全國共有六千個礦坑，主要的礦場在博嘎拉、卡哈塔嘎哈和柯朗嘎哈。

另一幅地圖標示鳥類的分布，包含斯里蘭卡四百種原生鳥類中的二十種，例如藍鵲、栗腹歌鴝、六種鶇科鳥、日益罕見的斑地鶇、小水鴨、琵嘴鴨、「假吸血蝠」、針尾鷸、印度走鴴以及在雲端高飛的鵲鷂。爬蟲類分布圖標示出斯里蘭卡竹葉青蛇的棲息地。這種在白晝視力欠佳的毒蛇盲目施襲，認定哪裡有人就一躍向前，像狗一樣露出滿口獠牙，一躍再躍連番襲擊，直到這詭秘而駭人的一幕以死寂告終。

這個四面環海的島國基本上有兩個盛行的季風系統——北半球冬季形成的西伯利亞高壓系統，以及南半球冬季形成的馬斯克林高壓系統。因此從十二月到三月刮的是東北貿易風，五月到九月刮的是東南貿易風。在其他月分，溫和的海風白天吹向陸地，晚上則反方向吹送。

還有等壓線圖和等高線圖。所有地圖都沒有標示城鎮名稱，唯一例外是無人認識也無人到訪的馬哈伊魯帕拉馬鎮，有時會出現在地圖上，因為在一九三〇年代（今天回首那彷彿是中古時代了）氣象局曾在這裡設立測量站，記錄風速、雨量和氣壓。地圖裡看不到河流名稱，也看不到人的生活狀況。

庫馬拉．維傑屯嘎，十七歲，一九八九年十一月六日，約晚間十一時三十分，在自宅。

普拉巴特．庫馬拉，十六歲，一九八九年十一月十七日，凌晨三時二十分，在朋友家。

庫馬拉．阿拉克奇，十六歲，一九八九年十一月十七日，約午夜十二時，在自宅。

馬內卡．達．希爾瓦，十七歲，一九八九年十二月一日，在恩比里皮堤雅中央學院運動場，板球賽進行期間。

賈屯嘎．古內瑟納，二十三歲，一九八九年十二月十一日，上午十時三十分，在自宅附近與朋友交談之際。

普拉桑塔．韓杜維拉，十七歲，一九八九年十二月十七日，約上午十時十五分，在恩比里皮堤雅一家輪胎店附近

普拉桑納．賈雅華納，十七歲，一九八九年十二月十八日，下午三時三十分，在禪德里卡水庫附近。

坡迪．維克拉馬治，四十九歲，一九八九年十二月十九日，上午七時三十分，步行前往恩比里皮堤雅市中心途中。

納林．古內拉特內，十七歲，一九八九年十二月二十六日，約下午五時，距瑟雷納軍營十五碼的一家茶館裡。

維拉屯嘎．薩馬拉維拉，三十歲，一九九〇年一月七日，下午五時，在胡蘭達瓦帕納穆拉，前往浴湯途中。

上衣的顏色、紗籠的圖案、失蹤的時刻。

在納德桑中心的民權運動辦公室裡，從各方收集而來的零碎資料，記錄了某人的兒子或兄弟或父親的最後一瞥。家屬悲痛的來信記錄了失蹤的時間、地點，以及失蹤者的衣著和進行中的活動——**前往浴場途中、與朋友交談之際……**

在戰爭和政治的陰影下，出現了超現實的因果關聯。一九八五年在奈帕提穆奈的一個亂葬崗，一位家長辨認出一襲血跡斑斑的衣服，就是兒子被抓失蹤時穿的。然而當眾人在上衣的口袋裡發現一張身分證時，警察馬上叫停挖掘作業。帶警方前往現場的公民委員會會長翌日遭到逮捕。這個東部省萬人坑裡其他被掩埋的人到底是誰、如何喪命，再也無從稽考。舉報多起失蹤案的某孤兒院院長淪為階下囚。一名人權律師被射殺，屍體被軍方移走。

安悠從美國啟程之前，就曾收到各人權團體的報告。早期的調查都沒有導致任何逮捕行動。各組織的抗議書甚至未能傳送到中階警察或政府人員手上。失蹤人口的父母懇求當局展開搜尋卻無人理睬。可是任何蛛絲馬跡還是會被收集起來，一旦新聞出現有任何相關資料還是會被複製，寄給日內瓦人權中心那些局外人。

安悠取出報告，打開檔案，研讀裡面的失蹤和凶殺個案。她每天最不想碰觸的就是這樣的事情。但每天還是在做同樣的事。

從一九八三年起，危急事件接踵而來，種族衝突和政治謀殺無日無之。北部為獨立建國而戰的分離主義游擊隊肆行恐怖主義。南部的叛變勢力與政府勢不兩立。政府的反恐特種部隊同時跟南北兩股勢力作戰。屍體或被焚毀，或被丟進河裡、海裡，或被隱藏起來再偷偷掩埋。

這是「百年戰爭」的現代軍備版本，暗中支援的人身處在安全的國度——這是軍火和毒品販子贊助的戰爭。顯而易見，政治敵對者背後有人為軍火利益參上一腳。「戰爭的理由就是戰爭。」[1]

1 大衛・丹比（David Denby）的《巨著》（*Great Books*），西蒙與舒斯特出版社，一九九六年。

沙勒特開車往高地前進，向東朝著班達拉維拉地區爬升，那是三具骸骨的發現地點。他和安悠幾個鐘頭前從可倫坡出發，現在進入山區。

「你知道嗎，如果你本人就住在這兒，你的論點會讓我比較信服，」他說，「你不能光是溜進來，發現些什麼，然後說走就走。」

「你是要我自我審查嗎？」

「我是希望你了解事實周邊的考古學證據。要不然你就會像那些記者一樣，坐在蓋勒菲斯飯店裡寫一些道聽塗說的報導，假慈悲胡亂放炮。」

「你對記者有心結，對吧？」

「他們總是用西方的眼光來看我們。在這裡可不一樣，人人身陷險境。有時法律是站在權力的一邊而不是真理的一邊。」

「我只覺得我來到這裡之後在無休止的等待。原本該打開的門被關上了。我們專程來調查失蹤案件。可是各地官方辦公室老是請我們吃閉門羹。彷彿我們到這裡來只是裝腔作勢罷了。」然後她話鋒一轉，「第一天在船艙裡我拿起的那塊小骨頭，你早就知道不是古代遺物，對吧？」

沙勒特緘默不言。她繼續說下去：「我在中美洲時，一個村民對我們說：軍人把我們的村子燒掉，說是依法行事，所以我想法律賦予軍隊屠殺我們的權利。」

「當心你要揭露的事情。」

「向誰揭露也該當心吧。」

「也得當心，對。」

「我**可是**受邀前來的。」

「國際調查並不代表什麼。」

「讓我們進入洞窟調查的許可，是你幾經刁難才拿到的吧？」

「說的沒錯。」

她一直在用錄音機錄下他對這個地區的考古學見解。現在對話轉到別的話題，她終於問起卡圖葛拉這位「銀髮總統」（這個綽號來自他滿頭的蓬亂白髮）：他實際上是個怎麼樣的人？沙勒特沉默下來，然後伸手取走她放在大腿上的錄音機，問道：「錄音機關了沒有？」確定關掉才回答她的問題。其實起碼一個鐘頭前她就已經沒再使用這台機器了，根本忘了它，把它擱在一旁。但是他可沒忘。

他們從公路下來，停在一家小旅館前，買了午餐，坐在外頭俯瞰一個深谷。

「看看那隻鳥，沙勒特。」

「是鶚。」

那隻鳥振翅起飛，她往牠那邊走去，突然一陣眩暈，方才察覺到他們是位在一處深谷之上，腳下景觀像冰川侵蝕而成的綠色峽灣；遠處的一片開闊平原卻彷彿漂白了，有如大海。

「你蠻懂鳥的吧？」

「不敢當。我太太懂的更多。」

安悠沒插話，待他說下去或轉個話題，他卻悶不吭聲。

「你太太在哪兒？」她終於追問下去。

「她幾年前離我而去。她——她自殺了。」

「天啊！我真抱歉，沙勒特，我是那麼……」

他變得一臉茫然：「她尋死前幾個月才跟我分手。」

「真抱歉問你這樣的問題。我總愛問這問那，好奇太心太強了，總是讓人抓狂。」

後來在廂型車上，她試著打破這一陣沉默：「你認識我爸爸嗎？你多大了？」

「四十九，」沙勒特說。

「我三十三歲。你認識他嗎？」

「我聽說過他。他可比我大多了。」

「我總是聽人家說他的男女關係很複雜。」

「我也聽說過。一旦你有吸引力人家就這麼說。」

「我相信那是事實。我只希望我當時年紀大一點——可以從他身上學到些什麼。真希望能有那樣的機會。」

「有一位出家人，」沙勒特說，「他和他的弟弟是我人生的最佳導師——這是因為我接受他們教誨時已經是成年人了。我們長大後仍然需要父母輩的教導。以往我總是趁他來可倫坡時，每年跟他見一、兩次面，他總是能幫助我變得更單純、更明白自己。納拉達是個愛開懷大笑的人，總愛拿我的毛病來取笑一番。他也是個苦修者，進城來總是隱身在寺廟的斗室裡。我去找他喝咖啡，他就坐在床上，我坐在他從大廳搬過來的椅子。我們聊考古學。他曾用僧伽羅文寫過幾本小書，但他的弟弟帕里帕拿才是考古研究的名人，卻不曾看過他們妒忌對方。納拉達和帕里帕拿，好一對出色的兄弟。他們都是我的良師。

「納拉達大部分時間住在漢班托塔附近。我太太和我會南下探望他。步行走過灼熱的沙洲後，便到達他在海邊為失業青年建立的社區。

「他慘遭謀殺令我們震驚不已。他是在自己房間熟睡時被槍殺的。我有一些朋友在我這個年紀就已經過世了，但這位老人更令我懷念。也許是因為我一直期望他教導我怎樣步入老年吧。無論如何，每年他的忌日，我太太和我都會做一些他特別愛吃的菜，開車南下到他曾居住的村子。那是我們最親密的一天，我們由此體會他的永恆不朽——『堅持不懈』也許是更佳的描述——你感覺到他就在這兒跟社區裡的孩子在一起，想起了他愛吃的馬龍沙拉和煉乳甜點。」

「我爸媽在我出國後死於車禍。我再也沒有機會見到他們。」

「我曉得。聽說你父親是位好醫生。」

「我本來也該是個醫生，但轉換跑道成了法醫。我猜想，是因為在人生那個階段我不想變成他的翻版吧。爸媽過世後我也不想再回來了。」

他碰了碰她的手臂把她喚醒。

「我看到下面有條河。去游個泳好嗎？」

「在這裡？」

「在那片山坡下。」

「啊，好的，太好了。」他們從袋子裡抽出幾條毛巾，手腳並用爬下山坡。

「很多年沒游泳了。」

「水應該是蠻冷的。我們在山區，足足二千呎高。」

他在前面帶路，走起來比她想像得輕快。嗯，她想，他畢竟是個考古學家。他到了河邊，在一塊大石後頭換衣服。「我在脫衣服！」她喊道，恐防他回頭走過來。「我會只穿內衣啊。」安悠察覺到這一片茂林的山坡如何幽暗，然後瞥見他們可以一路游到灑滿陽光的一潭湖水。

當她走到河邊，他已在水裡游起來，仰頭看著岸上的樹。她踏在河邊嶙峋的石頭上，往前跨兩步，一躍而下，撲通一聲濺起一片大水花。「哇，真會跳。」她聽到他施施然吐出一句。

她因河水冷冽而收緊發亮的皮膚，在最後一段車程裡還是同一個樣子——前臂滿是疙瘩，汗毛都豎起來了。他們爬上山坡回到陽光的光熱之下，她站在廂型車旁擦乾頭髮，邊擦邊輕輕拍打。她把濕內衣捲進毛巾裡，只穿上外衣，然後他們繼續向山區前進。

「在這樣的高山上會頭痛的，」沙勒特說，「在班達拉維拉有一家不錯的飯店，但我們還是找家小旅館投宿並設立一個工作站吧，你說呢？這樣我們可以把器材和挖掘成果都帶在身邊。」

「你剛才提到的那個出家人，是誰殺的？」

「而且，我們也要待在現場附近，」沙勒特彷彿沒聽到，繼續說下去。「……有傳聞說納拉達是被自己的弟子幹掉的，而不是大部分人猜想的政治謀殺。在那個時候誰殺了誰沒人搞得清。」

「但是現在你知道了吧？」安悠說。

「現在我們所有人的衣服都沾了血。」

他們跟著老闆在旅館裡走了一圈，沙勒特挑了三個房間。

「第三個房間長滿黴菌，我們今晚把床搬走，再刷一遍牆壁，把房間改造成辦公室和實驗室。怎麼樣？」她點了點頭，他便轉身囑咐老闆動工。

一九一一年，班達拉維拉地區發現了史前遺跡，數以百計的洞窟和石室陸續展開挖掘。出土的頭蓋骨和牙齒碎片，跟印度的一樣古老。

就在這個政府劃定的考古保護區裡，在班達拉維拉某個洞窟外面，近日又發現了骸骨。沙勒特和安悠最初到來的幾天，挖出並記錄了一些古代遺物，包括淡水和樹棲的腹足動物、鳥類和哺乳動物的殘骸，甚至是遠古時代當這裡還是一片汪洋時的魚骨化石。這裡像一個永恆的世界。他們還發現古代麵包果的焦黑外皮，直到二萬年後的今天，這種野生植物仍然在這個地區生生不息。

有三具近乎完整的骸骨在近日出土。幾天後，安悠在洞窟深處發現第四具骸骨。有鑑於骨頭仍然由乾枯的韌帶所連接，又有局部燒灼的痕跡，她判斷這具骸骨不是遠古遺物。

「喂，**你看**，」她說（他們在小旅館裡檢視這副骸骨），「出土的骨頭裡通常可以找到各種微量元素，像汞、鉛、砷，甚至是金，並非原來就在骨頭裡，而是從周遭的土壤滲進去的。它們也可能從骨頭滲回泥土，不斷滲進滲出，不管是否隔著棺木。可是這具骸骨卻布滿殘留的鉛，從土壤樣本可以證實，在我們發現它的這個洞窟裡其實沒有鉛。你明白了吧，它先前一定是掩埋在其他地方。有人費了一番工夫確保它不被發現。這可不是尋常的謀殺或埋屍。它先被掩埋一次，再被移到古墳。」

「掩埋屍體後再移走不一定是罪案。」

「也可能是吧？」

「假如找到合理的原因就不是了。」

「好的，瞧。用一枝筆沿著這根骨頭移動，可以清楚看到它是扭曲的。但它理應是直的。還有橫向的裂痕。暫且不談這個，還有更多證據。」

「什麼證據？」

「骨頭扭曲了，是因為骨頭還連著肉的時候也就是還是『青骨』時被燒過。那些古老的屍骸，附著的肉隨歲月枯萎後才被焚燒，班達拉維拉大部分骸骨都是如此。沙勒特，他們試圖焚屍時那人死了還沒多久；或者更糟的是，可能試圖活活把他燒死。」

她等了好久待他回應。在這個小旅館剛粉刷過的房間裡，四張餐桌各放了一副骸骨，分別標籤為「銲鍋匠」、「裁縫」、「士兵」、「水手」。她剛才隔著桌子跟沙勒特談到的是水手。

「你能想像整個島上掩埋了多少屍體吧？」他終於開腔回應，卻沒有否定安悠任何一句話。

「這是謀殺案，沙勒特。」

「謀殺案……你說的是一般謀殺，還是政治謀殺？」

「它在一個神聖不可接觸的古蹟裡被發現。這個遺跡長年在政府或警察監控下。」

「對。」

「屍體來自一個新近亡故的人，」她堅定地說，「埋在這裡不超過四到六年。它被丟在這兒幹嘛？」

「二十世紀裡有成千上萬的人死亡，安悠，你最好是能想像有那麼多謀殺——」

「但我們可以證明這是政治謀殺，你明白嗎？這是一個機會，我們可以追蹤到線索。我們發現它的地方，只有政府人員可以進入。」

她說話的時候，他用筆輕敲著椅子的木扶手。

「我們可以在沒燒過的地方，透過孢粉學檢測，辨識融入到骨頭裡的是哪種花粉。它只是手臂和幾根肋骨被燒過。你能找到沃德豪斯的《孢粉粒概論》嗎？」

「在我的辦公室裡，」他輕聲說，「我們要做土壤樣本檢測。」

「能找到一個法醫地質學家嗎？」

「不，」他說，「不能找其他人。」

他們在黑暗中這樣輕聲談話差不多半小時了。安悠看了第四張桌子上的屍體，走過去猛拉沙勒特的肩膀一把，說：「你來看看這個。」「什麼？」「**就是這個——喂，你看……**」

他們用塑膠布蓋住「水手」，再用膠布黏牢。「把門鎖上，」他說，「我答應帶你看看那座佛寺。一個鐘頭後是最佳到訪時間，正好暮鼓響起。」

安悠此刻卻無心享受這種閒情逸致。「你認為放在這兒妥當嗎？」

「不然你打算怎麼樣？走到哪裡都帶著它嗎？用不著擔心。放在這兒沒問題的。」

「這……」

「放心好了。」

她認為應該坦白說個一清二楚了。「你知道嗎，我實在搞不懂，你到底站在哪一邊——我是否可以信任你。」

他欲言又止，然後慢慢吐出一句：「你覺得我會幹些什麼？」

「你可以讓它消失。」

原本靜立著的他舉步走向牆邊，開亮了三盞燈。「我幹嘛這麼做，安悠？」

「你的一位親戚在政府裡工作，對吧？」

「是的，沒錯。但是我跟他幾乎沒有來往。說不定他還能幫我們一把。」

「這也說不定。為什麼你要開燈？」

「我要找我的筆。什麼——你以為我在打暗號嗎？」

「我不知道你站在哪一邊。我知道……我知道你認為真相的探求沒那麼簡單，在這裡探求真相，未免危險了一點。」

「每個人都活在恐懼中，安悠。這是全民的疾病。」

「現在有那麼多屍體被掩埋了，你不也這麼說嗎……慘遭謀殺，身分不明。我是說，根本不知道它們是兩百年前或兩周前遺留下來的，而且全都被燒過。有些人的魂魄就此消散，有人陰魂不滅。沙勒特，我們能做些事情……」

「我們現在距離可倫坡有六小時車程了，但我們在這兒說話還得壓低嗓門——你就想想這點好了。」

「我現在不想去佛寺了。」

「沒問題。你不一定要去。我自己去好了。明早見。」

「好吧。」

「我會把燈關掉，」他說。

「在大地眼中，我們往往跟罪惡脫離不了干係，除了自身所犯的罪，也因為我們知道罪惡確實曾在我們身邊發生。」——《鐵面人》(*El Hombre de la Máscara de Hierro*) 這樣談到一個終身被囚禁的人。安悠此刻需要的慰藉，只能來自她的老朋友，也就是書中的句子，這是她可以信賴的聲音。「這兒就是停屍間[2]」安灼拉說。安灼拉是誰？是《悲慘世界》裡的人物。這本書是安悠的至愛，深深蘊含著人性，她只盼今生以至於來世都有它伴隨在自己身邊。目前與她朝夕共事的這個人，獨自辦起事來能力無庸置疑，卻不會在任何人面前剖白自己。有人戲謔地說，一個偏執狂患者就是一個握有所有事實的人。這可能正是這裡唯一的真相。可不是嗎：在班達拉維拉附近那家藏有四具骸骨的小旅館裡，**我們現在距離可倫坡有六小時車程了，但我們說話還得壓低嗓門——你就想想這點好了。**

安悠到了國外，在歐洲和北美接受教育，認同了外國人的處事心態。不論是在倫敦地鐵的貝克盧線還是聖達菲的公路，她都感到很自在。外國的一切都成為了她的一部分。(即使在此刻，她腦海裡還能記住丹佛和波特蘭的電話區碼。) 她期待大部分有待探索的真相都有清楚的線索引向事實的源頭。一切信息總可以弄個明白，作為行事的根據。但在這裡，在這個島嶼上，她曉得做任何事只能憑著一種規則隱晦的語言，並且總是被一種無所不在的恐懼纏擾著。憑著這種殘缺的語言做事，總是欠缺把握。真理被流言蜚語和怨恨所掩蓋。謠言滿天飛，溜進每一輛車、每一家理髮店。她猜想，沙勒特作為專業考古學家，在事業上的出路，仰賴政府官員的委任，要在官府裡很有禮貌地靜候施恩。在這裡公開發布的訊息，也總要隱蔽在旁枝末節和潛台詞中，彷彿真相如果直接說出來而不是踏著進進退退的舞步，就無甚足觀了。

她解開緊緊包覆著「水手」的塑膠布。在她平日的工作裡，屍體不過是種族、年齡和地點的代表物。但她也有感觸良多的一刻，比如若干年前發現的雷托里足跡：近四百萬年前的這些足印，分別來自一隻豬、一隻鬣狗、一頭犀牛和一隻鳥；這個奇怪的組合由二十世紀一位足跡學家辨認出來。四種毫不相關的動物匆匆在一層濕漉漉的火山灰上跑過。牠們在逃避什麼？從歷史來說更具重大意義的是附近發現的其他一些足跡——據信屬於直立近五呎高的一種近似人類的動物（可以從腳後跟作支撐點的腳印推斷得知）。偏偏安悠喜愛左思右想的卻是四百萬年前在雷托里一起走過的那四種動物。

最精確地記錄下來的歷史時刻，往往與大自然或人類的極端行動緊密相關。她了解這一點：龐貝、雷托里、廣島。還有維蘇威火山（它爆發時的煙塵使得可憐的老普林尼在執筆記錄那地動山搖的巨變之際窒息慘死）。地殼結構的變動以至於人類兇殘的暴行，使得一些本身不具歷史意義的生命在機緣巧合下扮演了時間膠囊的角色——不管那是龐貝的一隻狗或廣島一個園丁的身影。安悠體會到，在這樣的事件當中，如果沒有時間的距離根本不可能對人類的暴力賦予任何邏輯。儘管事件發生當下

2 引錄《悲慘世界》和《鐵面人》的文句，兩書分別是雨果（Victor Hugo）和大仲馬（Alexandre Dumas）的作品。

可以向日內瓦人權中心報告、備案，但沒有人能賦予它任何意義。她一直以來相信，意義為人打開一道門，可以逃離痛苦和恐懼。但她發覺那些受暴力打擊、血跡斑斑的人喪失了語言和邏輯能力。這其實是棄絕情感的唯一方式，是對自我的最後一層保護。他們把失蹤親人最後一次睡覺時穿在身上的某種顏色、某種圖案的紗籠保留下來，永誌不忘；在平常的日子裡，這樣一件衣物只會被當成為家裡的抹布。

在一個充滿恐懼的國度，民眾的哀傷會被不確定的氛圍抑制。如果一位父親因愛子慘死而喊冤，恐怕另一個家庭成員就會招致殺身之禍。如果你認識的人失蹤了，你不去惹麻煩的話，他還有機會存活。這是這個國家的一種精神病，有如一道傷痕。死亡和痛失所愛，是「未完成的事」，因此你不能走過去讓事情告一段落。多年來，有人深夜前來巡視，有人光天化日之下遭到綁架、謀殺。起身反抗的人只會自取滅亡。剩下來可期盼的因果定律，就是有權有勢的人最終一定會得到報應。

這副骸骨究竟來自什麼人？在這個房間裡，她置身四副屍骸之間，隱匿在無法揭示其歷史意義的死亡事件中。抓來一具屍體：多古怪的一回事！把一個不知名被吊死者的屍體解下，背負到自己肩上……某個已死去、被埋葬、朽壞中的人？[3]他是誰？他是所有已銷聲匿跡的人的代表。給他一個名字，也就是找回所有其他人的名字。

安悠把門閂上，去找小旅館的老闆，請他做一頓簡單的晚餐。然後她點了一杯香蒂啤酒，走到前面的陽台。這裡沒有其他房客，老闆陪著她走出來。

「沙勒特先生——他經常來這兒嗎？」她問道。

「有時候吧，當他來班達拉維拉的時候。小姐——你，住在可倫坡嗎？」

「現在大部分時間住在北美洲。以前曾經住在這兒。」

「我有個兒子在歐洲，他想成為演員。」

「哦，那挺好的。」

她從門廊擦得光亮的地板踏進庭園。這是擺脫對方的基本禮貌。這個晚上她沒有心情投入這種話不投機的閒聊。可是當她一瞥見鳳凰木在黑暗中泛起火紅的顏色，就回過頭來。

「沙勒特先生曾跟他的太太來過這兒嗎？」

「來過，是的。」

「他太太是個怎麼樣的人？」

「是個和藹可親的人。」

---

3 齊默（H. Zimmer）的《國王與屍首》（*The King and the Corpse*），普林斯頓大學出版社，博倫根論文系列（Bollingen Series）第十一號，一九五六年出版。

他的頭點了一下，然後又稍為側向一面，像點頭後又搖頭，似乎對自己的判斷有所猶豫。

「那她……？」

「對，請說。」

「只可惜她已經過世了。」

「啊，不。今天下午我才問過沙勒特先生。他說她很好。沒過世。他還說她向我問好。」

「一定是我弄錯了。」

「對呀。」

「他來這兒太太也都跟著嗎？」

「有時候吧。她在電台做節目。有時來的是他的堂兄——在政府裡當官的。」

「你知道他的名字嗎？」

「哦，不。我相信他只來過一次。晚飯準備咖哩大蝦行嗎？」

「行。謝謝。」

為了避免談下去，吃飯時她假裝在看筆記。她想到沙勒特的婚姻。很難想像他是一個有妻室的男人。她已習慣把他看作一個在別人面前沉默寡言的鰥夫。她想，每當夜闌人靜總想會找個人作伴吧。此刻思念已逝者，突然興起千頭萬緒，眾裡尋她千百度，殊不知卻是把自己在別人面前埋葬了。

晚飯後，她回到放著骸骨的房間，還不想睡覺，也不願想到那位跟沙勒特一起來班達拉維拉的政府官員。因為電壓不足，燈光昏暗，無法閱讀，於是她找來一盞油燈點亮了。先前她看過小旅館的圖書館，它唯一的書架上，放著阿嘉莎．克莉絲蒂、P．G．伍德豪斯、伊妮．布萊敦、約翰．馬斯特斯等人的作品，都是亞洲圖書館裡慣見的英文書，大多是她童年和青少年時期讀過的。她寧可翻閱自己帶來的那本布里傑的《世界土壤大全》。她對布里傑這本書的內容瞭若指掌，但現在她只是藉著書中文字讓自己熬過眼前的處境。她一路讀下去，感覺自己拋開了一切，身邊一切都被丟進幽暗的角落，包括那四具骸骨。

沙勒特把她喚醒時，她坐在椅子上，頭朝著大腿低垂，正呼呼大睡。

他碰碰她肩膀，然後把她的耳機從她的頭髮上摘下來，放到自己耳邊，按下啟動鍵。他在房間裡邊踱步邊聆聽大提琴組曲，曲子把一切綴合起來。

她吸了大大一口氣，就像浮出水面抬頭透氣。

「你沒鎖門？」

「沒有，沒事吧？」

「沒事沒事。我叫他們準備了早餐。時候不早了。」

「我馬上就好了。」

「後頭有個淋浴間。」

「我感覺不大對勁，像是得了什麼病。」

「有需要的話，可以中斷行程回可倫坡。」

她拿著她的布朗博士肥皂走出去。無論是去世界哪個角落她都帶著這種萬用肥皂！淋浴時她還是半睡半醒。雙腳踏著一塊粗糙的花崗石，冷水嘩啦嘩啦落在她的頭髮上。

她洗了洗臉，把薄荷香皂擦在閉合的眼瞼上，再用水沖掉。當她的視線沿著肩膀跨過大蕉樹的葉往遠處眺望，藍色的遠山映入眼簾，一個美麗的矇矓世界。

到了中午，她籠罩在一陣可怕的頭痛中。

＊＊＊

她發著高燒，挨在廂型車後座。沙勒特決定半途折返可倫坡。不管她患的是什麼病，它就像蟄伏體內的野獸，令她突然發抖、冒汗。

然後，過了午夜不久，她身處在大海沿岸的一個房間裡。她從來就不大喜歡南部雅拉一帶的海岸，童年時如此，現在也一樣。這裡的樹唯一的作用就是提供蔽蔭，此外乏善可陳。甚至月光也像是合成的燈光。

吃晚飯時她像是精神錯亂，幾乎哭了起來。坐在餐桌對面的沙勒特像在一百哩以外，跟他說話卻變成毫無必要地大喊。她餓了，卻無法咀嚼——即使是她最愛吃的咖哩大蝦。她只能不停的把軟綿、微溫的豆糊舀進嘴裡，同時喝點萊姆汁。下午她在怦怦的心跳聲中驚醒過來。她勉強爬下床，望向寬敞的走道，只見大廳遠處轉角一群猴子一閃而過。她相信自己沒看錯。她每四小時服一次藥把頭痛壓下來。這也許是中暑或登革熱又或是瘧疾。回到可倫坡才有辦法檢查清楚。「是因為太陽啦，」沙勒特喃喃說道，「我給你買一頂大一點的帽子。我給你買一頂大一點的帽子。我給你買一頂大一點的帽子。」他說話總是輕輕的像耳語。她要不停地說：**什麼？什麼？**卻又總是懶得開口。那是猴子嗎？下午所有人睡午覺時，猴子就會偷走晾衣繩上的毛巾和泳褲。她千盼萬盼旅館不要把發電機關掉。她不能想像沒有風扇和淋浴讓她涼下來該怎麼挺下去。唯一運作無誤的只有電話。今天晚上她在期盼著一通電話。

吃過晚飯後，她把一整壺加了冰塊的萊姆汁拿進自己房間，然後馬上睡著了。晚上十一點醒過來，吞下更多藥丸，要蓋過她知道一定會再發作的頭痛。衣服因為冒汗而濕透了。她在冒汗，在期盼，又像在探討什麼。風扇幾乎動也不動，空氣連她的手臂也吹送不到。「水手」哪裡去了？她剛才忘掉它了。黑暗中她在床上轉過身來，撥打沙勒特房間的內線電話。「它在哪裡？」

「誰？」

「水手。」

「它安全無事，在廂型車上。記得嗎？」

「不，我——那樣安全嗎？」

「這是你的主意。」

她掛斷電話，確保電話筒放好了，然後在黑暗中躺下來。她需要空氣。她拉開窗簾，看到光線從電燈柱灑下來。沙灘上有人摸黑備船。如果她開燈就會像水族箱的魚一樣被人看得一清二楚。

她離開房間。她需要一本書讓她保持清醒，等待電話打來。她跑到壁龕向書架凝望片刻，挑了兩本書匆匆跑回房間：一本是李察．艾登保羅的《甘地傳》，另一本是法蘭克．辛納屈的傳記。她拉上窗簾，開了燈，脫下濕透的衣服去淋浴。她讓冷水往頭髮上沖，身體靠在淋浴間一角，涼快的感覺令自己平靜下來。她需要有人跟她唱首歌——也許是莉芙，也許是她們在亞利桑那時經常唱的那些有如對話的歌……。

她拖著疲乏的身軀走出來，濕著身子坐在床腳。很熱，卻不能拉開窗簾，那樣她就得穿上衣服。她開始看書。看膩一本就換另一本。沒多久她腦袋裡堆積起來的人物就愈來愈多了。燈光太差勁了。她想起沙勒特曾告訴他，他離開可倫坡往外跑一定帶一個六十瓦的燈泡。她爬到床的另一邊打電話給他。「我可以用你的燈泡嗎？我這裡的燈很糟。」

「我拿給你。」

他們從《週日觀察家報》抽出一頁頁報紙，鋪滿整個地板，用膠帶黏牢。你有麥克筆嗎？有。她開始脫下衣服，背對著他，然後躺在「水手」身旁。她身上只剩下紅色的絲質內褲了，那通常是反諷搞怪才穿的，從沒想過穿給人看。她仰望天花板，雙手遮掩著乳房。她讓身體壓在硬地板上，感到十分舒服。打磨得光滑的水泥地板穿透報紙傳來涼意，她重新體驗到童年時睡在草蓆上的踏實感。

他用麥克筆描畫出她的輪廓。你要暫時把雙臂放下來。她感覺到筆尖沿著她的雙手、腰間滑過，然後是她的雙腿。藍色的線條最後在她腳後跟首尾相接。

她從那一圈輪廓站起身來，轉過身去，看見他把那四具骸骨的輪廓也勾勒出來了。

敲門聲響起，於是她醒過來。她一直沒動過，整個晚上只覺得動彈不得，無法思考。即使看書也是昏昏欲睡，糾纏在一段段文字之間無法脫身。滿腦子都是艾娃．蓋德納字裡行間對辛納屈的一番微詞。她用床單裹著身體跑去開門。沙勒特把燈泡遞給她，掉頭就走。他身穿襯衫，配上紗籠，她原打算請他來弄……。她把桌子推到房間中央，關了電燈，手隔著床單把熾熱的燈泡旋下來。她還擔心電線漏電。外頭的海浪聲傳到耳際。她奮力抬起頭來，把沙勒特送來的燈泡旋進燈座。突然間一切變得沉實凝重，萬籟俱寂。

她平躺在床上，又感覺到冷，全身顫抖，嘴巴呻吟。她翻遍袋子找到兩小瓶從飛機上帶走的威士忌。沙勒特曾脫掉她的衣服勾勒她的輪廓。他有做過這件事吧？

電話響起。美國打來的。女性的聲音。

「喂？喂？莉芙？感謝老天是你！你有聽到我的留言嗎？」

「你講話開始帶有口音了。」

「不，我——這是合法接通的電話嗎？」

「你的聲音忽大忽小。」

「是嗎？」

「你沒事吧，安悠？」

「我病倒了。現在很晚了。不，不。我沒事。我在等你的電話。只不過我病倒了，讓我覺得跟所有人距離更遠了。莉芙，你還好吧？」

「還好。」

「告訴我，有多好。」

接著是一陣沉默。「我開始記不起來了。我漸漸忘記你的樣子了。」

安悠幾乎透不過氣。她從電話別過臉去，臉頰往枕頭上擦拭。「妳還在嗎，莉芙？」她聽到電話線上有雜音從老遠傳來。「你的姊妹跟你在一起嗎？」

「我的姊妹？」莉芙說道。

「莉芙，你聽好，記得嗎——徹利．華蘭斯是誰殺的？」

她把電話筒緊壓在耳朵上，劈啪聲與死寂交替。

在隔壁的房間裡，沙勒特睜著眼，無法逃避安悠的哭泣聲。

＊
＊
＊

沙勒特伸手跨過早餐盤子，握住安悠的手腕用拇指給她把脈。「我們下午就抵達可倫坡。可以在船上的實驗室對那具骸骨再做鑑識。」

「無論如何都要留著這副骸骨，」她說。

「四副都保留，合成一組，掩人耳目。我們聲稱它們全是古代遺物。你的發燒減輕了。」她的手從他的掌握中溜了出來。「我會從水手後腳跟取一小塊碎骨，用作辨識。」

「如果能再採集一些花粉和土壤樣本，就可以找到它最初埋葬的地點。然後在船上做研究。」

「附近有一位女研究員專門研究蟲蛹，」安悠說，「我讀過她一篇文章。我肯定她來自可倫坡。那是一篇很好的初階論文。」

他滿面疑惑望著她。「我不認識她。你去醫院時可以在年輕教職員間找一下。」

他們相視無言。

「我來這裡之前跟好朋友莉芙說過，**我或許會碰上那個毀掉我的人**。我可以信賴你嗎？」

「你必須信賴我。」

黃昏時分他們到達可倫坡的穆特瓦碼頭。她協助他把四具骸骨搬進歐朗塞號的實驗室。

「明天休息一下，」他說，「我要張羅更多儀器，要一天時間。」

他離開後安悠繼續待在船上，想再做點事。她走下樓梯，走進實驗室，拿起他們擱在門邊的金屬棒往牆上敲了起來。傳來一陣亂竄聲。然後在一片黑暗中回歸平靜。她劃了一根火柴放在自己前方往前走。她扳下發電機的桿子，不久後傳來搖擺不定的嗡嗡聲，艙房裡電力緩緩運作起來。

她坐在那裡盯著它。發燒開始消退，感覺沒那麼沉重了。她開始在硫磺燈下繼續檢視這具骸骨。總括迄今所知有關「水手」之死的事實，當中的真相古今皆同，不管是今天的可倫坡還是古代的特洛伊：一根斷了的前臂，局部曾遭焚燒，頸部脊椎骨受損，頭顱骨可能有一個小子彈進出造成的傷口。

從骨頭的傷口，她可以研判水手最後的動作。他把手放在臉上，抵擋迎面而來的襲擊。他被來福槍射擊。子彈穿過手臂，然後是脖子。當他倒在地上，他們便上前殺掉他。

造成致命一擊的，是一枚最小、最廉價的子彈。這枚點二二口徑的子彈穿過的路徑，她的原子筆能滑得過去。然後他們試圖放火燒屍，在火光中開始為他挖掘墳墓。

安悠走進金賽路醫院，走過首席衛生官門外的牌匾。

言盡於斯
笑止於此
哀我活人
不敵死神

上面拉丁文、僧伽羅文和英文並列。一走進實驗室，獨自在一個大房間裡，她就能放鬆下來，她偶爾來這裡工作，使用這裡較佳的設備。天啊，她竟然愛上了實驗室。凳子總是有點兒傾斜，要斜著坐。總是要小心翼翼往前傾。房間四周，靠著牆壁，是盛著紅色液體的玻璃瓶。她可以一邊圍著桌子走，一邊眼尾往一具屍骸瞄過去，然後坐在凳子上，渾然不覺時間的流逝。不飢不渴，不渴望有朋友或愛侶陪伴。只是覺察到遠處有人錘打地板，讓大頭錘的敲擊力穿透古老的水泥，像要由此觸及真理。

她挨著桌子站著，桌邊抵著她的臀骨。她的指尖在暗黑的木桌表面滑過，感覺著它有些什麼沙石、碎屑或黏稠物。她孑然獨處。她的手臂跟桌子一樣黝黑，沒有首飾——除了她手腕輕輕落在桌子時發出卡嗒聲的手鐲。當她面對眼前的靜默想得出神時，沒有半點其他聲音。

這幾棟建築就是她的家。她長大成人後曾住過五六棟房子，她的原則和習慣就是永遠活在自己的經濟負擔能力之下。她從來沒買過房子，租的房子總是非常簡樸。不過她目前在可倫坡住的房子，地板上有一個漂浮著花朵的小水池。對她來說夠奢華的了，還可以給摸黑進來的竊賊帶來困擾。晚上，一天工作後回到家裡，安悠就會脫去涼鞋，站在淺淺的池水裡，讓白色的花瓣漂浮在腳趾間。她雙臂環抱，把一整天的事情卸下，讓一層層的事件和遭遇從自己身上脫離。她站一陣子後，就濕著腳走上床。

她自己知道，其他人也知道，她是個堅定不移的人。她的名字本來不叫安悠。因為給她取的兩個名字很不恰當，她一直以來就想叫「安悠」，那是她哥哥從來不用的第二個名字。十二歲那年她曾嘗試從哥哥那裡把它買過來，承諾遇上了家庭紛爭一定站在他那邊。雖然哥哥知道她想得到這個名字甚於一切，卻沒有輕易答應這樁交易。

她這番企圖把家人氣壞了。別人用她原有的兩個名字叫喚她，她一概拒絕回應，即使在學校也一樣。最終父母軟化了，只是要她說服那個也不好惹的哥哥放棄他的第二個名字。十四歲的哥哥聲稱他也許有一天會用上這個名字。而且擁有兩個名字聽起來威風多了，第二個名字也可以暗示他或許有另一面的性格。還有這也是他們祖父的名字。他們兄妹倆事實上都對祖父一無所知。父母撒手不管，最後兩兄妹達成交易。她把存下來的一百盧比給了哥哥，還有他覬覦多時的一套筆具、她弄到手的一罐五十支裝金葉牌香菸。當交易在最後一刻陷入僵局，她還滿足了他的性需要。

自此之後，她在護照、成績單以至於所有申請表格上，都只使用這個名字。後來她回憶童年，記憶最深的就是還沒得到這個名字時的渴望和得到之後的喜悅。她喜愛這個名字的一切，包括它的簡約，儘管是個男性名字卻具女性味道。二十年後她的感覺絲毫沒變。這個她渴望已久而最終贏得的名字，就像她見過之後念念不忘的戀人，全心全意窮追不捨。

安悠還記得自己捨棄而離開的這個城市，如何瀰漫著十九世紀風情。魚蝦販子在杜佩凱遜路上拿著漁獲向駛過的車輛兜售，還有可倫坡七區那些一絲不苟地粉刷得雪白的房子。這是富豪世家和政治權貴的聚居地。「天堂……可倫坡七區……」，她的父親每次盛裝準備出席晚宴，總是一邊哼著〈臉貼著臉〉的曲調，一邊讓安悠在襯衫袖口別上袖扣。父女之間有一個悄悄許下的約定。她知道不管他在舞會或其他約會或緊急手術後多晚才回到家裡，第二天黎明時分他都會開車穿過空盪盪的街道，送她到水獺俱樂部參加晨泳課。開車回家的路上他們會在攤販前停下來，喝一碗牛奶，吃一塊用英文雜誌的光亮紙張裹著的阿榜糕。

即使在雨季，每天早上六點她都冒著大雨從車上跑到游泳池，一躍而下痛快地游一個小時。就只有教練和十個女孩。泳手潑濺起水花，轉身，又再從水裡冒出來。雨聲嗒嗒不斷的打在金屬車頂上，也打在剛硬的水面和繃緊的橡膠泳帽上。三三兩兩的家長在看《每日新聞報》。她童年時所有實實在在的魄力和精力看似都在早上七點半前就會耗盡。她到了外國也維持著這種習慣，去醫學院上課前先自修兩、三個小時。從某方面來說，她後來沉醉於鑽研探索，跟她在水中世界隨著緊密的節奏游泳有點相似，就像穿越時間往前凝望。

因此，儘管沙勒特前一天建議她睡得晚一點才起床，安悠早上六點就吃完早餐出發去金賽路醫院了。那些風雨不改的魚蝦販子站在路旁，展示他們昨晚的漁獲。香菸攤販點燃麻繩發出的燻麻氣味充斥在空氣中。她童年時總是被這種氣味吸引，徘徊不去。突然間，不知何故，她想起了女子學院的女生在陽台上聚精會神看著聖湯馬斯學院的男生：他們全都是無賴，唱著〈維納斯呀好船兒〉，硬要唱出一段又一段愈來愈粗鄙露骨的歌詞，直到女舍監把他們趕走。

維納斯呀好船兒——
你我是天生一對。
乘風破浪張開腿
迎向我的那話兒。

女生們通常在學校裡安心無慮地沉醉於典雅浪漫的愛情，她們正當十二、三歲的花樣年華，面對如此搞怪難免大吃一驚，卻又禁不住硬要聽下去。安悠二十歲身在英國時才再次聽到這首歌。當時是在一個橄欖球賽的賽後派對裡，看上去是一個比較開放的場合，眾多男生在她身邊粗獷地叫嚷。聖湯馬斯的男生很會耍花招，他們拿著樂譜，最初像是唱讚美詩，顫音、伴唱、前導哼唱一一俱備。女舍監實際上若是只聽曲調，就會被他們騙倒。中學四、五年級的女生們卻是每個字都聽得一清二楚。

穆格這個爛船長，
一副猥瑣好色相。
好一個無能光棍，
能力不足以鏟糞。

安悠很喜愛這段歌詞，它工整的押韻在心情寥落時總會溜進她的腦袋。她喜愛帶著怒火和立場鮮明的歌。因此早上六點步行到醫院途中，她試著回想〈維納斯呀好船兒〉各段歌詞，並高聲唱出第一段。其他沒那麼確定的歌詞，她只是做個口型，像假裝吹喇叭。「真個了不起，」她喃喃自語，「真個頂呱呱。」

那位撰寫蟲蛹研究論文的可倫坡實習生，原來在驗屍實驗室的一個辦事處工作。安悠想了一陣子才想起她的名字，如今在她眼前的這位齊特拉．阿貝瑟可拉，正在打字機前填寫申請表，房間裡的濕氣令紙張變得軟垮垮的。她站在旁邊看著正在打字的她，只見她身穿一襲紗麗，身旁似乎有一個行動辦公室——兩個大紙箱和一個金屬匣子。裡面放著研究筆記、化驗樣本、細菌培養皿和試管。金屬匣子裡是培育中的幼蟲。

她抬頭看了安悠一眼。

「我打擾你了……？」安悠視線往下瞄到了她正在打的第四行字。「你何不歇一會兒？讓我替你打下去。」

「你就是從日內瓦來的那位女士，對吧？」表情有點難以置信。

「對。」

齊特拉看看自己的雙手，兩人笑了起來。她的皮膚滿是蜂蟲叮咬的痕跡。她說不定能隨時伸手進蜂巢抓一把戰利品出來。

「就告訴我該寫些什麼好了。」

她一邊說，安悠側過身去三兩下做了些編輯工夫，加了一些形容詞，令她的研究基金申請書變得漂亮多了。齊特拉對研究計畫的樸拙描述恐怕難獲青睞。安悠添加了必要的戲劇性效果，把齊特拉列出的才能變成一份吸引人的履歷。完成後，她問齊特拉要不要去吃點東西。

「不要去醫院的食堂，」齊特拉提出有益的建議。「那個廚師在驗屍實驗室做兼職。你知道我喜歡什麼嗎？有冷氣的中餐館。就去花鼓小館好了。」

餐廳的顧客只有三個生意人。

「謝謝你幫我寫申請書，」齊特拉說。

「這是個好計畫，是個重要的計畫。你能夠在這裡從事所有這些研究嗎？能找到所需的設備嗎？」

「我必須在這裡做……那些蟲蛹……幼蟲，全部實驗都要在這種氣溫下進行。而且我不喜歡英國。我將來也許會去印度。」

「如果需要幫忙，儘管找我好了。老天，我快忘掉涼爽的空氣是怎麼樣的。我也許搬來這裡住好了。我想跟你談談你的研究。」

「且慢，且慢。告訴我你喜歡西方的什麼。」

「嗯，我喜歡什麼？我想我最喜歡的是可以隨意做自己的事。在這裡做任何事都不得不暴露身分。我很想念失落了的隱私。」

齊特拉看來對西方的這種優點毫無興趣。

「我一點半前要回去，」她說。她點了炒麵和可樂。

放著試管的紙皮箱打開了，齊特拉用刺針把一隻幼蟲放到顯微鏡下。「這個兩周大。」她用鑷子把牠拿了出來，放在培養皿盛著的一片人類肝臟上，安悠相信這必然是非法取得的死人器官。

「我不得不這樣做，」齊特拉說，她察覺到安悠狐疑的眼神，故作若無其事。「就在屍體埋葬前取一小部分，占點小便宜。昆蟲由此取得養分，比起取自其他動物器官，成長速度快得多了。」她把剩下的肝臟放進一個野餐用的冷藏箱，取出她那些圖表在中間的桌子上鋪開來。「告訴我有什麼我可以幫你的忙……」

「我有一具骸骨，曾被局部焚燒。可不可以從它身上的蟲蛹取得一些信息？」

齊特拉掩著嘴巴打了個嗝，她吃過飯後就不停在打嗝。「如果它還在第一現場，可能性就大一點。」

「問題就在這裡。我們在發現它的地點採了些土壤，但我們相信它被移動過。我們不知道它最初在什麼地點。我們只從最後發現的地點採到土壤。」

「我可以看看那些骨頭。對一些昆蟲來說，吸引牠們的是骨而不是肉。」齊特拉向她微笑。「可能有些殘留的蛹來自最初的地點。如果知道是哪種昆蟲，就可以把可能的地點範圍縮小。說來奇怪，只有死後最初幾個月，骨頭才會吸引某些動物。」

「不尋常。」

「唔，」齊特拉說，像在嚼巧克力。「有些蝴蝶會被骨頭上的水分吸引……」

「我給你看看部分的骨頭行嗎？」

「我明天起要到內陸待上幾天。」

「今天晚上呢？行嗎？」

「唔，」齊特拉彷彿毫不關心，全神貫注在她找到的一項線索，對照著圖表上的生命周期。她的目光從安悠轉到桌上的一排昆蟲，拿起鑷子夾起了大小和成長期吻合的一隻。

那天晚上在船艙裡，沙勒特把溶化在丙酮裡的塑膠倒進一隻淺碟，拿出他用來在骨頭上塗抹的駱駝毛刷子。眼前是散射的燈光，耳邊傳來發電機的嗡嗡聲。

他走到放著一具骸骨的實驗台，拿起一盞夾燈——它是這裡唯一的聚光燈，邊走邊拿著開亮的燈，拖著長長的電線，走到這個縱深房間另一端的一個櫥櫃。他打開櫃門，倒了四分之三杯的亞力酒，再走回骸骨旁邊。

這四具從從班達拉維拉帶回來的骸骨，如今暴露在空氣中，很快就會腐敗。

他從一個塑膠容器抽出一根碳化鎢針，插在挖剔刀具上，開始清理第一具骸骨，把上面的污垢殘渣剔除。然後他拿起一條細管子在每根骨頭上吹氣，空氣吹向那些可證實為創傷的傷痕，就像啜着嘴向小孩遭燙傷的傷口吹送涼氣。他把駱駝毛刷子在淺碟上蘸了一下，開始在骸骨上刷上一層塑膠保護膜，沿著脊椎和肋骨一路刷下來。然後他把聚光燈拿到第二張桌子，對第二具骸骨做同樣的事。然後是第三具。到了「水手」的桌子，他把腳後跟的骨頭轉向側面，找出安悠從跟骨取出了一塊切片的那一公分深的切口。

沙勒特伸了個懶腰，從燈光下走到暗處，伸手摸索那瓶亞力酒，把它帶回到放著「水手」的桌子，在燈光的照射下。現在是淩晨兩點左右。當他把四具骸骨都塗上保護液，他給每具骸骨寫了筆記，又從前面和側面拍了三具骸骨的照片。

他一邊工作一邊喝酒。現在這個密不透風的艙房裡，塑膠氣味濃得嗆鼻。他在嘎吱響聲中打開艙門，拿著那瓶酒爬上甲板。正在宵禁中的可倫坡一片漆黑。這是散步或騎腳踏車的美好時刻。只見在緊張氣氛下鴉雀無聲的路障，還有索羅門迪亞斯大道沿途蓊鬱一片的老樹。但周遭的港灣卻還有人在忙著。來自一艘拖船的燈光在水上盪漾，在碼頭上搬運大板條箱的拖拉機投射著白色光束。清晨三、四點了。他打算把艙門鎖好，在船上睡到天明。

艙房內仍然瀰漫著塑膠氣味。他從抽屜抽出一束手捲菸，點了其中一根，大口吸進它那百味雜陳、濃烈得要命的焦香味。他拿起夾燈走到「水手」那邊。就剩它還沒拍照。好吧，他對自己說，現在就拍。他拍了正面和側面兩個鏡頭，他站起來看著拍立得相片顯影，一邊扇著讓它快點顯現。當「水手」的影像全部顯現出來，他便把照片放進一個牛皮紙信封，封好填上地址，丟進大衣口袋。

其他三具骸骨都沒有頭顱。「水手」卻是有頭顱的。沙勒特把抽了一半的手捲菸擱在金屬洗滌槽上方，欠身靠向「水手」。他拿手術刀把連接著頭顱和頸椎的韌帶切斷，把頭骨拿到自己的桌子。頭部沒有遭到燒灼，因此前額、眼窩和淚骨都是一片平滑，頭蓋骨的接縫相當緊密。沙勒特用塑膠布把頭骨包住，再放進印著「昆旦莫百貨」的大型購物袋。然後他回過頭來拍攝沒有頭顱的「水手」，也是正面和側面各拍一張。

他現在了然於胸，他和安悠要尋求援手了。

# 叢林中的苦行僧

多年來以金石學家帕里帕拿為核心人物的一個民族主義考古學派，最終成功地從歐洲人手上奪回斯里蘭卡考古研究的權威地位。帕里帕拿從事巴利文古經文的翻譯，又曾記錄並解讀錫吉里耶獅子岩壁畫，由此建立起名聲。

帕里帕拿曾直言不諱地表明，一個講求實際成效的民族主義運動，主要奠基在對古代文化背景的深刻理解，為此必須展開全面的研究。在西方眼中，亞洲歷史不過是歐洲與東方的交接點上的一道模糊風景，但帕里帕拿眼中的祖國卻是深不可測且色彩斑斕，歐洲不過是亞洲半島邊陲的一片陸地罷了。

一九七〇年代一系列國際學術會議相繼舉行。與會學者飛抵德里、可倫坡和香港，在六天的會議裡發表他們最為得意的洞見，也試著掌握前殖民地的脈動，然後回到倫敦和波士頓等地。大家終於體會到，儘管歐洲的文化也很古老，亞洲的文化卻更為久遠。帕里帕拿當時已是斯里蘭卡學術界最受尊崇的人物，他曾出席過一次這一類的學術會議，後來就沒再參與了。他是個簡樸的人，跟這種拘泥於形式、免不了應酬的場合格格不入。

沙勒特受業於帕里帕拿門下的那三年，是他學術生涯上最艱困的日子。學生提出的任何考古資料，都必須經由學術界正式確認。每一組石刻楔形文字或岩畫，都必須在學術期刊、考古現場以至於在教室黑板上一次又一次的摹畫出來，直到連做夢也不會忘記為止。沙勒特追隨帕里帕拿的頭兩年，便覺得他吝於讚賞別人，在生活上也是個吝嗇鬼（而不是什麼簡樸）。他看似無法把嘉許的話說出口，也從來不會請人喝一杯酒或吃一頓飯。他的哥哥納拉達自己沒有車而總是要搭別人便車，起初看來兩兄弟是同一種德性，可是納拉達在友誼上卻是慷慨的，也樂於付出自己的時間，而且不吝於展現他的笑容。帕里帕拿則總是能省則省，把全副精神投入歷史論述。他最鋪張、最揮霍的一刻，就是在出版他的著作時，堅持圖表要雙色印刷，還要用耐久的、不輕易受天候和蟲類毀損的紙張。只有當一本書的編寫印行大功告成，他才會把那種獵犬般的專注力從原來的研究計畫移開，重新兩手空空地跨入祖國另一段歷史、另一片地域的探索。

歷史總是圍繞在他身邊。皇室浴池和水景花園的殘石破瓦，以至於被掩埋的古城，憑著熱血沸騰的民族精神，他可以從這一切給自己也給沙勒特等跟他一起工作的人，找到數之不盡可以記錄和解讀的課題。他看來對荒野裡任何具有神聖歷史意義的事物都能提出一番見解。

帕里帕拿年屆中年才跨進考古學的世界。他在事業上平步青雲，憑藉的不是家族關係，而是他在研究上對語言和技術的掌握都勝於那些地位在他之上的人。他不是一個容易討人喜歡的人，自年輕時就談不上有什麼魅力。多年來他在眾多學生之中只找到四個真正能埋首於研究的弟子。沙勒特正是其中之一。帕里帕拿六十歲以後跟每個弟子都鬧翻了。那四個弟子受到他的羞辱，一直無法原諒他。但他的學生始終深信不疑的有兩件事——不，三件事：他是全國最優秀的考古學理論家；他幾乎永遠正確無誤；還有，功成名就的他還是過著比這些學生簡樸得多的生活。也許因為他哥哥是個僧人。帕里帕拿的衣櫥裡只剩下兩套一模一樣的衣服。他年紀愈大，跟俗世就愈疏離，除了在出版方面他還維持著一點虛榮心。沙勒特已經很多年沒見過他了。

這些年來，帕里帕拿在學術界受到無情的排擠。事件始末，首先是帕里帕拿發表了一系列解讀岩畫的研究著作，令考古學家和歷史學家驚嘆不已。他發現並翻譯了具弦外之音的一個文本，可以解釋斯里蘭卡六世紀的政治風雲和皇朝更迭。這項研究在國內外的學術期刊贏得激賞，可是後來他的一個弟子指出，沒有證據顯示那些古文字確實存在。全都是出於杜撰。一些歷史學家也指出未能找到帕里帕拿提到的古文字遺跡。也沒有人能找到任何他引錄和翻譯的文字敘述：包括垂死士兵的遺言、君主昭告天下的詔書殘卷，甚至是據稱宮廷之內愛侶和密友所寫的巴利文色情詩句——儘管其中的人物有名有姓，可是巴利文《編年小史》裡找不到隻字片語。

帕里帕拿所發表的那些敘述詳盡、細緻的詩句，最初看來目標是要讓歷史學家的爭議和論辯從此劃上句點了。由於帕里帕拿是享有盛譽的極嚴謹的學者，在研究上總是一絲不苟，他的研究結果令人深信不疑。但現在其他人看來他在自己的事業高峰上耍了一套猴戲，在全世界面前搬演了一齣惡作劇。然而在他自己心目中，這也許不是什麼惡作劇，也不是弄虛作假。也許對他來說這不是踏出虛假的一步，而是踏進另一個真實境界，是他一直以來在學術之路上誠懇踏步前行的終極一程。

可是沒有人欣賞他這種詭異的舉動，包括他的學術追隨者甚至是門下弟子——就如沙勒特這個指導期間一直被他指斥研究有欠嚴謹和精細的弟子。這個所謂「帕里帕拿的異舉」，被視為背叛了一直以來他得以建立名聲的原則。一位大師竟然弄虛作假，遠非只是惡作劇而已，簡直就是目空一切。只有從最天真無邪的態度看待，才可以視之為個人生涯或與人互動的偶一失足。

錫吉里耶大型石構堡壘上的壁畫，位於一段登山坡道約四分之一哩處的一個懸崖之下，自六世紀以來不斷在一面古老石牆上雕鑿而成。比起同在錫吉里耶的「鏡牆」上那個更有名的女神式雕像，它更顯得古老。岩畫上字跡漫漶、顏色斑駁的銘文，一直以來對歷史學家來說既吸引又神秘。帕里帕拿耗盡十五年歲月，埋首用心研究這種謎樣的語言。作為歷史學家和科學家，他對待每個問題總是從多方面切入。面對一個新發現的石池，他寧可跟一個石匠一塊兒探索，或求教於池畔一名洗衣婦，也不願意跟佩拉德尼亞大學的教授攜手研究。他並非參照歷史文獻而對銘文加以解讀，而是倚重當地傳統技藝，從傳統技藝的實踐中達成理解。他一眼就足以認定，石牆上的一道裂縫，會限制壁畫上特定人物的肩膀必須採取什麼姿勢。

四十歲以前他一直在研究語言和文獻，抱持著既有的歷史眼光，接下來的三十年他投入田野考察。一旦到達一個考古現場，他對於裡面該有些什麼總是胸有成竹：譬如屹立在空地上的柱子該有怎樣的紋樣，洞窟石壁高處該有哪個常見的畫像。對於他這樣一個細心假設的人來說，這是一種奇異的直覺。

他會觸摸每個出土的古銘文。他也會臨摹《坡倫納魯瓦石經》的每個字母。經文刻在一塊四呎高、三十呎長的巨石上，是斯里蘭卡最早的傳世文獻。他還會把他露出衣袖外的手臂和臉頰貼在這塊蘊蓄著日照熱力的基石上。一年大部分時間裡它都是暗沉沉、暖烘烘的，只有在雨季，凹陷的鐫刻字母會注滿雨水，就像開挖而成的完美小港灣，有如古代的迦太基。這部巨書靜靜躺在野草叢生的坡倫納魯瓦聖台區，中間是銘文，周邊刻有連成帶狀的鴨紋。鴨子代表永恆，他喃喃自語，在正午的烈日下，禁不住會心微笑，因為他已把從古經文領悟的一切綴合起來。這是一個秘密。這類發現帶給他無上的喜悅，就如同他也曾在彌興泰勒的人形紋飾中發現一個跳舞的象頭神，那可能是斯里蘭卡最古老的象頭神雕像。

他把在馬塔拉所觀察的石師技藝，跟他以往多年來翻譯古文和田野考察所做的工夫互相對照，觸類旁通。過去只能臆測的事物，如今他能夠瞥見其中的真相。在他看來，這絕不是弄虛作假。

考古學的操作規則，跟拿破崙法典一樣。問題並不在於別人能否證明他的理論錯了，而是他無法證明自己是對的。不管怎樣，帕里帕拿所瞥見的真相開始聚合成為一幅完整的圖畫，連成一體，讓人得以登高望遠，觀照萬物。就如注滿字母刻紋的水把此岸與彼岸聯繫起來。無法證實的真相顯露於眼前。

不管他如何從自己的生活中把世俗事物和社會習俗盡量剝除，他那些無法證實的理論所引起的反應，令他受到更徹底的剝奪。他的學術生涯不再受到任何尊重。但他仍然堅定的拒絕放棄在學術上的這些發現，也沒有嘗試為自己辯護。他選擇了隱退。多年前跟他的哥哥一起考察時，他在距離阿努拉達普拉古城二十哩處發現一座林中修道院的遺址。如今他就帶著寥寥無幾的家當隱匿於此。傳聞指稱他住在一間殘破的「茅舍」裡，身無長物。這跟六世紀某個僧侶組織所嚴守的戒律一樣，排拒任何宗教雕飾。他們只有一塊石板具有雕飾，卻把它用作濾清尿液的小解石。他們對宗教雕像的抗拒可見一斑。

他七十多歲了，視力日衰。他仍然用草書寫作，把他體會到的真理和盤托出。他瘦得像一根竹竿，一直穿著從蓋勒路買來的同一條棉褲，還有同樣的兩件紫色上衣，戴著同樣的一副眼鏡。他那冷峻中帶著睿智的笑聲，對於同時認識他們兩兄弟的人來說，看起來就是兩人之間唯一的血緣聯繫。

他住在林中，與書本和寫字板為伍。但對他來說，如今所有歷史都灑滿了陽光，每一個凹陷的孔洞都注滿了雨水。然而他埋首寫作之際，也察覺到承載著歷史的紙張很快就會朽壞。它遭到蟲蛀、日曬、風吹。陷入同樣處境的還有他老邁瘦削的身軀。如今帕里帕拿也難逃自然界的風吹雨打。

＊　＊　＊

沙勒特和安悠驅車越過坎迪往北進入乾旱區，尋訪帕里帕拿的下落。他們事前無法向這位嚴師表明來訪的意願，沙勒特也不知道他們會受到怎樣的對待——究竟是被拒諸門外，還是勉為其難地獲得接待。他們抵達阿努拉達普拉時，正是一天裡最燠熱的時刻。他們繼續驅車前行，不到一小時就來到了森林的入口。他們下了車，沿著蜿蜒曲折、巨石環抱的小徑步行二十分鐘，出乎意料一片林中空地映入眼簾，只見一些木石結構建物傾頹散落其上——這是一個水景花園的遺跡，空餘一堆頑石。一個女孩正在淘米，沙勒特走過去跟她聊了起來。

女孩在柴火上燒水沏茶，三人就在凳子上坐了下來一起喝茶。女孩始終沒說半句話。安悠猜想帕里帕拿正在昏暗的茅屋裡睡覺。不久之後，一位身穿襯衫和紗籠的老翁從其中一間屋子走出來。他繞到一旁，從井裡打了一桶水，洗過了臉和手臂，然後轉過身來，說道：「沙勒特，我聽到你的聲音了。」安悠和沙勒特站了起來，帕里帕拿卻呆立不動。沙勒特趨前彎腰觸摸老翁的雙腳，然後引著他到凳子上坐下來。

「這是安悠．堤瑟拉……我們現在一起做研究，分析幾具在班達拉維拉附近發現的骸骨。」

「對。」

「老師，您好。」

「好漂亮的嗓子。」

安悠赫然發現他是瞎的。

他伸手握住她的前臂，撫摸她的皮膚，感覺著皮膚下的肌肉。她意識到他是透過觸摸她身體的這一部分，來推斷她的樣貌和體型。

「告訴我——那些骸骨多古老？」他放開了安悠的手。

安悠瞄了沙勒特一眼，只見他做了一個手勢把她的目光引向周圍的樹林。老翁會向誰透露這些訊息嗎？

帕里帕拿一直側著頭，似乎試著捕捉周圍空氣裡飄過的一切。

「哦——是針對政府的秘密。要不然就是政府本身的秘密吧。我們身處苦行僧的叢林。這兒很安全。我是最可靠的守密者。況且，不管那是誰的秘密，對我來說都毫無差別。這一點你早就知道了，沙勒特，對嗎？要不然你不會老遠跑來找我幫忙。可不是嗎？」

「我們要把一些事情弄個清楚明白，也許找人幫忙。也許找個專家。」

「你該知道，我現在什麼都看不到了。不過，就把你手頭的東西拿過來吧。那是什麼？」

沙勒特走到柴火旁打開他的袋子，拿出頭骨，移除了塑膠膜，然後走過去把它放在帕里帕拿的大腿上。

安悠打量著坐在他們面前的這位安詳平靜的長者。現在是傍晚五點，沒有刺眼的陽光，四周的岩石看起來變得黯淡、柔和。她逐漸能察覺到四周較輕柔的聲音。

「貝爾在十九世紀發現這個遺址時，他和其他考古學家都認為這是世俗人士的避暑行宮。可是《編年小史》曾記述一個隱居林中的修行團體——那是一群反對繁文縟節和奢華享受的僧侶。」

帕里帕拿朝他左邊做了一個手勢，頭卻一動不動。他要表明，這裡所見的五間房舍，他住在最簡樸的一間——它倚著一塊岩石而建，有一個近期重修的草葉屋頂。

「他們不是真的貧無立錐，只是刻意過著簡樸生活。你知道粗陋物質世界和『精微』物質世界的差別吧？他們就是擁抱後者。沙勒特一定跟你談過了精心雕琢的小解石吧——他對精細的事物總是情有獨鍾。」

帕里帕拿噘起雙唇。表情帶著一絲冷峻的幽默。她相信對他來說這是最接近微笑的表現了。

「我們在這兒很安全。當然歷史教訓不可拋諸腦後。烏達雅三世在位期間，一些僧侶為了逃避國王的震怒而逃離皇宮。他們來到了這個苦行者的叢林。這個佛教國家的國王和副王窮追不捨，最終把他們斬首。《編年小史》也記載了老百姓的反應。他們掀起動亂，『像狂風翻起巨浪』。這是因為國王侵犯了神聖庇護所。全國被抗議怒潮淹沒，就為了幾個僧人、幾顆頭顱……。」

帕里帕拿沉默下來。安悠看著他優雅纖細的手指在沙勒特遞給他的頭骨上游移，揣摩著它的輪廓，長長的指甲從眉骨之處伸進眼窩；然後兩個手掌覆蓋在頭骨上，像是取暖，彷彿那是一塊慢火烤熱了的石頭。他又探測顎骨的角度，摸索牙齒鈍邊的狀態。她猜測他能聽到遠處林裡一隻鳥的叫聲、沙勒特涼鞋的踏步聲，還有他劃火柴的聲響，以及他在幾碼外吸手捲菸的菸葉灼燒聲。她肯定他能聽到這一切，聽到微風和其他細碎聲音劃過他那瘦削的臉龐，那瘦骨嶙峋、發亮的棕色頭顱。在此同時，他看似遲鈍的雙眼像是能抓住並穿透一切。他的臉刮得乾乾淨淨，刮臉的是他自己，還是那個女孩？

「告訴我你們怎麼想──**你！**」他轉過頭來面對安悠。

「嗯……我們的想法不完全一樣。但我們都知道，這個頭顱的骸骨並不是古代的。我們在一個十九世紀的骨冢裡找到它。」

「可是頸椎後方的韌帶是最近才切斷的。」老人說。

「是他──」

「是我做的，」沙勒特說，「兩天前。」

「沒有徵得我的同意，」她說。

「沙勒特做任何事總有他的理由，他不是會隨意胡來的人。他總是秉持中庸之道。」

「喝醉時突發奇想的決定，暫且這麼想好了，」她試著平心靜氣地說。

沙勒特的目光掃向他們兩人，心裡有些得意。

「再多說一些，你──！」他又轉頭向著她。

「我叫安悠──！」

「嗯。」

她看見沙勒特在搖頭，咧嘴笑。她沒理會帕里帕拿的問題，只是凝望他所住房舍的幽暗處。那些房舍周圍沒有蒼翠的景色。苦行僧總是會挑選露出地面的岩石，把表土清掉。再加上茅草或棕櫚葉當作屋頂。這就是他的茅舍。果真是叫人敬而遠之的苦行僧啊。

這裡畢竟是平靜的。蟬在聒噪卻不見蹤影。沙勒特曾告訴她，他頭一遭造訪一座林中的修道院就不想離開。他也曾猜想隱居避世的老師會卜居於阿努拉達普拉周邊的一座茅舍，那是僧人傳統的歸宿。帕里帕拿自己也曾說過，希望死後葬在這個地區。

安悠從老者身邊走過，站在井旁，向下探望。「她到哪裡去了？」她聽到帕里帕拿在問，聽起來沒有不悅。女孩從屋子裡走出來，端上百香果汁和切開的番石榴。安悠很快喝完一杯，然後回到老者跟前。

「它看似被埋葬了兩次。重點是第二次的埋葬地點在一個管制區內，只有警方或軍方人員或者像沙勒特這樣的高階官員才能進入，其他人一概禁止通行。因此這看來不是普通平民犯的罪案。我知道戰亂期間可能會有出於私人恩怨的謀殺。但我並不認為兇手會多此一舉埋葬受害人兩次。這顆頭顱和它連著的骸骨是我們在班達拉維拉的一個洞穴裡發現的。我們要查個水落石出，這起謀殺案是不是政府幹的。」

「對。」

「『水手』骨頭上殘留的微量元素並不——」

「『水手』是誰？」

「『水手』——這是我們給那具體骸骨所取的名字。附著於骸骨上的土壤殘留元素，跟我們發現它的地點的土壤成分不相符。我們對骸骨所屬的確切年代不一定有相同看法，但我們都肯定它最初葬在其他地方。也就是說，謀殺案發生後它被掩埋。然後骸骨又被掘起移到新的地點重新埋葬。不光土壤所含元素不吻合，我們還懷疑骸骨最後被掩埋前附著其上的花粉來自一個完全不同的地區。」

「根據沃德豪斯的《孢粉粒概論》……」

「對，我們根據的是這個。沙勒特推斷花粉有兩個可能來源地，一個在柯蓋勒附近，另一個在拉特納普勒地區。」

「啊，那是個叛亂區。」

「對，戰亂期間很多村民失蹤。」

帕里帕拿站起來，把頭骨遞給他們其中一人。「現在比較涼快了，可以吃晚飯了。你們今晚住下來行嗎？」

「行，」安悠說。

「我去幫拉克瑪做飯，我們做飯都是一起動手的——你們不如歇一會兒。」

「我想用井水洗個澡，」她跟他說，「我們今天早上五點就上路了。可以嗎？」

帕里帕拿點頭。

沙勒特走進一片幽暗的茅舍，在地面的草蓆上躺下來。看來因為開長途車而精疲力竭。安悠走回車上，從袋子裡抽出兩條紗籠，再回到林中空地。她在井旁脫去衣服，除下手錶，圍上傳統浴衣。接著她把水桶投進井的深處，下方老遠傳來空洞的濺水聲。桶子沉下灌滿水後，她把繩子一提一拉，桶子一下就直升到井口，她一手抓住靠近桶柄的一段繩子，隨即把冷水往自己身上倒下去，迅速觸動全身的神經，精神為之一振。她再把桶子投進井裡又拉上來，把水潑在頭髮和肩膀上，水流在薄薄的浴衣下滾向她的肚皮和雙腿。她領悟到井如何可以帶有神聖意義——它把最樸實的需要與奢華融於一體。她願意捨棄她擁有的每隻耳環，來換取井旁一小時的享受。她那有如宗教儀式的連續動作重複了一遍又一遍。這一切完成後，她脫掉濕透的衣服，赤身站立在風中和最後的一抹陽光下，然後穿上乾的紗籠，彎著上身把頭髮上的水甩掉。

過了一陣子，她醒了過來，坐在凳子上。她聽到水花濺起的聲音，轉頭看到帕里帕拿就在井旁，女孩往他赤裸的身上潑水。他站起來面對安悠，雙臂下垂。他瘦骨嶙峋，像某種已絕跡的動物，甚至可說像某種「意念」。拉克瑪把一桶一桶的水往他身上潑去，只見兩人繼而手舞足蹈，笑得不亦樂乎。

清晨五點一刻，那群天未亮就起床的人已經走了一哩路，穿過街道，到達野外。他們把唯一的燈籠吹熄了，在黑暗中信心滿滿地前行，赤腳踩在泥濘和濕草上。阿南達．烏度嘎瑪習慣走在暗黑無光的路上，他知道大夥兒的目的地不遠了，那邊有零星的棚屋、剛挖出堆起的泥土、一部抽水機，以及直徑三呎的礦坑坑口。

這群人籠罩在墨綠色的晨光中，像是浮在這片開闊的景象上。他們聽到鳥兒啁啾高鳴，甚至幾乎能見到牠們從田野振翅高飛。他們全都是寶石礦工，陸續脫去背心，準備鑽到地下，在坑道內匍匐前行。他們得沿著坑壁開鑿，碰上的硬物，可能是石頭、樹根或寶石。他們得在狹窄的坑道內赤腳濺著泥漿和積水爬行，手指往濕黏的泥土和坑壁探挖。每一班工人要在坑裡熬上六小時。有些天黑時進去天亮時出來，有些待到黃昏才爬回地面。

此刻男男女女一起站到抽水機旁。男的把紗籠對摺一下重新在腰間繫緊，把背心掛在棚屋的橫樑上。阿南達抽了少量汽油噴在汽化器上，扯一下拉繩，馬達便轟隆轉起來，地面隨之震動，水也開始從水管一湧而出。他們聽到半哩外另一部抽水機也啟動了。接下來的十分鐘，曦微晨光逐漸顯現，這時阿南達和其他三個人已沿著梯子往坑洞攀下去了。

他們進入坑洞前，一個籃子先載著七根點亮的蠟燭往直徑三呎的坑洞送下去，四十呎長的繩索把它們送到黝黑的坑底。蠟燭不僅發亮而已，也可讓人警覺空氣中是否有危險成分。就在蠟燭所在的坑底，這一夥人將要爬進三條深邃的坑道，消失在一片漆黑中。

留在地面的女人，開始把盛載淤泥的籃子安排好，不到十五分鐘，她們聽到了哨子聲，開始把下面一籃籃的淤泥拉上來。隨著這片野外地區天光大白，整個拉特納普勒平原看來生機勃發：抽水機從坑洞抽出水來，洞口的婦女就用來沖洗籃子拉上來的淤泥，尋找裡面是否有值錢的東西。

坑洞裡的男人半彎著腰工作，因為汗水和洞裡的積水而全身濕透。如果有人被鑿刀割傷了手臂或腿，流出的血在暗淡的光線下是黑色的。當燭火因洞裡濕氣瀰漫而熄滅，一眾工人便會在積水的坑道裡躺下來，最接近坑口的工人會帶著蠟燭在黑暗中攀爬上去，把蠟燭重新點燃再送回洞裡。

到了中午，阿南達值完了班。他和其他工人從梯子爬上去，離洞口十呎時稍微停下來，讓自己適應洞外的強光，再繼續爬到洞外重見天日。在那些女人幫忙下，他們走到土堆旁，拿起水管沖洗身體，從頭髮和肩膀開始，水柱向著他們幾乎赤條條的身體沖下去。

他們穿上衣服，步行回家。到了下午三點，在他與姊姊和姊夫同住的屋子內，阿南達已喝得醉醺醺。他滾著身子從草蓆上起來，以他習以為常的半彎著腰姿勢走到門外，在院子裡撒尿。他無法直立，甚至無法抬頭看看是否有人在盯著他。

茅舍裡陰影幢幢，色彩晦暗，安悠能察覺到唯一光亮的物件，就是沙勒特的腕錶。茅舍裡有兩張捲起的草蓆和一張小桌子。儘管帕里帕拿瞎了，他還是在桌子上寫字，寫的是大大的龍飛鳳舞的字體，一半像語言，一半像作秀，融為一體。大半個早上，他就坐在這個幽暗的房間裡，讓思緒流轉，再振筆疾書把它捕捉下來。

女孩在地板上鋪了一塊布，大夥兒圍坐四周，欠身用手指取用食物。沙勒特還記得往日帕里帕拿帶著學生周遊全國，總是在靜默中進食，聆聽著學生的論辯，然後突然大發宏論，二十分鐘說個不停。因此沙勒特最初跟大家一起吃飯時總是默不作聲，從不提出什麼見解。他在學習辯論的規則和方法，就像一個小男孩在場邊觀賽，靜靜學習如何掌握時機和技巧。如果學生自以為是，帕里帕拿便會立即訓斥一番。大家對他心服口服，因為他處事嚴謹，剛直自持。

**你！**——帕里帕拿會這樣指著並呼喚某人。他從不叫名字，彷彿那對於討論和探索是無關宏旨的。他直截了當問道：**這塊石刻多久前雕鑿而成？缺了什麼字母？繪畫手臂的畫師叫什麼名字？**

他們在行程中總是走小路，住三等的小旅館。白天他們用刷子清理石刻讓字跡重現，晚上便憑日間在遺址現場所見的斷垣殘壁繪製庭院和宮殿的平面圖。

「我把頭骨切割開來是有原因的。」

帕里帕拿繼續伸手往碗裡拿菜。

「吃點茄子吧，我的拿手好菜……」

沙勒特曉得，帕里帕拿之所以這樣打斷別人的話，有他的理由。潑你一把冷水，凸顯眼前現實和概念之間的差距。

「連著頭和切掉了頭的骸骨我都有拍照存檔。同時我繼續分析這具骸骨——它的土壤成分和孢粉附著情態。茄子很棒……老師，你和我探索古代的石刻和化石，重新模擬乾涸的水景花園，探究為什麼軍隊會進駐乾旱區。我們可以從建築師修建冬宮或夏宮的習慣而研判骨骸是何許人。但安悠活在現代世界，用的是現代科技。她可以用細鋸從骨頭切開一個橫切面，而精確地研判死者的年齡。」

「那是怎麼辦到的？」

沙勒特默不作聲，讓安悠回答。她用沒有拿食物的手來比劃她怎麼做。「你把骨頭的橫切面放在顯微鏡下觀察。要達到十分之一公釐的精細度——這樣就可以看到通過的血管。年紀愈大，這些血管——正確來說是血管的通道——就愈是分裂，分散，變得更多。如果我們現在有一台這樣的機器，就可以估算出任何年齡。」

「估算，」他喃喃自語。

「誤差不大於百分之五。你檢視過的那顆頭顱，大概屬於一個二十八歲的年輕死者。」

「那麼有把握……」

「比起你摸一下頭骨，摸它的眉骨和量一下它的下顎準確多了。」

「多神奇啊。」他轉頭面向她。「你實在太神奇了。」

她羞紅了臉尷尬不已。

「我相信你也可以憑一根骨頭，看出像我這樣一個老頭有多大。」

「你七十六歲。」

「怎麼看出來的？」帕里帕拿卸下心防，「我的皮膚？指甲？」

「我們離開可倫坡之前我查過《僧伽羅百科全書》。」

「哦。對，對。你真幸運找到舊版本。新版已經把我刪除了。」

「那麼我們要給你立一尊雕像了，」沙勒特這麼說有點巧言令色。

接下來是令人尷尬的一陣沉默。

「我一輩子在雕像之間打滾。我可不把它們當作一回事。」

「廟裡也有世俗英雄的雕像。」

「那麼你把頭骨切下來……」

「我們還不知道他是什麼時候被殺害的。十年前？五年前？還是更近？我們沒有設備查個明白。由於他被掩埋的特殊情況，我們也不能尋求這方面的協助。」

帕里帕拿默不作聲，垂下頭來，交叉著雙手。沙勒特繼續說：「你曾經憑著察看古文字而構建出一整個時代，也曾憑著殘缺的圖像重新構擬出舊日的情景。好了，現在我們有這顆頭骨，我們要找人把這個人的相貌重現。到底他二十八歲被殺時是哪一年？要查出來，其中一種方式就是找一些能認得他的人。」

大家都一動不動。連沙勒特此刻也垂下了頭。他說下去：「但我們沒有專家，也沒有這方面的專業知識來做這件事。所以我把頭骨帶來，請你告訴我們該怎麼做，何去何從。這是我們得靜悄悄做的事。」

「對，當然。」

帕里帕拿站了起來，他們也都跟著起身，一起走出茅舍，面對蒼茫夜色。帕里帕拿這種突然的舉動，令他們措手不及，就像拉著牽狗繩反倒被狗牽著走。四人踱步到湖畔，站在黝黑的湖水旁。安悠面對墨綠與灰黑的眼前景象，無法不想到帕里帕拿雙目失明。石階和石頭靠在斜傾的土地上，就有如磚和木的碎屑緊依著石頭。這是古代建設留下的骸骨。安悠覺得她的脈膊彷彿進入休眠狀態，像是世界上行動最遲緩的動物在草地上爬行。她正在捕捉身邊細微複雜的事物。帕里帕拿在他那別具神威的失明狀態下，心裡也許正是充塞著這類事物。安悠心想，我真的不想離開這個地方，她記得沙勒特跟她說過同樣的話。

「你曉得『開光點眼』的傳統嗎？」帕里帕拿喃喃問道，像是在大聲思考。他舉起右手指著自己的臉。他說話的對象看來是安悠，而不是沙勒特或那個女孩。

「顧名思義，這是跟眼睛有關的一個儀式，要由一位特殊的藝師給佛像畫上眼睛。這一直是佛像製作的最後程序，賦予佛像生命。就像給電器裝上保險絲。眼睛的關鍵作用就像保險絲。寺院裡供奉的雕像或畫像，必須經過這個儀式方才具備法力。諾克斯曾描述過這種儀式。庫馬拉斯瓦米在他的著作裡也曾有所描述——你應該讀過他的著作吧？」

「讀是讀過，但想不起內容了。」

「庫馬拉斯瓦米指出，在畫上眼睛前，佛像不過是一塊廢鐵或頑石而已。一旦經過了這道儀式，『他從此就成為了神』。當然畫眼睛有它的特殊方式。有時國王會親自執筆，可是由專業藝師或工匠來做就更佳。當然現在我們沒有國王了。國王不再在開光點眼儀式裡出現其實最好不過。」

安悠、沙勒特、帕里帕拿和女孩來到一個傳統的方形木造亭子，圍著中央的一盞油燈坐下來。先前老者指了一下這個亭子，說他們可以在這裡談下去，甚至今晚在這裡睡一覺。這座木造建築沒有牆，只有一個高聳的亭頂。白天旅客和朝聖客藉著它遮蔭乘涼，夜裡它不過是一座迎向黑暗的木骨架，寥寥幾道樑桁營造出某種秩序。倚石而建的這座結構，是木石交融的一個棲身之所。

天色將近全黑了，他們可以嗅到湖面飄過來的空氣，也聽到蟲獸竄動覓食卻不見其蹤影。每晚帕里帕拿和女孩都會從林中空地步行到這個亭子過夜。夜裡他會自行摸索到亭外小解，用不著喚醒女孩引路。當他躺臥亭裡，就會察覺到四周林海傳來的沙沙響聲。在更遠的地方，恐怖的戰爭正在展開，槍手享受的是槍彈的聲音，戰爭的主要目的就是戰爭。

女孩在他左邊，沙勒特在右邊，他對面是安悠。他察覺到安悠站了起來，目光要不是投向他就是投向更遠的水面。他也聽到水花濺起。在這個平靜的夜晚傳來水中動物的動靜。一隻火雞禿鷹從林間振翅高飛。在他和安悠之間，在石頭上，在那盞昏黃的油燈旁，放著他們帶來的那顆頭骨。

「有一個畫眼的人，是我所認識的最好的一個。但是他洗手不幹了。」

「不再畫眼？」

他聽到她的聲音表現出好奇心。

「在畫眼前的一晚，有一項專門為藝師作好準備的儀式。你知道嗎，他們把藝師帶進來就只讓他在佛像上畫眼而已。眼睛必須在清晨五點畫上去。這是佛陀得道的時刻。因此整個儀式從前一晚就開始，先在寺院裡誦經和妝點。

「沒有眼睛不光是沒有視力，而是根本上空無，並不存在。藝師同時帶來了視力、真理和存在。儀式完成後藝師會受到賞賜，獲贈土地或牛犢。藝師從佛殿大門進來。他穿得像個王子，身披珠寶，腰間配劍，頭繫飾帶。他湊近佛像時身旁有人伴隨，替他捧著筆墨和一面鏡子。

「他攀上架在佛像前的梯子。伴隨的人也爬上去。許多個世紀以來都這樣做，你知道嗎，自九世紀起就有這方面的記載了。藝師執筆蘸墨，然後背對佛像，彷彿在佛像一雙巨臂環抱中。趁著筆墨未乾，另一人面向藝師舉起鏡子，讓他執筆向後跨過自己肩膀把眼睛畫在佛像臉上，用不著正面面對佛像。他藉著鏡子的反映把眼睛畫好，也只有鏡子直接面對正創造中的目光。在這個創造過程中，任何人都不能直視佛像的雙眼。佛殿四周誦經持續不斷：善哉我佛，修得正果……。地厚載德，日月增光……。我佛慈悲，大放光明！

「他這一番工夫可能花上一個鐘頭，也可能不到一分鐘就完成，端視藝師的基本精神狀態。他自始至終不能直視佛眼，只能看著鏡子映照出的凝視眼神。」

安悠站在木平台上，稍後她就要躺在這兒度過長夜，此刻她想到了庫利斯。他身處何方？無疑已回到婚姻的羈絆中。安悠總是想避免想到他陷在這樣的處境中。當他身處在這個世界，就沒有太多空間容得下安悠了。在安悠眼中，他總是半蒙著眼過活。

「你為什麼不肯放手，庫利斯？到此為此吧，繼續下去幹嘛？兩年了，我仍然覺我只是你白天的約會對象而已。」

她躺在床上，就在他身邊，卻沒有碰觸到他。她只是想跟他有眼神接觸，跟他在語言上交流。

他伸出左手猛然抓住她的頭髮。

「無論如何，別把我拋下，」他說。

「為什麼？」她奮力把頭轉過去，他卻沒鬆手。

「**放——手——！**」

他還是緊抓不放。

她突然想到了什麼。她手往後一伸便抓住了他剛才用來切酪梨的小刀，提起一轉，便捅進他那死抓不放的手臂。他放聲大喊，拖得長長的——啊……！她隱約看到他在黑暗中吐出一長串字母，也看到了他手臂肌肉上的刀柄。

她盯著他的臉和臉上那灰藍的眼睛（在大白天時比較接近藍色），發覺到自從四十歲以後他掛在臉上的溫柔神情頃刻消失無蹤。他表情緊繃，情緒崩潰。他在估量眼前的一切，這切膚之痛的背叛。她原本握著刀的右手已經鬆開，但仍然半圍著刀柄，像守護著它。

他們死盯著對方，互不相讓。她怒氣難消。她再度把頭甩開，這次他就讓她那濕漉漉的黑髮從他的指間溜走。她轉過身去，拿起電話走到浴室的燈光下，撥電話叫了一輛計程車。她走回床邊。「記住這就是我在波瑞戈泉對你幹的事。你要編什麼故事隨你便。」

安悠在浴室穿上衣服，化了妝，再回到臥室。她打開所有燈。這樣她收拾行李時，眼前便一目了然，不會漏掉任何東西、任何一件衣服。然後她關掉所有的燈，坐下來等車。他仍然在那張單人床上，一動不動。她聽到計程車駛近，按響了喇叭。

當她往計程車走過去，她能感到頭髮仍然是濕的。停在「棕櫚汽車旅館」招牌下的車子絕塵而去。這段漫長的親密戀情大部分時間都不為人知，分手的時刻突如其來且無可挽救。在搭計程車前往巴士站途中，她的一隻手一直放在胸口，感覺到她的心怦怦作響，彷彿埋藏在內心的真相一下子爆發出來。

她舉起一隻手，握住頭頂上方的椽子。她覺得自己像一條長鞭，一揮就抓住老遠的東西。帕里帕拿此刻又轉頭過去面向這位跟著沙勒特前來的女人，再念了一句：我佛慈悲，大放光明！沙勒特聽著帕里帕拿念念有詞的同時，在油燈影照下瞥見她一條蒼白的手臂。「儀式完成後，畫眼的藝師便會蒙著眼被帶到佛殿外面。所有參與儀式的人會獲得國王犒賞，包括土地和各種財貨。這都有紀錄可尋。國王重新劃定一個一個的村落，當中有高山、低地、森林、湖泊。畫師獲御賜三十塊稻田、三十件鐵器、十頭精壯公水牛和十頭懷著犢兒的母水牛。」帕里帕拿言談之間看來總是摻雜著來自記憶的歷史文獻。

「懷著犢兒的母水牛，」安悠悄悄自言自語，「稻田……這樣的賞賜恰當不過了。」這可沒有逃過帕里帕拿的耳朵。

「不過，古時候的國王有時也挑起禍端，」他說，「即使在當時也沒有什麼是確鑿無疑的。他們不知道什麼是真相，我們也從來沒掌握過真相，就說你檢測骨頭的方法吧，這也談不上什麼真相。」

「我們正是透過骨頭尋找真相。『掌握了真相才能獲得自由』，這是我的信念。」

「在這個世界上，大部分時間來說真相不過是一己之見而已。」

遠處一聲驚雷，彷彿大地迸裂，草木飄移。這個木造的亭子，就像茂林裡昏暗空地上的一葉孤舟或一張四柱大床。彷彿他們不是停靠在岩岸，而是漂浮在河中。她躺在這個木結構的邊緣，在其中一個供人就寢的平台上。她驚醒過來，聽到帕里帕拿每隔幾分鐘就轉一次身，看來很難找到安寢的位置和恰當的睡姿。

安悠又轉身回到自已的內心世界，又想起了庫利斯。她覺得他和自己之間總是有一條實際的紐帶連著，越過汪洋大海或狂風巨浪，像一條脆弱的電話纜線，要擺脫樹枝的纏繞或深海岩礁的阻隔。他是否還記得她從波瑞戈泉旅館房間大踏步走出去的情景？原本兩人期盼共度良宵。她原打算離開後再打電話去確定他沒有倒頭大睡不當一回事，但她怒氣難消遂打消了這個念頭。

沙勒特在亭子旁的岩石上劃亮了一根火柴，看到下方並不是一條河流。火光搖曳，她聞到手捲菸的焦味。一隻昆蟲像上了發條的手錶啁啾叫個不停。牠也是苦行僧茂林中的棲息者。「激憤之下的殺戮，始終沒停止過，」她聽到帕里帕拿說道。

在一片漆黑中他說了下去：「即使你是個僧人，像我的哥哥，激憤或殺戮總有一天還是會降臨在你身上。如果社會不存在，你作為僧侶的身分也就沒有了著落。你要離社會而去，首先就要成為社會的一部分，在當中領悟遁世的道理。這就是隱退的弔詭之處。我的哥哥遁入空門，避世隱居，俗世的紛擾卻如影隨形、窮追不捨。他被殺時七十歲，兇手可能是他決意出家時就碰上的人——決意避世的那一刻正是人生的一個艱困階段。我是眾兄弟中碩果僅存的一人。我的妹妹也過世了。這個女孩就是她的女兒。」

幾年前，叫拉克瑪的這個女孩親眼目睹雙親被殺。他們遇害一星期後，這個十二歲的孩子被送到一個政府營運而由比丘尼管理的庇護所。這個在可倫坡以北的機構專門照顧在內戰中痛失父母的孩子。父母橫遭毒手的震驚，令女孩內心受到徹底打擊，她的語言和行動能力退化到幼兒階段。隨著年齡漸長她更是愈發鬱鬱寡歡。她不想受到外界的任何進一步侵擾。

她在庇護所裡一個多月來獨自躲在一角，默不作聲，毫無動靜，只有在強迫之下才走出房間在陽光下做做運動。這種惡夢揮之不去，她對身邊可能出現的危險無法應對。這個孩子看破了周遭宗教氛圍下的虛假安全感，儘管宿舍窗明几淨，床鋪整潔。當她唯一的親人帕里帕拿前來探訪，他發現這個構機對她愛莫能助。任何突如其來的聲響都令她擔驚受怕。每次吃飯她都把指頭戳到食物裡頭看看有沒有藏著昆蟲或玻璃。她無法安睡在床上，老是躲在床底。剛好這時帕里帕拿碰上了事業生涯的危機，他的雙眼已是青光眼末期了。他想把她帶在身邊互相扶持，兩人便一起搭火車到阿努拉達普拉，整個旅程裡女孩驚慌不已。然後他們坐牛車進入林中修道院，棲身於這個苦行僧叢林裡的茅舍和亭子。他們悄悄從世界溜了出來，沒有人察覺他們的行蹤。從此，老人與十二歲的女孩相依為命，但人世的一切事物仍然令女孩心驚膽顫——即使這位把她帶到乾燥區的老者也不例外。

他期盼能幫助女孩脫離這種自我閉鎖狀態。她從父母學習到的一切技能如今都在她內心深處被棄絕不顧。帕里帕拿這位國內大名鼎鼎的金石學家於是在兩個層面上悉心教導她：在記憶能力上教導她背誦字母和遣詞用字，跟她聊天時則上至天文下至地理無所不談。在此同時，他的視力日漸衰退，行動日趨遲緩，動作愈來愈誇張。（到了後來，他更有信心面對眼前的黑暗和身邊的女孩，動作又減至最少。）

儘管女孩滿懷怨憤，排拒人世間的一切，他卻認為自己始終是信賴她的。他和她日常的言談，融入了戰爭、中古誦唱傳統、巴利文古文獻和語言等話題，他也談到歷史終會消退，一如一場場的戰役最終也煙消雲散，只存留於我們的記憶之中；因此即使寫在草紙上的頌歌和編製成冊的貝葉經，都難逃蠹蟲的齧噬，甚至是風雨的摧殘。只有在岩石之上，人生的苦難或美好片段才能殘留下一點永恆的痕跡。

他遠行時也帶著她，一次他執意要搭巴士到波隆納魯瓦，步行兩天到彌興泰勒一個舊日的聚會所，還要登上一百三十二級的石階，她也只能滿心害怕緊握著老人的手拾級而上，就為了讓他生前最後一次觸摸石經，摸摸上面代表永恆的鴨紋飾帶。他們搭乘牛車時，他能憑著嗅嗅周遭的空氣或聽一下橡膠樹傳來的蟲鳴聲，知道自己身處何方，曉得附近有一座半被掩埋的佛寺，這時他瘦削的身軀便會從牛車一躍而下，她就緊緊跟在後頭。「世間一切，包括我，都是由歷史塑造的，」他會這樣說，「但我喜愛的三處地方逃過了這樣的命運，那就是阿蘭卡勒、卡魯迪亞古浴池和芮堤嘎拉。」

因此他們的行蹤往南延伸到芮堤嘎拉，乘坐牛車緩緩行進，這樣她比較有安全感。他們花了數小時踏著迂迴小徑登上聖山，在蟬鳴聲中穿越燠熱的山林。他們進入森林時折下一根小樹枝，把它當作供物，此外沒有從林裡的一草一木擷取任何東西。

他碰上了每一根古代的石柱，都會挨近擁抱它，彷彿那是久別重逢的老朋友。他的大半生都是從石頭和石刻上發掘歷史。最近幾年他發現了一些隱藏的歷史，這些刻意被遺棄的歷史足以讓我們對古代的觀點和認知改觀。在那個不得不撒謊的時代，這就是歷史真相被隱藏或被記錄下來的方式。

他曾在雷電交加中解讀淺細的石刻刻紋，在雷雨大作之際把他的發現記錄下來，照亮著他的就是隨身攜帶的一盞硫磺燈或岩洞懸垂石塊旁的小柴堆的火光。他比對古老的和隱蔽的刻紋，在獨自一人的考察行程中游走於官方認可與非官方認可的探索行動之間，由於連續多個星期沒有人跟他人交談，這一切就成為了他唯一的對話。就是這樣，這位金石學家從四世紀石匠的特殊鑿工中發現一段隱藏在字裡行間的隱諱歷史，隱沒在當時的君主、國家和僧侶的刻意壓制之下。這些詩文包含著歷史的黑暗一面。

每當他念念有詞訴說這些歷史，拉克瑪總是靜靜盯著他聆聽，像是默默記下他的一言一語。他把歷史的片段綴合起來，成為一個歷史圖景。她到底能否辨別他所述說的歷史與事實的真相，倒是無關宏旨。她現在跟他在一起，伴隨著這位她親生母親的兄長，總算能安穩生活了。午後他們在茅舍的草蓆上睡午覺，夜裡就在亭子裡安寢。隨著他的視力日漸消失，他愈是把自己的生命寄託在她身上。他視力尚存的最後幾天，他只是整天凝視她。

他喪失視力後，她就取得過去他無法賦予她的權力。一切作息都由她來安排。她在他身旁的一舉一動，如今成為了他那個不可見世界的一部分。她半裸著身體，正好反映當前的心態。她像男人一樣只圍上紗籠，不穿上衣。這一切帕里帕拿都看不到；甚至他跟她說話時，她的左手也許正在拉拽或把玩著下體長出來的恥毛。她在舉止上的唯一規範，就是以他的安全和舒適為依歸。要是他舉步前行快要碰上樹根，她就會一躍上前叫他小心。每天早上燒水幫他洗臉，然後替他刮鬍子。他們早睡早起，日出而起，日落而息。在沙勒特和安悠到來之前，她和他這樣一起生活已有兩年了。隨著他們的到來，女孩從這樣的角色稍微退了下來。他們侵擾的，其實是她的而不是帕里帕拿的家。正是**她**的生活節奏被擾亂了。在安悠眼中，這個老人的禮貌或慈祥表現，就只見於他對拉克瑪的手勢和輕言軟語，只在寸步之內可以聽到，因此安悠和沙勒特都被排除在他們的對話之外。在午間稍晚時分，女孩會坐在他雙腿間替他搓揉雙腳，他的雙手則在撥弄梳理著她的長髮，用纖細的手指為她除掉頭虱。當他起身行走，她就會輕拉著他的衣袖讓他避過路上的障礙。

＊＊＊

帕里帕拿死後，女孩將會遁入林中，晝伏夜出，寂然不動有如樹皮。

她會給他赤裸的遺體披上金椰的葉，這是葬禮的一種禮儀；她還會把他最後寫成的筆記縫到他的衣物上。她已在湖邊為他準備好火葬用的柴堆，湖畔的各種聲響是他樂於聽聞的；如今粼粼波光映照著搖曳的火光。她也已經把他說過的一句話刻在石上，這是他跟她所說的最早的其中一句話，曾像是恐懼的洪流中承載著她的木筏。她把文字刻在靠近水面處，隨著潮汐漲退，文字或沒入水中，或在水面上形成倒影，石上和水中的影像相映成趣。她站在水裡，水深及腰，把一個個的僧伽羅字母刻到黝黑的石面，依循著帕里帕拿曾向她描述的藝師鐫刻手法。他曾帶著她尋訪古文石刻，甚至在視力喪失後仍樂此不疲，連代表永恆的鴨紋飾帶她也親眼目睹過了。因此她把他那句話刻到石上時，也把鴨紋刻在兩側。在卡魯迪亞古浴池仍然可以看到那一碼長的句子時隱時現。這已成為了不知多老的傳奇。帕里帕拿苟延殘喘的最後一周，女孩不光泡在水中刻石，還把他帶到水中，把他的手放在石上，讓他濺著水花撫摸石上的刻紋，但女孩可一點也不老。他點了點頭，記起了自己曾說過的這句話。然後每天早上他就待在湖畔，女孩脫去衣服，攀下岩石，在水中使勁的又敲又鑿，因此生存在世的最後幾天，都有熱鬧的刻石聲音伴隨著他，彷彿是她高聲跟他說話。岩石上就只刻了一個句子，沒有他的名字、生卒年月，只有她牢記在心中的一句溫柔話語，如今銘刻在頑石上，在湖水的懷抱裡。

他把他那副老舊殘破的眼鏡交給了拉克瑪，最終，在她把他的筆記縫綴到他的衣服上之後，她每次走進森林就只帶著這副眼鏡作為護身符。

＊　＊　＊

當晚在亭子裡，來了兩個陌生人，女孩察覺到安悠坐臥不安，一如她能清楚看到沙勒特的手捲菸在黑暗中忽明忽滅。臥著的帕里帕拿坐了起來，儘管他先前靜默不言足足有半個時辰，拉克瑪就知道此刻他要說話了。

「我提到的那個人——那個藝師，悲劇曾降臨在他身上。他目前在一個寶石礦坑工作，每星期有四、五天要進坑採礦。聽說他嗜喝亞力酒。跟他一起在礦坑工作恐怕不大安全。也許他仍在礦場。他曾是畫眼藝師，繼承了父親和祖父的衣缽，我認為他是這三代傳承中技藝最精湛的一人。我相信他就是你們該找的人。你們可得付錢給他。」

安悠說：「付錢給他幹嘛？」

「把他的容貌還原，」沙勒特在黑暗中喃喃說道。

翌日他們啟程返回可倫坡，雖然兩人都捨不得離開這座森林和這位別具懾人魅力的長者。他們等到太陽下山，氣溫轉涼，待帕里帕拿和女孩走到亭子就寢，方才踏上歸途。他們驅車過了馬塔勒往南，約一小時左右，拐個彎，沙勒特看見迎面而來一輛卡車的燈光。他急踩煞車，車子猛震一下滑到鋪著碎石的路肩。然後沙勒特看到，儘管它的車頭燈亮著，卡車卻沒有動：它就停在路上，面對著他們。

他鬆開煞車，車子往前緩緩滑行。安悠從熟睡中醒過來，探頭到窗外看個究竟。只見一個男人仰臥在卡車前方的路面上，「大」字型的張開手腳。卡車在他身軀上方，顯得非常巨大，車頭燈刺眼的光線往前直射，躺在下面的男子就身處於黑暗中。他赤裸上身，不光兩臂張開，光著的兩隻腳也大剌剌指向天空。先前的驚嚇，被眼前的滑稽情景取而代之。他們開車繞過去，一切鴉雀無聲，連狗吠、蟬鳴都沒有。卡車的引擎也熄了火。

「他是司機嗎？」她壓低嗓門，以免劃破這一刻的寂靜。

「他們有時候會這樣睡一覺，稍微歇息一下。就把車停在逆向車道上，亮著燈，躺在路面上睡他一個半個小時。也有可能他是醉倒了。」

他們繼續驅車前行。安悠現在完全醒過來了，背靠著車門，面對著在說話的沙勒特，出自他口中的話卻因車窗呼呼吹來的風而幾乎無法聽見。他說，作為考古學家，他經常漏夜兼程開車，妻子過世後更是家常便飯了。每星期得跑兩趟，要不是北上普塔藍就是南下海岸區。他帶著一群學生，沿著滿布大蝦養殖場的堤岸行進，探索古代村落的遺跡，或者前去阿努拉達普拉監督石橋的修復工程。

他們到了安貝普薩南面，一個鐘頭內就會抵達可倫坡市郊。「小時候父親常和我們打睹，看看路上會碰到多少個醉漢睡在卡車旁，又會碰上多少條狗，如果睡著的人身邊有一條狗獎額還會加碼。有時看看靜止卡車的月下投影，說不定能看到三五成群的狗。他跟我們打睹，是為了讓自己開車時保持清醒，他也確實愛打睹。」

他沉默良久之後再說下去：「他一輩子嗜賭。我們小時候還不曉得。他是一個備受尊敬的律師，業務上井井有條。我們也有一個安穩的家庭。但因為他愛賭博，家境時好時壞。」

「當你還是個小孩，你只希望凡事都肯定無疑。」

「對。」

「當你遇上你的太太，你就確定，對不……你們兩人都……？」

「我知道我愛她，卻始終不確定兩人合不合得來。」

「沙勒特，把車停下來好嗎。」她聽到輕輕一聲的悶響，這時他的右腳正從油門滑開。車子慢下來，卻沒有停下。她悶不作聲，只是雙眼直盯著前方那一片漆黑。他把車駛上路肩，車廂也是漆黑一片，兩人呆坐其中，引擎仍在發出低沉的顫動聲。

「你也看到吧，剛才那輛卡車旁邊一條狗也沒有。」

「對，剛才我一邊說一邊就想起來了。有些不對勁。」

「也許那裡的村民都不養狗……。我們該回去。」說著目光從路面轉向沙勒特。車子一躍動了起來，轉了半個圈重新往北前進。

不到二十分鐘，他們就回到了停著那輛卡車的地方。車旁那個男人還活著，卻一動也不能動，近乎不省人事。他的左手被人打進一根大釘子，右手又是一根釘子，像釘十字架般把他牢牢釘在柏油路上。他是卡車司機，看見沙勒特和安悠走近，登時臉露驚恐的神色，以為剛才狠下毒手的人打算回來幹掉他或再折磨他一番。

安悠雙手托著那人的臉，沙勒特把釘子從柏油路撬起，鬆開他的雙手。

「你要讓釘子留在他手中，」她說，「暫時不要拔出來。」

沙勒特向男子解釋安悠是一個醫生。他們從卡車上找到一條毛毯，裹在他身上，把他放到他們汽車的後座。他們沒有什麼可喝的，只剩瓶子裡幾口甜香酒，他一口氣喝光了。

他們再度往南前進。每次她轉過頭去看那名男子，都只看見他睜大眼朝他們瞪過來。她告訴沙勒特他們需要食鹽水。她瞥見前方有暗淡的燈光，便一手搭在沙勒特的手臂上要他停車。車子靜靜停下，他隨即熄火。

「這個村子叫什麼？」

「蓋拉皮堤村。美女村的意思，」他說，像唱歌重複著副歌。她瞟了他一眼。「據說如此。麥考爾派恩說的。」

她下車，走向那間亮了燈的房子的大門。她聞到菸草味。沙勒特跟在她身旁。

「我們想要點鹽巴。還有熱水。沒有熱水的話，冷水也行。一小碗的水——碗要帶走。」

門打開了，只見一屋子蹲下來忙著幹活的人。七個男人圍成一圈，或在捲菸，或在秤菸草，或把捲好的菸用細繩子捆成小包。這是晚間進行的非法作業。各人只穿棉質紗籠，在這個沒有窗的密閉屋子裡熬著燠熱。地板上是一堆堆的手捲菸，還擱著三盞油燈。房子裡的一切，在搖曳的燈火之下，呈現褐紅與橘紅的斑駁色調。所有人所穿的紗籠是清一色的藍綠格子花紋。

一個赤膊男人開了門，目光越過二人直視他們的汽車，擔心來人是某方勢力而緊張不已。沙勒特解釋他們需要鹽和一壺熱水。然後又想起也需要手捲菸，問能否向他們買一些。男人這才笑了起來。

安悠和沙勒特站在門檻前等候。另一人從遠在另一端的一道門走出來，稍後他再從屋內走出來，一手抓著一把鹽，一手拿著一隻小碗。安悠伸手握住他的手腕一轉，他手裡的鹽就掉進水裡化開來了。

她回到車裡，這次她坐在後座那個卡車司機身旁。沙勒特轉過頭跟他說幾句話，男人一陣猶豫後伸出了手給安悠。在頂燈微弱的光線下，安悠把一條手帕泡進鹽水裡，再把鹽水擠到他還沒有拔掉釘子的手掌上。接著第二隻手如法炮製，然後回到第一隻手交替做下去。

沙勒特發動引擎上路。

空盪盪的公路兩旁是綿延不斷的樹林。引擎的隆隆悶響在一片死寂中散布開來，車子像一條線似的穿過這個寂靜世界，裡面只有安悠、沙勒特和那個受傷的人。偶爾駛過一處村落，偶爾碰上無人執勤的路障，車子要慢下來，像穿過針眼般小心翼翼繞過。當他們在一盞路燈下駛過，安悠看到現在擠到他掌上的鹽水已變成了血水。她並沒有停下來，因為這個動作讓他保持平靜和清醒。讓他不要陷入休克。這個互相配合的動作，在一來一往之間，對兩人都起了安撫情緒的催眠作用。

「你叫什麼名字？」

「古內瑟納。」

「你就住在附近？」

那人腦袋輕輕一晃，機智地不置可否，安悠報以微笑。一小時後他們抵達可倫坡市郊，其後車子直接開往醫院急診室。

# 小弟

北中省所有基層醫院的手術室裡，總是很容易看到這四本書：哈蒙的《越南二千一百八十七宗腦部連續性穿破創傷病例分析》、K．G．史旺和R．C．史旺合著的《槍傷》、C．W．休斯的《韓戰期間的動脈修補術》和《外科學年鑑》。手術進行期間，會有護理員在旁協助醫生邊翻查資料邊做手術。經過兩星期每天十五小時在手術室裡操刀，醫生就不用再倚賴這些參考書了，能夠輕鬆自如地修復傷口並妥善縫合起來。但這些參考書仍然保留著，讓新來受訓的醫生使用。

在北中省某所醫院的醫生休息室裡，有人留下了一本歌德的《親和力》，還有好多本比較庸俗的流行小說。歌德那本小說在戰亂期間就一直擱在這裡，乏人問津，除了等候值勤的人有時會隨手拿起來看看封底簡介，然後敬謝不敏放回桌上。較受歡迎的幾本書，作者是厄爾．史丹利．賈德納、蘿絲瑪莉．羅傑斯、詹姆斯．希爾頓和沃爾特．特維斯，他們的小說兩、三小時就可以看完，像匆忙中一股腦兒把三明治吞下，只是藉此把戰亂拋諸腦後。

醫院那幾棟建築都是廿十世紀初就蓋好的了。本來就疏於維護，戰亂爆發後更加不堪。在中庭的草坪上，一些承平時期就樹立起來的告示牌見證了一波接一波的暴力事件。想曬曬太陽和吸一下新鮮空氣的一些半死不活的軍人，就躺在這裡嚼著嗎啡止痛藥，身旁的告示牌寫著：禁嚼檳榔。

一九八四年三月起，所謂「蓄意施暴」的受害人開始在這裡出現。他們幾乎全是二十來歲的男性，被地雷、手榴彈或迫擊砲殺傷。值班醫生連忙放下讀到一半的《棋后的開局》或《茶園新娘》，動手止血療傷，從肺部移除金屬和石塊，縫合破裂的胸膛。年輕醫生伽米尼在醫學文獻裡曾念過一句話，他喜愛得無以復加：在對血管創傷進行診斷時，必須抱持高度懷疑精神。

戰爭爆發的頭兩年，超過三百名爆炸事件的死傷者被送到這所醫院。隨著武器的威力日趨強大，北中省的戰爭也更為慘烈。游擊隊從軍火販子那裡取得來自各國的走私武器，同時他們也有土製炸彈。

醫生的當務之急是搶救生命，四肢能否保得住尚在其次。大部分死傷個案是手榴彈所造成。一枚墨水池大小的反步兵地雷就能把一個人的雙腳幾乎炸得粉碎。鄉間哪裡有基層醫院，新的村落很快就會在附近形成。不光復健大有需求，製造廉價「齋浦爾假肢」的產業也應運而生。在歐洲，一根全新的義足造價達二千五百英鎊；在這兒製造一條齋浦爾假肢只需要三十英鎊而已，便宜多了——因為亞洲的斷腿者走路不用穿鞋。

任何戰事一展開攻勢，醫院裡的止痛藥一周內就會用罄。這時傷患痛得要命高聲尖叫，幾乎喪失自我意識，為了避免神智錯亂，只能緊緊抓住身邊任何能刺激感官的事物——像洗刷地板和牆壁的消毒藥水的氣味，又或是「幼兒注射室」的逗趣壁畫。戰爭期間醫院也維持著它的傳統功能。伽米尼半夜做完手術後，就會穿越醫院這座綜合建築走到東側的兒童病房。這些小病人的母親總是陪伴在側，她們坐在凳子上，上半身和頭靠在病床上，挽著孩子的手入睡。這兒不大能看到父親的蹤影。伽米尼看著那些孩子，他們不大能察覺到父母親的手臂就在身旁。剛才他在五十碼以外的急診室裡，聽到的是垂死成年男子呼天搶地叫喚母親：「**別跑！我知道你就在身邊！**」這一刻他無法相信人活在世上還有什麼道理可言。他對於任何支持這場戰爭的人都不屑一顧，對什麼國家理念、所有權、個人權益也興趣缺缺。由此而來的動機最終只會被肆無忌憚的權力所利用。敵我雙方誰也沒有比誰更卑下或更高尚。他唯一的信念，只寄託在陪伴孩子入睡的母親身上，她們表現出偉大的母性精神、母性的關愛，才能讓孩子度過安穩的一晚。

十張病床安放在房間四周，中間是護士的桌子。伽米尼喜愛這些自成一角的病房裡的秩序。如果他有幾小時空檔，他不會回到醫生宿舍，而是來到這兒躺在其中一張空床上。即使無法入睡，起碼他所置身的環境，是走遍全國都遍尋不獲的。他期盼母親張臂搭在他身上，讓他牢牢依偎在她的臂彎裡，期盼母親拿著沁涼的毛巾為他擦臉。他會轉頭去看罹患黃疸病的孩子沐浴在淡藍光線中，活像西洋鏡中的圖景。固定波長的藍光有欠清晰，卻送來暖意。「**遞給我手術記號筆。給我一個手電筒。**」伽米尼也期盼自己能沐浴在藍光裡。護士看了看手錶，從桌子走過來把他喚醒。但他其實沒有睡著。他跟護士一起喝了一杯茶，便起身離開溫馨中帶著悲情的兒科病房。他走過壁龕時，伸手摸了一下裡頭的小佛像。

他踏過一片寬敞的草地後，又回去面對戰爭造成的傷患，病房裡那些等待動手術的和已動過手術的，看似甚無差別。唯一可以合理地肯定的是，明天會有更多傷患被送進來，不管是被刀砍傷的還是被地雷炸傷的；其中有肢體重創的、肺部穿破的、脊椎受創的……。

幾年前曾有一個傳聞不脛而走，當中的主角是可倫坡一位自行執業的神經外科醫生李納斯・柯瑞亞。他來自一個經三代傳承的醫學世家，家族的名聲跟國內最具悠久傳統的銀行一樣屹立不搖。戰爭爆發時他快五十歲了。像大部分醫生一樣，他認為這場戰爭是瘋狂的行徑，但跟其他同業不一樣的是，他維持私人執業。總理和反對黨領袖都是光顧他的病人。他每天早上八點會到蓋布雷髮廊做頭部按摩，九點到下午兩點看診，然後在一個貼身保鑣陪伴下去打高爾夫球。他在外頭用膳，宵禁前回家，在有冷氣的臥室就寢。他結婚十年，育有二子。他廣受愛戴，對任何人都彬彬有禮，因為這是避免招惹禍端的最簡易方法，對於不相干的人他總是避之則吉。這種謹小慎微的卑屈態度讓他像身處於飄然出世的泡沫當中，他的舉止和禮貌掩蓋了一項基本事實：他對一般人根本毫無興趣又無暇理會。他喜愛攝影，晚上有空會自行沖洗照片。

一九八七年某天他在果嶺推球入洞時，他的保鑣遭到射殺，他遭人綁架。綁匪不慌不忙從樹叢走出來，毫不在乎被看見。這種不在乎的態度令他更是驚恐萬分。事發時只有保鑣跟他在一起。他站在中槍俯臥在地的保鑣身旁，四周是遠在四十碼以外開槍奪命的人，一槍就精準擊中頭部要害。沒有任何多餘的動作。

他們冷靜地用一種自創的語言跟他說話，使得他更是焦慮。他們曾給他一記重擊，打斷他一根肋骨，警告他要乖乖就範。接著他們把他帶到車上，把他載走。接下來幾個月，沒有人知道他的下落。警察、總理和共產黨黨魁接到求助訊息後都深表憤慨。但一直沒有接到綁匪要求贖款的訊息。這是一九八七年可倫坡的一起詭異事件，儘管報上一再出現懸賞緝拿凶徒的啟事，卻沒有引起任何反應。

事發後八個月，某天柯瑞亞的妻子和兩個孩子守候在家之際，一個男人來到家門前，遞給他妻子一封柯瑞亞的親筆信。那人踏進屋內。信文很簡短，只是說：如果你還想見到我，帶著孩子來。如果你不想來，我也諒解。

她往放置電話的地方走過去，男子掏出手槍，她就站住不動了。她左手邊有一個淺淺的水池，上面漂浮著幾朵花。值錢的東西全都在樓上。她站在那裡，孩子在房間裡忙自己的事。這不是一段愉快的婚姻，舒適卻不快樂，彼此愛意淡薄。但這封信儘管簡短，卻帶有一種出乎意料的特質。它讓她自行選擇，選項簡潔表達出來，口吻親切，而且沒有附帶條件。後來她回想起來，要不是信裡這種態度，她恐怕就不會去見他了。她低聲向男子表明願意前往。他用一種她聽不懂的自創語言回應。當時有一些新聞報導把她丈夫的失蹤事件說成是外星人幹的好事。此刻當她站在門廊，這種說法又奇特地在腦海浮現。

她大聲再說一遍：「我們會跟你走。」這時男子向她走近，遞上另一封信。

這封信同樣語焉不詳，只是說：請把這些書帶來。下面列出了八本書，並告訴她都可以在他的看診室找到。她吩咐兩個兒子多帶一些衣服和鞋子。自己只帶了書，沒帶其他行李。他們一走出家門，就被男子帶上一輛引擎已經發動的汽車。

柯瑞亞摸黑走進帳篷，在吊床上躺了下來。這時是晚上九點。如果他們要來，大約五個鐘頭後才會抵達。他曾告訴那個男子，他的妻子最有可能什麼時候獨自在家。現在他要睡一覺，剛才在檢傷看診的帳篷裡忙了近六小時，即使午餐後曾小睡片刻，現在還是精疲力竭了。

自從他在可倫坡被擄走後，一直待在叛亂分子駐紮在此的營地。他們下午兩點過後不久抓了他，七點就到達南部山區。在車上一直沒有人跟他說話，只是不知所云的胡說一通，跟他開玩笑。他也搞不清楚用意何在。到達營地後，他們才用僧伽羅語解釋要他做什麼，也就是當他們的醫生，如此而已。他們沒有說什麼狠話，沒有威嚇他，還說幾個月後他就可以跟家人見面。現在先讓他睡一覺，早上他就得起來工作。幾個鐘頭後他們把他喚醒，說要施行急救，提著燈籠把他帶到看診帳篷，再把燈籠掛起來，照著下面一具半死不活的軀體，要他施行頭部手術。這個人看來已經回天乏術了，但他們還是硬要他去開刀。他因為肋骨折斷而通體不適，每次往前彎身更是痛得要命。半個鐘頭後，那人終於氣絕身亡。他們提著燈籠走到另一張病床，另一個中槍的傷患靜靜躺在床上。他膝蓋以下的一條腿必須截除，但他保住了性命。深夜兩點半柯瑞亞終於可以回去睡覺了。清晨六點他又被喚醒要開始工作了。

幾天之後他要求他們給他找來一些物資，開列了一張清單，包括白袍、橡膠手套和嗎啡。當天晚上，他們就突襲古魯圖拉瓦附近的一所醫院，取得這些基本醫療用品，並為他擄來一位護士當助手。說也奇怪，像他一樣，這位護士對自己的遭遇沒有怎麼抱怨，雖然他私下難免惱怒，對於令他陷入如此窘況的世界也深感厭倦，但他還是貫徹始終的抱持著他先前生活中那種彬彬有體的虛假態度。事實上他沒有什麼要向人道謝，除非實在必需也不會開口要求什麼。他已經習慣了在物資匱乏之時挺下去，甚至為此感到自豪。如果他有什麼需要，像針筒、繃帶以至於某本書，只要給他們一張清單，也許一星期後，要不就是六星期吧，總會給他找來的。第一次的醫院突襲，是唯一一次回應他的要求而策劃的行動。

他不曉得他們打算讓他留在這裡多久，因此他陸續把有關外科手術的種種知識向那位叫羅莎琳的護士傾囊相授。她年約四十，看似過於自滿卻十分機靈。每當送進來的傷患多得應付不來，他就會帶著她一起動手術。

一個月過去後，他發覺自己不再思念家中妻小了，甚至可倫坡也幾乎忘得一乾二淨。不是因為在這兒活得很開心，而是忙得無暇胡思亂想了。

他甚至沒有精力宣洩怒氣或撫平所受的羞辱。每天，他從清晨六點忙到中午，然後有兩個小時吃午飯並小睡片刻，接著再連續工作六小時。遇上危急狀況，他還得再多忙一會。護士總是伴隨在側。她穿上一件他要來的白袍而感到十分神氣。每晚都把它洗乾淨，第二天早上穿起來總是光鮮亮麗。

這是很平常的一天，但對他來說別具意義——今天是他的生日。他往帳篷走過去時心裡繞著這個念頭打轉。他五十一歲了。這是他第一次在山區裡過生日。到了中午，一輛吉普車駛過來把他和護士載走。車子往前駛了一陣子之後，他被蒙住了雙眼。不久之後，他們把他揪出車外。他任由擺布。

一陣一陣的風打在他臉上。他用腳探索一下，感覺到一塊凸出的岩石。是個懸崖？他被一推，就掉到了半空，往下急墜，還來不及恐慌，就掉進水裡。這是山區裡冷冽的泉水。他安然無恙。他扯掉眼罩，聽到一陣歡呼聲。護士一身平常的衣服就從岩石上躍進水裡游到他身邊。其他人也都一躍而下。他們不知從哪裡得悉今天是他的生日。從這天起，只要時間許可，游泳就成為每天的例行活動。這也是他每次入睡前心中念念不忘的事。令他對未來的每一天抱著興奮心情的，就是游泳。

他的家人抵達時，他還在夢鄉。護士嘗試叫醒他，但他像是遺世而去般沉沉睡著。於是護士提議他妻子帶著兩個兒子到她的帳篷暫歇，讓他不受騷擾繼續睡下去，而再過幾小時他就得起床投入工作。什麼工作？妻子不解。他是個醫生啊，護士一語道破。

這也可好。遠道跋涉前來，她和孩子都累了。這不是寒暄交談的好時機。他們第二天早上十點醒來，她的丈夫已經不停歇的工作了四小時。他曾端著一杯茶走進帳篷看了他們一眼，然後又帶著護士工作去了。護士曾跟他說，看到他妻子這麼年輕很是驚訝，他就笑了一笑。如果是在可倫坡，他可要臉紅耳赤勃然大怒了。他意識到護士跟他說話時總是直來直往。

因此，她的太太和孩子醒來時，根本沒人理會他們。護士不在，先前看見那些軍人都各忙各的。母親叮囑孩子們緊跟在一起。他們像迷路的觀光客在營地裡到處探索，終於碰見那個護士在一個髒兮兮的帳篷前洗滌繃帶。

羅莎琳走進帳篷在他耳邊說了些話。他一時抓不住她的意思，她再說了一遍：他的妻子和孩子在帳篷外等他。他抬起頭來，問她能不能接手工作，她點了點頭。他從帳篷中埋首的工作抽身離開，跨過躺滿一地的傷患，往妻子和孩子走過去。護士看見他高興得幾乎躍了起來。當他走近，妻子看見他白袍上的血跡，不期然怔住了。「不要緊，」他說著便把妻子摟進懷中，她伸手摸了一下他的鬍子。他根本不曉得自己長出了鬍子。因為沒有鏡子，他根本沒發覺。

「你見過羅莎琳了？」

「對。昨晚就是她招呼我們。你當時怎麼叫也叫不醒。」

「嗯，」他笑著說，「他們要我分秒不停地工作。」他停頓半晌，接著說，「這就是生活。」

＊＊＊

每次公共場所發生爆炸事件，伽米尼都會站在醫院門口，在檢傷分類的最前線，把送進來的傷患逐一歸類，迅速評估每個人的傷勢，把他們送到加護病房或手術室。這次傷患中還有女性，因為爆炸案就發生在街頭。爆炸現場外圍所有生還者都在一小時內被送到了醫院來。醫生都不用名字，只是把標籤掛到傷患的右手手腕，如果沒有手臂的話就掛到右腳腳踝：紅色標籤代表送到神經外科，綠色代表整型外科，黃色代表送進手術室。並沒有標示傷患的職業或種族。這正是伽米尼喜歡的做法。傷患稍後如果能夠說話，便會把姓名記下來，以便一旦不治去世可以知悉身分。他們會從每個傷患身上抽取十毫升的血液，繫在床墊旁，還附有用完即棄的注射針，有需要時針頭也可以重複使用。

檢傷分類把垂死的傷患跟需要即時動手術或可待稍後處理的傷患區隔開來。垂死的傷患只讓他們服用嗎啡止痛，不會再花時間在他們身上。其他傷患就沒那麼容易區分開來了。街頭炸彈通常包藏著釘子或鐵珠，在五十碼外也能把人炸得肚破腸流。爆炸的劇烈震波所產生的吸力足以把內臟撕裂。「我的肚子怎麼了？」一個女人大喊，以為肚皮被炸彈的金屬碎片割破了，事實上是掠過的強烈氣流把她的胃翻轉成不正常的位置了。

在公共場所爆破的炸彈，會令每個人的情緒受到重擊。即使過了很多個月後，倖存者一旦再走進病房還是害怕自己性命不保。至於那些在現場周邊的人，他們的身體也被炸彈碎片和殘屑穿透，只是奇蹟地沒有碰到任何重要器官，而那些碎屑因為經過爆炸而產生的高熱所消毒，對身體並無大害。真正的傷害來自心理上的震撼。還有人全聾或半聾，視乎爆炸的一刻他的頭往哪個方向轉過去。沒有多少人負擔得起耳膜重建的費用。

在危亂時期，基層醫護人員也要肩負整型外科醫生的任務。通往較大型醫療中心的道路經常因為地雷而封閉，直升機也不能在天黑後出動。因此實習醫生要面對各種各樣的創傷或燒傷。全國只有四位神經外科醫生：兩位腦外科醫生在可倫坡，一位在坎迪，還有一位私人執業的幾年前遭綁架而下落不明。

在此同時，遠在南部的醫院也是擾攘不安。反叛分子闖進可倫坡的華德路醫院，殺死了一名醫生和他的兩個助手。他們是為了追殺一個病人而來。「某某人在哪兒？」他們追問。「我不曉得。」接著是一片混亂。終於找到那個病人時，他們二話不說就抽出長刀把他五馬分屍。然後他們威嚇一眾護士，迫令她們不要再來工作。第二天護士照樣前來上班，沒穿制服，而是穿上便服和拖鞋。有槍手在醫院屋頂上監視。到處有通風報信的人。但醫院沒有關閉。

基層醫院裡鮮少能見到這種政治把戲。伽米尼和他的兩個助手卡桑和莫尼卡，一有空檔就會到醫生休息室打個盹兒。有半數的日子他們因為宵禁而有家歸不得。伽米尼不管在什麼情況下都難以入睡。他最近開始服用的一種藥物一直在發揮作用。儘管他的大腦和運動神經機能已精疲力竭，但是在腎上腺素的影響之下，他還是走到外頭，在夜色中徘徊於樹下。有幾個人在吸菸，他們是傷患的親戚。他無意與人攀談，只是血脈沸騰不能自已。他回到裡頭拿起一本平裝小說，凝視著其中一頁，彷彿在看著另一個星球上的情景。最後他又走到兒童病房找一張床歇息。在這裡他是個陌生人，感覺上比較安全。有一些母親會抬起頭來投以疑惑的目光，像母雞一樣，要保護孩子免受這個身分不明的人傷害。然後她們認出了他是兩年前派來的醫生——那個永遠不用睡覺的醫生。此刻他爬上一張沒有床單的床，一動不動的仰臥在床上，然後他的頭往左一轉，雙眼凝視著藍色的燈光。當他終於呼呼入睡，負責管理病房的護士會替他解開鞋帶把鞋子脫掉。他鼾聲大作，有時還把孩子吵醒。

他當時才三十四歲。局勢後來還變得更糟。他三十六歲時，被調到可倫坡的意外救護醫院，有人乾脆把它叫「槍傷救護營」。但他無法抹去記憶中的北中省醫院兒童病房，那裡黃疸病童床頭整晚亮著的藍色燈光，以四百七十至一百九十奈米的波長令病童體內的黃色素分解，同時也給他帶來撫慰。他忘不了的還有那裡的書——四本基本醫學參考書，以及那些他永遠讀不完卻總愛握在手裡的小說，他每次坐在藤椅上打算休息一下，手裡總是拿著一本小說，時間一小時一小時的過去，他試著尋索某種人世間的秩序，結果腦海裡浮現的仍然是一片黑暗，他雙眼盯著書頁，腦中揮之不去的卻是這個時代的殘酷真相。

汽車穿過可倫坡空盪盪、灰濛濛的街道，沙勒特和安悠抵達市中心時已經是凌晨一點了。當車子在急診室前停下來，她問道：「這樣行嗎？我們這樣搬動他？」

「沒問題。我們把他帶到我弟弟那裡。運氣好的話，他應該就在急診室裡。」

「你有一個弟弟在這兒？」

沙勒特把車停好，接下來一動也不動。「老天，我累死了。」

「你要留在這裡睡一下嗎？我可以把他帶進去。」

「還好啦。最好還是讓我先進去跟我弟弟打個招呼，如果他在裡面的話。」

古內瑟納當時睡著了。他們把他叫醒，一左一右伴著他走進醫院大樓。沙勒特向接待櫃檯的人員說了幾句話，三個人就坐下來等候，古內瑟納雙手放在大腿上，坐姿就像個備戰的拳手。辦理住院手續的櫃檯像白天一樣忙得不亦樂乎，不過所有人默不作聲像在慢鏡頭下緩緩移動。一個穿條紋襯衫的男人迎面走過來跟沙勒特聊了起來。

「這位是安悠。」

穿條紋襯衫的男人向她點了點頭。

「舍弟，伽米尼。」

「哦，」她淡淡應了一聲。

「他是我的弟弟——我們要找的醫生。」

他和沙勒特始終沒有碰觸彼此，連握手也省了。

「來——」伽米尼扶著古內瑟納站起來，然後帶著大家走進一個小房間。伽米尼打開一個瓶子倒出一些液體，在古內瑟納手掌上擦拭。安悠注意到他沒戴上手套，甚至白袍也沒穿。看上去像一個從牌局中途離場的傢伙。他把麻醉劑往古內瑟納的手上注射。

「我不知道他還有個弟弟，」安悠開口打破沉默。

「哦，我們很少見面。我也不會提到他。我們各忙各的。」

「不過他知道你在這裡，也知道你的值班時間。」

「這可沒錯。」

他們都刻意把沙勒特排除在對話之外。

「你跟他共事多久了？」伽米尼轉過來問她。

「三個星期了，」她答道。

「你的手——沒再抖了，」沙勒特說，「你復原了嗎？」

「對。」伽米尼然後轉向安悠說，「我是家中那不可告人的秘密。」

他從古內瑟納注射了麻醉劑的雙手拔出大鐵釘，然後從一個塑膠瓶擠出一些深紅色的泡沫洗滌劑替他清洗傷口。他把傷口包紮好，輕聲跟病人說了些話。他是這樣溫柔，令安悠相當驚訝。他拉開抽屜，拿出另一支一次性針頭，給病人注射破傷風預防針。「你欠我們的醫院兩支針頭，」他喃喃地對沙勒特說，「街角就有一家店，你得在我換班時把它買回來。」他帶著沙勒特和安悠從房間走出來，把病人留在裡頭。

「今天晚上沒有床位。沒床位給這種傷勢的傷患。你瞧，釘十字架酷刑如今也算不上是嚴重創傷了……。如果你不能把他帶回家，我就讓他在住院登記櫃檯那邊睡一晚，我會找人看著他——我是說，我會通融一下。」

「我們可以把他帶走，」沙勒特說，「如果他願意，我可以給他找一份司機的工作。」

「你最好馬上把針頭補回來。我快要下班了。」他又轉過去跟安悠說，「你要吃點東西嗎？去蓋勒菲斯海濱公園逛逛好嗎？」

「已經是凌晨兩點了！」沙勒特說。

安悠大聲說：「好的，贊成。」

他向她點了點頭。

伽米尼拉開前面乘客座的車門，一屁股坐在他哥哥旁邊，於是安悠就跟古內瑟納並肩坐在後座。也好，她可以更清楚的看到他們兄弟倆。

街上空無一人，除了沿著綠樹成蔭的索羅門迪亞斯大道靜靜巡邏的軍人。他們在一個路障前被攔下來，要查驗他們的通行證。車子再往前行駛了半哩，來到一個熟食攤，伽米尼下車給大家買了一些吃的。這個小弟在路上走著，看起來就像他長長的影子一樣瘦削，像一頭流浪的野獸。

他們把睡著了的古內瑟納留在車上，三人一起走進蓋勒菲斯海濱公園，在防波堤附近坐下來，面對著暗黑一片的大海。伽米尼把買來的食物拆開，安悠則點了一根香菸。她不餓，但伽米尼一個鐘頭內就吃了幾份香蕉葉包飯，對於她眼中如此瘦小的一個人來說這是驚人的食量。她發覺他掌心裡有一顆藥丸，他呷了一大口橘子味汽水把它灌進肚裡。

「這種傷我們見得很多……」

「這種把釘子插進手裡的？」她意識到自己帶著驚恐的語氣。

「如今這個世界我們什麼沒見過？用作武器的是建築工的釘子，已教人額手稱慶了。炸彈裡塞進螺釘和螺栓，無所不用其極，爆炸時你即使炸不死傷口也會壞死。」

他又把另一份香蕉葉包飯拆開，用手指抓起來塞進嘴巴。「……謝天謝地今天不是滿月。陰曆每月的滿月日是最糟的。每個人都以為在月光下看得清楚，結果就不曉得踩著什麼了。你和你的合作夥伴正在鑑別出土骸骨嗎？」

「你怎麼知道？」她突然緊張起來。

「現在可不是發掘這些東西的恰當時機。當官的不想看到結果啊。政府正腹背受敵，他們不想面對更多非議。」

「這點我心知肚明，」沙勒特說。

「那她呢？」伽米尼說著又停下來，「還是小心一點吧。沒有人是完美的。沒有人正確無誤。而且太多人知道你們的調查，無時無刻不緊盯著你們的一舉一動。」

接著是一陣短暫的沉默。然後沙勒特問他的弟弟他有些什麼別的事在忙。

「要不是睡覺就是工作，」伽米尼打了個呵欠，「沒什麼別的。我的婚姻也煙消雲散了。婚禮白忙一頓，幾個月後一切化為烏有。我那時可激動了。這也許是另一種創傷，對吧。當你沒有別的出路就只能這樣子了。我這他媽的婚姻和你那該死的研究算是個屁。還有那些身在外國以叛逆者自居的傢伙，坐在安樂椅上大談什麼公義，就是不容許自己的原則遭人否定。我倒希望他們來看一下。他們該來看看我在手術室裡做些什麼。」

他往前彎腰向安悠要了一根香菸。她幫他點了菸，他點頭道謝。

「我說的是，我對爆破武器無所不知。迫擊砲也好，定向地雷也好，又或是包含硝化甘油和烈性炸藥的反步兵地雷也好。然而我不過是個醫生！反步兵地雷的傷者要截除下肢。他們會失去知覺，血壓驟降。你給他做腦部和腦幹的斷層造影，就會看到內出血和水腫。你就得用上消炎的皮質類固醇和人工呼吸器——這就表示要把腦瓜子剖開了。在大部分情形下這是可怕的肢解動作，我們要不斷設法止血……。這樣的傷患隨時會被送進來。一不小心踩下去引爆地雷，污泥、雜草、金屬碎片、斷腿和靴子就都飛濺到大腿甚至是生殖器裡，血肉模糊混作一團。因此，如果你打算走進滿布地雷的地區，最好還是穿網球鞋，那比穿軍靴安全多了。說起來，埋下地雷的那些人，正好是西方媒體口中的所謂『自由鬥士』……而現在你們的調查對象卻是——**政府**？」

「也有些無辜的坦米爾人在南部慘遭殺身之禍，」沙勒特說，「恐怖的殘殺，你應該讀讀那些報導。」

「我也有看那些報導，」伽米尼的頭往後一挨，挨到安悠的大腿上，卻似乎沒有察覺，「我們全都被人姦污了，可不是嗎？我們無可奈何，只好聽天由命。不要再唱高調了，好嗎？這是有血有肉的戰爭。」

「有些報導……」安悠說，「有些家長因孩子無故失蹤而喊冤。這可不是可以置之不理或一下子就拋諸腦後的事。」

她碰碰他的肩膀。他先是把手抬起片刻，然後他的頭從她腿上滑開了。這時她才發覺他已經睡著了。他的腦袋、他的一頭亂髮，還有害他把頭壓到她腿上的疲累——這一切令她想到：睡魔請來，渡我出苦海。這首歌的歌詞在她腦海浮現，但曲調她卻想不起來。睡魔請來，渡我出苦海……後來回想這個情景，她只記得沙勒特當時往外凝望著在黑暗中翻騰的海浪。

阿米格達拉（杏仁體）。

安悠第一次聽到這個解剖學名詞，只覺得它聽起來很有斯里蘭卡的味道。當時在倫敦的蓋伊醫院進修，在把周邊的組織切除之後，就讓這個由神經細胞組成的神經纖維小球結露出來。它就在腦幹附近。站在旁邊的教授向她念出它的名稱：阿米格達拉。

「這是什麼意思？」

「沒什麼意思。指的就是某個部位。它代表大腦陰暗的一面。」

「我不——」

「是一個儲存可怕記憶的地方。」

「就只有恐懼嗎？」

「我們也不太肯定。大概還有憤怒吧，但它專司恐懼是毫無疑問的。那是純粹的情緒。我們還未能進一步搞清楚。」

「為什麼？」

「問題在於——這是不是遺傳的？這是否是一種來自我們遠祖的恐懼？來自童年的恐懼？對晚年

景況的恐懼？又或是對作奸犯科的恐懼？它也可能只是恐懼的幻想在個人身體裡的投射作用。」

「就像在夢裡。」

「就像夢，」他同意，「不過有時夢也不是幻想的產物，而是來自一些我們不自覺的老習慣。」

「因此它是我們或我們的經歷所創造和塑造出來的，對不對？每個人的這個球結都跟另一人不一樣——即使兩人來自同一個家庭。因為每個人過往的經歷都不一樣。」

他停了一下才再說下去，看見她那麼深感興趣很是訝異。「我想我們還不知道這些球結在不同的人之間有多大的異同，是否有共同的基本模式。我向來最愛讀到十九世紀小說裡的那種情節，說什麼身處不同城市的兄弟姊妹能感覺到同樣的痛楚，面對同樣的恐懼……不過這是題外話了。我們實在不知道，安悠。」

「這個名字聽起來像來自斯里蘭卡。」

「嗯，你查查它的詞源吧。它看起來不像科學術語。」

「確實不像。倒像個瘟神。」

她把這個杏仁體球結深藏在記憶裡。每次驗屍解剖時，她的一個秘而不宣的習慣就是即使左繞右拐也要把這個杏仁體找出來——這個儲存著恐懼的神經纖維束。它掌管一切：我們的一舉一動、我們的決策，甚至如何尋覓一段穩妥的姻緣、如何建造讓我們感到安全的居所。

有一次她和沙勒特驅車上路途中，他問她說：「**你的錄音機關了沒有？**」「關了。」「在可倫坡起碼有兩個未經授權的拘留所。其中一個在柯魯皮提雅的一條與哈夫洛克路相接的岔路。有些人會在這裡被拘禁長達一個月，但遭到拷打的人卻不會拖那麼久。大部分人恐怕連一個鐘頭都撐不下去。大部分像我們這樣的人只要想到接下來可能發生的事就招架不住了。」

「你的錄音機關了沒有？」他之前曾問道。「關了，已經關了。」他這才接著說出了這番話。

「我想要找出一條統馭眾生的法則。結果我找到了恐懼……」[4]

4 安・卡森（Anne Carson）的《清水集》（*Plainwater*），克諾夫出版社，一九九五年。

安悠的名字——這個她十三歲時向哥哥買來的名字，在它確定下來之前，還要經歷另一番波折。她十六歲時，是家裡一個情緒緊繃且容易動怒的孩子。父母帶她到維拉瓦塔拜訪一位星相學家，看看有什麼辦法可以緩和她性格上的這種偏差。星相師記下她的生辰八字，拆解一番，再結合相關的星座推算了一輪，說問題就在她的名字：他不曉得這個名字背後有那麼多周折——對於那一樁既有盧比又有金葉牌香菸的交易毫不知情，竟然建議改個名字就能讓她的暴躁脾氣得以化解。他的語氣在那個斗室裡聽起來像平靜中帶著睿智，簾幕後面在大廳裡等著占卜算命的其他家庭側耳偷聽人家的家醜和八卦。但他們聽到的只是那個女孩大嚷大叫堅決拒絕。星相師最後提出一個折衷辦法，只要把名字改一下字尾——把「安悠」改為「安妞」，讓她和名字都變得更女性化，這樣她的怒氣就會消失無形。但她連這種做法都無法接受。

回首過去，她能看得出當時的暴烈性情，只是人生某一階段的表現。在每個人人生的特定時間點，往往會出現某種行動上的失控狀態：男孩的荷爾蒙像要逼得他發瘋；女孩置身家庭中父母的紛爭之間，則像毽子般一時靠在母親那邊，一時又跳到父親身邊。青少年時期的這種處境就像遍地布滿地雷。安悠要等到她父母的關係徹底破裂才平靜下來，接下來的四年才能風平浪靜的前行——更貼切地說是往前泅游。

家庭的紛爭一直埋藏在她心底，即使她後來出國習醫還是揮之不去。在法醫實驗室裡，她總是試著把女性和男性特徵盡可能清楚區分開來。她注意到女性在遭到愛侶或丈夫忽視時容易變得心慌意亂；但她們在專業中面對巨變卻比男人善於應對。女性被賦予生育的天職，天性上會保護孩子並引導他們安度危難。男人面對自身深陷矛盾撕裂的軀體，往往需要靜止下來擺出一副冷酷的姿態。她在歐美習醫時，對此一再有很多切身體會。女醫生遇上混亂和意外往往比較有信心；當她們要處理的是一個老婦人、年輕俊男或幼童才斷氣不久的屍體，也較能保持平靜。然而當安悠某次面對一個三歲幼童的屍體，而且身上還穿著父母替她穿上的衣服時，她還是禁不住陷入無盡哀傷。

我們滿腦子都是叛逆的念頭。正是因為不被允許在別人面前脫光衣服我們就偏要脫個精光。我們一旦身在外國便不再那麼檢點了。在斯里蘭卡，我們得活在家庭秩序之下；你一天裡會跟些什麼人見面，逃不過大部分人的耳目，沒有任何事能不暴露在別人眼前。如果我在世界另一個角落碰上一個斯里蘭卡人而我們有一個閒來無事的下午，儘管不一定如此，但彼此都心知肚明接下來恐怕會鬧得天翻地覆。你說，深藏我們體內的是什麼一種德性？是什麼叫我們興風作浪？

這是安悠跟沙勒特所說的話，她懷疑對方在成長過程中，一直受家長式教條的約束。她可以肯定，他對這些規矩不一定信服卻仍然是謹遵不誤。雖然他滿腦子叛逆的念頭，卻不曾意識到實際上能享受到的性愛自由。她猜想，這是因為他是個靦腆的人，欠缺求愛和示愛的自信心。不管怎樣，她了解到自己和他來自同一個社會，當中不論愛與婚姻都糾纏在險惡的盤算中，同時牽涉其中的還有一個同樣搞得人頭昏腦脹的星象命理體系。有一次在小旅館用餐時，沙勒特跟她談到了他家中跟「凶險剋星」有關的一樁往事。

出生時屬於某個星座，就命中註定不宜與他人結為夫婦。一個屬於火星星象第七宮的女人註定了就是「剋夫命」。誰跟她結婚都難逃一死。對於斯里蘭卡人來說，等於是要她為丈夫的死負責，丈夫就是她害死的。

以沙勒特的父親來說，他有兩個哥哥。大哥娶了一個和他們一家相識多年的女子。結婚不到兩年他便死於黃熱病，他患病期間妻子還日以繼夜在旁照顧。他們有一個孩子。妻子因他不幸病逝而痛不欲生，與世隔絕。為了他們的兒子，家裡的二哥遵家人所囑前來幫忙，勸導嫂嫂重返正常生活。他不但送禮物給孩子，還堅持帶他們母子到內陸度假。結果他和大哥的前妻漸生情愫成為愛侶。從多方面來看，這比起先前的一段婚姻包含更多也更微妙的愛。當初他們交往時無意投入任何感情，也沒有意願交心。女子得以重回正常生活，對這位較年輕也較帥氣的兄弟滿心感激。某次他們驅車出遊，女子展露了一年以來首次的笑容，也挑動了他的情慾，對他來說這不啻背叛自己原來的意圖——他只是對哥哥的遺孀慷慨地付出關懷。他們終於結為夫婦，他負起了養育哥哥稚子的責任，夫婦後來又生了一個女兒。可是不到一年半他也病倒了，最終死在妻子懷裡。

當然，最後只能說這個女人就是「剋夫命」。她只能嫁給星座命盤跟她一樣的男人。因此任何命盤相同的男人就是這樣的女人的追求對象。一個剋妻的男人同樣只能娶一個命盤相同的女人。但一般相信剋夫的女人比剋妻的男人危險得多。當一個剋妻的男人娶了一個不是剋夫命的女人，女的不一定會死。可是一個剋夫的女人嫁給一個沒剋妻命的男人，男的必死無疑。她就是「凶險剋星」，說得明白一點，她就是「害人精」，而且是最危險的。

沙勒特的父親是晚幾年出生的三弟，他跟兩位哥哥的妻子沒有任何聯繫。他的星座命盤也是屬火星第七宮。然而世事就是這樣弔詭。「我的父親跟他愛上的女人結為夫婦，」沙勒特說，「他甚至沒有查問過她的星座。他們生了我這個兒子，也生了我的弟弟。我多年後才聽到這段往事。我只是把它看作老太婆的傳聞，是隨意捏造的星象運程。它只是中古時代的人為了讓自己安心的迷信。比如我也可以說，我在外國念書時幸得木星照拂，考試一帆風順；回國後又獲金星庇佑，因而墜入愛河。金星對我們也不是百利而無一害的，比如它會令我們作出輕率的判斷。但是這一切我都不信。」

「我也一樣，」她說，「我們是命運自主的。」

安悠在倫敦的蓋伊醫院上第一堂課後，筆記本上只記下了一句話：股骨是我們的首選。她很喜愛講師提出的說法，看似不假思索，卻是不折不扣的豪情壯語，彷彿這樣一句雋語，是攀上更高層次原則的首要法則。法醫研究從股骨起步。

令安悠驚訝的是，在英國的課堂裡當老師在講述課程大綱和研究範圍時，四周竟是鴉雀無聲。在可倫坡總是喧鬧震天。鳥聲、卡車聲、群犬惡鬥聲，還有幼稚園學生在高聲朗讀，街頭銷售員在大聲叫賣，這一波波聲浪從開敞的窗戶湧進教室。在熱帶地區根本不可能有封閉的象牙塔。安悠把恩迪柯特博士那句話記下來，幾分鐘之後又在一片寂靜中用原子筆在句子下面畫一條底線。這堂課剩下的時間，她就只是靜聽講課，細細觀察講師那些獨特的小動作。

安悠就是在蓋伊醫院進修期間，陷入那樁糟透了的婚姻的愁雲慘霧中。當時她才二十歲出頭，日後她遇上任何人都絕口不提這段往事。即使到了今天，她還是不願意再想起，也不想估量它對自己造成的傷害。她寧可把它看作某種當代的警世寓言。

她的對象也來自斯里蘭卡，回首前塵，她能體會到之所以愛上他，只是因為當時孤單。她會跟他一起做咖哩料理。她可以跟他聊聊班巴拉皮提雅的某家髮廊，只要輕聲說句自己想吃棕櫚糖或波羅蜜果他就曉得是什麼一回事。當身處一個陌生的、尚未適應的國家，彼此之間能有這樣的關係就很不一樣了。也許在不確定和膽怯的情況下情緒過度緊繃。她原以為到了英國只會在頭幾個星期感到疏離無助。一個世代前遠渡重洋移居此地的叔伯長輩談到他們的經歷時，恐怕賦予了太多浪漫色彩。按照他們的說法，只要言行舉止恰當，就不會有任何隔閡。父親的朋友P.R.C. 彼得森醫生十一歲就被送到英國念書，據他所說，頭一天上課就有一個同學把他稱「本地人」。他還竟然立刻站起來向老師表明：「我很抱歉不得不這樣說，老師，洛斯博勞並不了解我的身分。他把我稱為『本地人』。這是不對的。他自己才是這個國家的本地人，我只是來訪者。」

但要融入本地其實沒那麼容易。由於游泳方面的成就，她在可倫坡算是小有名氣。身在異地沒有這種才能作後盾，安悠難免膽怯，發覺自己很難開口跟人交談。後來她在法醫工作上逐漸展現天賦，她才領會到自己還是具備某種優勢，她這方面的才能讓她能肯定自己的存在——不帶感情色彩地宣示她的存在。

她在倫敦的頭一個月，總是弄不清周遭環境。（蓋伊醫院令她一直嘖嘖稱奇的就是它竟然有那麼多的門！）她頭一個星期就因為找不到教室而錯失兩堂課。因此有一段日子她一大早就到醫院去，在大門的台階上等候恩迪柯特博士，跟著他走過幾處迴轉門、樓梯，還有灰色和粉紅色夾雜的走廊，去到沒有什麼標示的教室。（她有一次還跟著他走進男士的洗手間，把他和裡面的其他人嚇了一跳。）

她甚至面對自己時也膽怯不已。她感到失落，感情用事。就像她的一個老處女姑母一樣，她不自覺地喃喃自語。她省吃儉用，一星期下來省夠錢了便打電話回可倫坡。剛巧父親不在家，母親無法過去接電話。那是凌晨一點左右，奶媽拉莉妲被電話鈴聲吵醒了，兩人就在電話上聊了幾分鐘，然後都哭了起來，感到天各一方淒涼無比。一個月後，她就像著了魔似的，遇上未來的丈夫——她跟這個男人很快就結了婚，最終卻逃不過離婚的命運。

在她看來，他身上帶著斯里蘭卡獨特的異國情調。他也是醫學院學生。他卻並不膽怯。他們相識才幾天，他就把全副精神投入安悠身上，以猛烈攻勢攫取她的芳心，情書、鮮花不斷送上，電話留話從不吝嗇（他兩三下工夫就讓她的女房東也拜倒在他的魅力之下）。他的激情把她重重包圍。在她看來，他遇上她之前也從來不曾寂寞或孤單。他神氣十足，能夠誘導醫學院裡其他同學隨著他起舞。他為人風趣，喜愛抽煙。他一談到他們的橄欖球隊就有如神靈附體眉飛色舞，這成為了他們兩人交談的常見話題，他們倆也就不會有沒話說的一刻。他大談這個球隊，這群死黨，事實上他和他們的實際交往只有短短兩星期。他還給這些人各取了綽號：曾在地鐵嘔吐的勞倫斯、對家醜直認不諱且不以為意的劉易斯姊弟姍卓拉和裴西，還有寬額的賈克曼。

他和安悠閃電成親。她一度懷疑，這樁婚姻只是他要把身邊所有人維繫起來的其中一著棋。他是一個熱情的愛侶，儘管他在群體生活中時刻忙著擺弄一切。他毫無疑問大大擴展了閨房之樂的空間：舉凡他執意在其中享受魚水之歡的地方，包括他們隔音不良的客廳、公寓公共浴室裡那個左搖右曳的浴缸，還有郡際板球賽進行期間靠近後野的邊界線上。這樣幾乎在眾目睽睽進行私密活動，正好反映了他在社交上的脾性。他對私密關係和泛泛之交看似不作任何區分。後來她從書本上得知，這是畸型人格的中心特徵。不過，在婚姻初期兩人倒也挺開心的，儘管她明白，對她來說至關重要的還是回歸現實繼續她的學業。

後來他的爸爸造訪英國，把媳婦和兒子喚來，外出共進晚餐。兒子一反常態沉默不語。父親企圖說服他回到可倫坡為他生幾個孫子。這位父親不斷以慈善家自居，看來因此自以為自己在道德上高人一等。在享用晚餐的過程中，她覺得「可倫坡七區社交手冊」裡的所有條條框框都用到她身上了。他反對她擔任全職工作，對她不冠夫姓不以為然，更因她一再頂嘴而給惹惱了。當她在吃甜點時談到課堂上的解剖實驗，他終於忍無可忍大發雷霆：「你還有什麼做不出來？」她就答道：「我不會跟那些達官貴人玩這些屁把戲。」

第二天父親只約了兒子吃午餐，沒有約安悠，然後他就搭飛機回可倫坡。

此後夫婦倆凡事都得爭吵一番。她對他的洞察力和理解力表示懷疑。他看來把所有剩餘精力用來表現自己多有同情心。當她哭了，他也跟著哭起來。（後來她在美國西南部，總是避而不看那些牛仔和牧師大灑熱淚的電視劇。）在這段封閉家中、夫婦不和的日子裡，性愛是唯一彼此都能認同的活動。她和他一樣樂此不疲。她認為這賦予他們的關係某種正常性。因此日以繼夜不是爭吵就是做愛。

在她看來彼此關係的破裂是如此徹底地無可挽救，她從來不會回想兩人共度的時光。她被他的精力和魅力騙倒了；他在她心智使不上力的地方灑淚博取同情，直到她覺得自己是個毫無心智可言的人為止。沙勒特或許會說，她的腦袋被愛神占據了，其實主宰她腦袋的該是明智的天神才對。

她晚上從實驗室回到家裡，就要面對他酸溜溜的妒忌心。起初表現為性別角色上的妒忌，後來她發現他是要對自己的研究和學業橫加阻攔。這是婚姻的第一道枷鎖，她幾乎被幽禁在他們位於拉德伯克街的公寓裡。她逃離了他之後，再也不願意大聲念出他的名字。當她看見帶有他筆跡的來信，絕不會打開，卻阻擋不了幽閉恐懼的感覺湧上心頭。事實上，她容許這段婚姻殘存在她人生裡的唯一片段，就是范．莫里森那首歌詞裡提到拉德伯克街的〈浮光掠影〉。唯一倖存的就是這首歌。而且是因為它提到了分手。

你今天一早顯現我眼前
還有你的新男友和那輛凱迪拉克……

她會一路唱下去，只盼他不要哭哭啼啼地跟著唱起來，不管他身在何方。

你的心早已變，
我知道不能重拾那一刻。

除此以外，這整段婚姻從結合到離異，從最初示好到最後道別，對她來說簡直是罪無可恕，愧疚不堪。她等到蓋伊醫院的課程一結束，便一溜煙跑掉，讓他無跡可尋。她密謀在學期結束時離他而去，以免一邊念書一邊還要提防受他騷擾。他很有空，隨時可以找你麻煩。停止，一切到此為止！當他寄來最後一封苦苦哀求的情書，她就在信件上草草寫上這句帶有法律意味的禁制用語，原封不動寄還給他。

她恢復單身後，陰霾消散。她有好幾個月無所事事苦候新學期開始，一旦重回課堂，她就可以更熱切的投入學習，比她所想像的也許還要更用心、更認真。結果，重新走上求學之路的她變成愛熬夜的夜貓子，有時還捨不得離開實驗室，累了，也樂得讓腦袋枕住一頭黑髮靠在桌子上打盹兒。這裡沒有宵禁，也不需要為了愛侶而委曲求全。她午夜回到家裡，早上八點起床，每一份病例紀錄、每一個實驗、每一項調查，都鮮活地在她腦海裡呈現，可以隨時擷取。

後來聽說他回到可倫坡了。隨著他的離去，她再也用不著記住蓋勒路上什麼髮廊或餐廳是她最喜歡的。她最後一次說僧伽羅語，就是跟拉莉妲訴苦的那一番對話，最後她哭訴她如何想念香辣炒蛋和加了棕櫚糖的凝乳甜點。此後她跟任何人都不說僧伽羅話了。她全情投入自己身處的地方，專注於解剖病理學和其他法醫學科，史匹茲和費雪的論著她可以倒背如流。後來她獲得赴美研習的獎學金，在俄克拉荷馬州，她對於把法醫鑑識應用於人權調查開始產生興趣。兩年後，在亞利桑那州，她鑽研骨頭裡的物理和化學變化，不僅是活人的骨骼，還包括死亡的和被掩埋的骸骨。

她現在掛在口頭上的是科學的語言。而股骨是法醫鑑識的首選。

安悠走進可倫坡的考古辦事處，從大廳的一端走向另一端，瀏覽著一幅又一幅地圖。每幅地圖揭示這個島國的某一地理面貌：氣候、土壤、植被、濕度、古跡、鳥類、昆蟲生態。這個國家的各種面貌，就像具備種種複雜性情的一個朋友。沙勒特姍姍來遲。他出現之後，他們就會把東西堆放到吉普車上。

「……昆蟲學我所知不多，」她以即興的詞哼著一個熟悉的曲調，這時她的視線已移到礦產分布地圖——黑色的礦脈如絲四散。然後她瞥見了圖框玻璃上她自己的模糊倒影，只見影像中的人身穿牛仔褲、涼鞋和寬鬆的絲質襯衫。

如果此刻她身在美國，也許她就一邊聽著隨身聽，一邊用切片刀切出薄薄的骨骼環切切片。這是她在俄克拉荷馬州的同僚的老習慣。毒物學家和組織學家聽的總是搖滾樂。一穿過那道密封的門走進去，就會聽到揚聲器發出轟轟隆隆的重金屬樂音，其中三十六歲、才九十磅重的佛農·傑金斯正在審視顯微鏡下的肺部組織，身邊響起恍若警匪大戰的震耳欲聾樂聲。隔壁就是警衛室，讓人在此辨認死去的親戚朋友，由於房間是密封的，外面的人聽不到音樂聲，也聽不到半導體對講機對身分有待辨認的人喊出的簡略描述：**「把『湖中女』推進來」**，**「把『獨行者』推進來」**。

她喜愛這些儀式。午飯時間一到，實驗室裡的人就會拿著保溫瓶和三明治，踏著懶散的步伐走進休息室，邊吃午餐邊看電視正播放的《價格競猜》節目，所有人對這個不一樣的世界既敬且畏，彷彿只有他們活在其中的這個世界——在這個死人多過活人的地方工作，才稱得上是正常。

她來到俄克拉荷馬州還不滿一個月，他們就建立起「活該永垂必朽法醫學派」。這不光表明他們在原則上別太過認真，同時也是他們的保齡球隊的名稱。她不管到哪裡工作，最初的俄克拉荷馬州也好，後來的亞利桑那州也好，每晚收工後總是跟大夥同事一手拿著啤酒，一手抓著起司玉米餅，穿著恍若來自外太空的運動鞋，在保齡球館裡跌跌撞撞穿來插去，看著這隊那隊在較量，一時喊加油一時喝倒采。她很愛美國西南部，很想念跟男生混作一團的日子，跟在倫敦時的那個她簡直相去十萬八千里。他們忙了一整天之後，就會開車到土爾沙或諾曼市郊那些充滿野性味道的酒吧或夜總會，內心響起「靈魂樂之王」山姆·庫克的曲調。休息室裡釘在布告板上的一張名單，列出了俄克拉荷馬州所有能賣酒的保齡球館。對禁酒地區的工作機會他們不屑一顧。他們縱情於音樂，放浪形骸，藉此把死亡拋諸腦後。走廊上的每台輪床都貼著「及時行樂」的拉丁文訓誡。他們無可避免從對講機聽到跟死亡有跟的詞彙；「蒸發」或「化作粉塵」表示屍體被炸得粉碎。他們無法迴避死亡：它出現在他們身邊的每一寸皮肉、每一個細胞。即使在陳屍間旋動收音機的轉台鈕也要戴上手套。

明亮的鎢絲燈泡把實驗室照得清晰無比。當你由於聚精會神工作而脖子、肩膀緊繃酸痛，毒物科裡的音樂正好伴著你做仰臥起坐和伸展運動。突然她耳邊傳來兩個憨漢一番快人快語的辯論，有人對車上的一具屍體提出解釋。

「他們多久前報告她的失蹤。」

「她音訊全無，嗯，有五、六年了。」

「她把車開進湖裡，克萊德。之前她曾把車停下來開了車上的一道門。她喝了酒。她丈夫說，她帶著狗出去了。」

「狗不在車上嗎？」

「車上沒有狗。雖然車裡塞滿了爛泥巴，就是小小的吉娃娃我也不可能漏掉沒看見。她的骨頭泡在水裡礦物質都流失了。車燈還亮著。那張照片跳過去，拉菲爾。」

「那就是說——她打開車門時，就把狗放走了。她早有預謀。她當時是『獨行者』。當水灌進車裡，她驚惶失措，就爬到後座。她被發現時人在後座，對嗎？」

「她應該先把她老公幹掉……」

「他原來可以是一個殉道聖人。」

安悠總是愛聽病理學家之間哇啦哇啦的脣槍舌劍。

安悠原來正在美國西南部人口稀疏的高科技沙漠小城工作，這回直接飛往可倫坡。她啟程前待在加州的波瑞戈泉，初抵當地時，只覺得它不是一個令她滿意的真正沙漠地帶。主街上有太多時尚咖啡店和服裝店了。但一個星期後，她對於這一狹長地帶上展現的文明卻是頗感愜意了——二十世紀中期的奢華享受零星散落在一片荒涼沙漠的中央。這個地方的美是至為微妙的。西南部沙漠那種空蕩蕩的景致，你要一看再看，多花點時間，領略它似有若無的空氣，還有當中掙扎求存的種種事物。在她度過童年的那個島嶼，只要向地上吐一口痰，一個小樹叢就會破土而出。

安悠第一次走進沙漠時，她的導遊的皮帶上掛了一個能噴出水霧的瓶子。他揮手請她過去，向一株長著細長葉子的植物噴了些水霧，把她的頭摁下去讓她嗅一下。她聞到雜酚油的氣味。這種植物在下雨時就會分泌這種毒素，阻止任何東西在靠近它的地方生長，從而霸占這一小塊土地獨享的有限水源。

她對龍舌蘭也有更多認識了，曉得它有七種用處，包括它的刺可用作針，纖維可做成繩索。她也見到了沙漠豬毛菜、染料木和多形炭角菌（一種一年裡只有一個月可供食用的多汁植物），此外還有具備罕見根序的黃櫨樹（地下的根脈和地面上的枝葉不論形狀和大小都長得一模一樣），以及為了保存水分而讓葉子掉落的福桂樹。也有一些像褪掉了顏色的植物，另有一些植物在薄暮微光下顏色倍加鮮艷。她盡量不讓自己待在H街上跟人合租的房子裡。她通常在早上七點半前就帶著咖啡和牛角麵包走進平頂的古生物學實驗室。到了傍晚她就跟同事一起駕著吉普車駛進沙漠地帶。三百萬年前這裡曾有斑馬，也有駱駝。有各種各樣常見的吃葉和吃草的動物。她踏足的這片土地，埋藏著已滅絕的巨獸的遺骸，還有七百萬年前還是一片汪洋時留下來的環狀珊瑚島。當有人遞給她望遠鏡讓她看看一隻鶚鷹，她會輕拂對方的手，暗含一點調情的意味。

再一次，她發現法醫人類學家對保齡球抱有特殊的熱情。也許因為白天他們拿著鑷子撿拾碎屑和小心翼翼用細毛刷太過費神，晚上只想喝得爛醉，再拿點東西甩個痛快。波瑞戈泉沒有保齡球館，因此他們每晚爬進博物館的廂型車，從山谷開到附近的山城。他們帶上自己的「大錘」——那是經過重力平衡的比賽用球。一整個晚上，儘管保齡球館的簡陋建築內也有一台點唱機，她卻老是哼著一首哀怨的歌：獄中日子可真強，當你背對一堵牆……其實她在這段日子裡沒有什麼哀愁。她好像在期待著歌中的哀怨終有一天降臨在她身上，彷彿預見庫利斯的到來也將帶來衝突。

愛侶閱讀跟愛情有關的故事或觀賞相關畫作，本該是為了尋求更清晰的愛情觀念。但故事愈是混亂不堪，墮入情網的人就愈是信以為真。跟愛情有關的畫作，稱得上偉大和可信的寥寥無幾。而這些作品不管它如何享有盛譽，都不約而同有一種共通情態：混亂無序，情意私密。它們不會讓你變得更清醒，只會讓你在一道暗藍光線下飽受折磨。

作家瑪莎．葛爾宏曾說過：「最佳的情人，應該住在五個街區之外，風趣幽默，埋首於工作。」說起來，她的情人庫利斯正是如此，只不過他是相距五個州，在五千哩以外，還是有婦之夫。

看來他們身處異地時愛意才是最濃烈的。同在一起時恐怕樂極生悲，難免提心吊膽。她在波瑞戈泉能跟他通個電話就心滿意足了。女人就愛保持距離，他曾對她這樣說。

他們共度春宵的第一晚，在波瑞戈泉就先是發生了一連串事件。她第二天一大早就要起床工作：因為發生了無法預知的事。有一根漂亮的獠牙剛出土，但她沒把這回事告訴他。他從一千哩以外飛來，早了幾個鐘頭抵達。他對周末的計畫臨時改變很是氣惱，逼得她心中積壓的怒氣也一瀉而出。儘管他們試著投入浪蕩的愛，但實際面對的制肘已困擾他們太久。

當天在波瑞戈泉，她起床後就去洗澡，坐在浴缸邊讓水花往臉上噴灑。她怒氣未消，緊握雙拳。蒸氣瀰漫整個浴室。庫利斯抵達前一個星期，她就為兩人在棕櫚汽車旅館訂了一個房間。他預定在星期五晚上從機場坐八點的巴士前來，跟她共度三天的周末，碰巧這時候那根獠牙就出土了。

她到巴士站接他，帶給他一株她精挑細選的沙漠薰衣草。他試著把它塞進鈕扣眼時，竟然把它折斷了。

＊＊＊

一名出色的考古學家面對一桶泥土進行解讀，就像閱讀一部複雜的歷史小說。一塊骨頭即使只是被某種石頭輕輕擦過，她知道，沙勒特也可以從這樣的蛛絲馬跡追查到骨頭來自哪裡。她自己也曾用一把膠槍，試圖把「水手」頭骨破損的幾塊碎骨重新黏合起來。可是她和沙勒特實際所需要的器材，起碼在可倫坡找不到，在美國卻是多得用不完。十字鎬、鏟子，以至於繩子和石頭，都是他們需要的。她只能在卡吉爾百貨公司找到幾支刮鬍子用的刷子和一把撣帚。

沙勒特終於走進考古辦公室了，走到她身邊，她當時還看著牆上的地圖。這是他們和他的弟弟在蓋勒菲斯海濱公園消磨一個晚上之後的幾天。當晚過後第二天她就試著聯絡沙勒特，但他像是消失一樣，躲了起來。在此同時她收到齊特拉寄來的包裹，因此當天她就花一個下午來閱讀這位昆蟲學家打字打得一塌糊塗的筆記，然後從她的袋子裡拿出一幅道路圖。

然後，這個星期日早上，天剛亮沙勒特就打電話來了。他沒有因為一大早來電道歉，卻為他一度失蹤失去聯絡表示歉意。他請她到辦公室跟他見面，「一個鐘頭之內，」他說，「你曉得怎麼走吧？你出門後往右轉，然後直直往布勒路走。」

她掛上電話，望了一眼那令人舒適無比的床鋪，然後就去淋浴。

「我找到了第一埋屍地點的土壤樣本，」他說，「從頭蓋骨的空腔找到的。也許來自一個沼澤。他們把他暫時埋在濕土裡。這是合理的。省卻很多挖掘工夫。他們也可能把他丟到水稻田裡，然後再把他移到管制區藏起來，隱瞞他是當代遇害者的事實。無論如何，我相信原來的埋屍地點就在附近這一帶——」他指著地圖，「拉特納普勒地區。在這裡的東南方。我們要查一下地下水位的情況。」

「在某個有螢火蟲的地方，」她說。他一臉茫然地看著她。

「我們還可以更精確一點，可以把可能範圍的半徑縮小，」她繼續說。「有螢火蟲，表示那是一個沒有多少人聚居的地方，較為空曠。譬如人跡罕見的河岸。我曾跟你提過的那位昆蟲學家齊特拉，她到過船上檢視骨頭上那些斑點，做了筆記。她有數以百計的圖表記錄了島上的昆蟲生態。那些斑點是蟲蛹的黏著劑，來自『一鳴即死』的蟬，棲息在像芮堤嘎拉那樣的森林地帶。就看這張她給我們畫的地圖，這些就是可能的地點，全都在更南面的地區，跟你的土壤分析結果吻合。也許在獅王森林保護區周邊。」

「在它的北邊，」他說，「周邊其他各處都跟土壤樣本不符。」

「好的，那麼就是這一帶了。」

沙勒特用紅色簽字筆在蓋住地圖的玻璃上畫出一個長方形，西至維達嘎拉，東抵摩拉戈達，涵蓋拉特納普勒和獅王森林。

「區內某處有一個沼澤或小湖泊，是林中的湖，」他說明區內的地貌。

「有誰會去這種地方，我懷疑。」

由於考古辦公室空無一人，他們把握機會搜羅他們需要的所有地圖和書籍。沙勒特進進出出，把東西堆到借來的吉普車上。她不知道要離開可倫坡多久，或者到哪裡棲身——也許是沙勒特最愛的另一家小旅館吧。沙勒特忙著查閱各種土壤圖表，她就從圖書館的書架上取走一本野外考察手冊。

「我們在哪裡落腳？拉特納普勒？」她大聲地說出來，她愛聽到這座大樓響起回聲。

「還要更遠。有個地方可以落腳，一棟莊園大屋，是個古舊的家庭大宅，我們可以持續在那裡工作。好運的話那裡還是空無一人。『水手』一定是在這個地區裡遇害，也許兇手還是來自這個地區的人。我們還可以順道尋找帕里帕拿提到的那個藝師。我建議你最好跟齊特拉斷絕聯絡。」

「那麼**你**呢？——也沒有告訴任何人吧。」

「我要跟官員見面，向他們匯報調查的進展，但對他們來說我們的調查**根本不值一提**。我也沒說些什麼。」

「你能受得了這種對待啊。」

「你不曉得情勢壞到什麼地步。不管政府現在做些什麼，往日一片混亂時更不堪回首。當時你還身在外國——所有人視法律如無物，除了寥寥可數還算有良心的律師。恐怖事件無處無之，各方人馬都牽涉其中。西方的議會民主制也不可能讓我們好好存活下來。政府的非法武裝組織起而報復。我們這等蟻民被夾在中間。就像三個有所索求的人擠在同一個房間裡，三個人的手上都沾滿鮮血。幾乎每棟房子，每個家庭裡，總有人耳聞或目睹有人被內戰的任何一方殺害或擄拐。我就告訴你我親眼目睹的一件事……」

沙勒特儘管是在人去樓空的辦公室裡說話，但還是張望一下四周。

「當時我在南部……接近傍晚，市場都收攤了。兩個可能是叛軍成員的男人逮住了一名男子。我不知道那個人幹了些什麼。也許他背叛了他們，也許他殺了人，也許違抗命令，也許沒有馬上聽從命令。在那些日子裡，不管罪名輕重，都可能被私刑處死。我不知道他是否要被處決，被虐待，被教訓一頓，還是在最不可能的情形下被開恩寬恕。他身穿紗籠和捲起袖子的長袖白襯衫。襯衫沒束進紗籠裡。赤腳沒穿鞋。眼睛被蒙著。他們硬要他挺身且彆扭地坐在一輛腳踏車的橫桿上。其中一個擄拐者騎在車座上，另一人在旁拿著步槍。我看見的時候他們正準備離開。被擄的人看不到他身邊發生的事，也不知道會被帶到哪裡。

「當他們動身離開，被蒙住眼睛的那個人得要抓住些東西才能坐得穩。他一手握住腳踏車手把，一手圈住騎在車座上那個人的脖子。這種迫不得已的親密接觸令人看了很是不安。他們左搖右擺地前行，拿著步槍的人騎著另一輛腳踏車跟在後頭。

「如果他們全都一起步行的話倒是比較輕鬆。但他們這樣做頗為奇怪的像在進行某種儀式。也許對他們來說腳踏車是某種身分的象徵，因此他們要用上腳踏車。可是為什麼要用腳踏車載一個蒙眼的人？這逼得所有人都步步為營，但也讓大家都比較平等，像幾個喝醉的大學生。蒙眼的人為了保持平衡，要跟那個可能殺他的人配合無間。他們騎車直往街道遠端前行，過了街角的市場，拐個彎就消失無蹤。當然他們這種處理方式正是要讓我們這些看過的人無法淡忘。」

「那麼你做了什麼？」

「什麼也沒做。」

岩石上刻了又或畫了一些圖像，包括從鄰近山丘俯瞰一個村落的透視圖，還有以單線勾畫一個婦人俯身抱孩子的素描圖，就是這些圖畫令沙勒特對世界的看法從此改觀。多年前他和帕里帕拿一起進入一個不知名的岩洞，在漆黑中點燃火柴後一些色彩隱然映入眼簾。他們走出洞外砍了一些杜鵑花的樹枝，再回到洞裡生火，青澀的木材冒出刺鼻濃煙，圖像在火光中顯現。

這是政治情勢最險惡時期的考古發現。當時零零星星的種族衝突、政治鬥爭、幫派廝殺、劫財掠貨多不勝數。戰爭走到這一步，就像劇毒進入了血液，回天乏術。

岩洞裡煙霧火光下的影像、深夜的訊問、光天化日下隨意四出擄人的廂型車、他目睹的在腳踏車上被擄走的男子、蘇里亞坎達集體失蹤事件、安昆布拉和阿克米瑪拿兩處的萬人坑……讓人覺得半個世界正在被掩埋，真相被恐懼掩蓋；在此同時令人告慰的是，歷史的真貌在杜鵑花樹枝燃起的火光中浮現。

安悠無法理解這種古老而眾所默許的平衡。沙勒特知道，對她來說往前走下去就是為了獲得真相。可是真相又能帶引他們跨進怎麼樣的境地？它其實就像在一潭汽油旁邊點火。況且沙勒特也見過，真相被外國媒體任意切割，斷章取義，再配上毫不相關的照片。這種對亞洲國家的輕率舉措，以及所散布的訊息，恐怕只會帶來更多的報復和殺戮。在一個有欠安全的城市裡把真相和盤托出，實在危險萬分。身為考古學家，沙勒特在原則上尊重真相。他甚至願意為真相獻上性命，但前提是真相真的有用。

而私底下，他知道他也願意，為了刻著婦人俯身抱孩子的古老岩畫而獻上性命（這是他入睡前慣於思考和衡量的事）。他還記得他們在搖曳的火光中站在岩畫前，帕里帕拿的手臂沿著線條移動，劃過那位母親在深愛或沉痛中彎曲的背部，孩子隱而不現，但慈母的所有姿態都被捕捉到了，她像在叫喊，但聲線被壓抑下來。

這個國家危如累卵，正在陷入自掘的墳墓。學童失蹤，律師被折磨致死，還有賀坎達拉萬人坑裡被擄遇害的屍首，穆圖拉賈維拉沼澤裡遭屠殺的冤魂。

阿南達

他們向著內陸山區蜿蜒行進。

「這裡沒有器材讓我們做那些要做的事，」她說，「你應該知道吧。」

「如果那個藝師像帕里帕拿說的那麼了不起，他就能克服萬難把工具弄出來。你以前參與過這種工作嗎？」

「沒有，從來沒做過面容重建。我還得承認我對這種玩意有點不屑。它看起來就像歷史人物的漫畫圖像，又或西洋鏡裡的影像。你給那顆頭骨做了複製模嗎？」

「做來幹嘛？」

「這是要做的——在你把頭骨交給這個身分不明的人之前。說起來我可真高興，我們決定把這一切交給一個酒鬼。」

「你要做複製模，無異於公告給可倫坡的所有人周知。我們就把頭骨交給他好了。」

「我可不會這麼做。」

「而且複製的話要花好幾個禮拜去安排。這不是布魯塞爾或美國。這個國家只有武器的先進程度跟得上世界。」

「好吧，先把這個傢伙找出來，看看他能不能手執畫筆不顫抖再說。」

他們來到一個村莊的邊緣，那裡零星散布著一些夯土茅屋。結果，那個叫阿南達・烏度嘎瑪的男子沒有住在妻子的娘家了，搬到鄰近的另一個小鎮，住在一個加油站旁。他們繼續驅車前行，她看著沙勒特一再下車，在鎮上一條街道上來回往返，探詢那個人的下落。終於找到了他，那時他看來剛從傍晚一次小睡中醒過來。沙勒特向安悠招手，她就下車走過去。

沙勒特向那人解釋要他做些什麼，他提到了帕里帕拿，又表明會給他酬勞。那個戴著厚眼鏡的藝師說，他需要幾樣東西：幾個橡皮擦——附在學童鉛筆頂端那種，還有幾根小針。他又說要看看那副骸骨。他們就打開了吉普車後門。他拿著他們的手電筒細察骸骨一番，上上下下的往肋骨照射，照出骨骼的弧度和曲線。安悠認為他這樣根本看不出什麼來。

沙勒特說服了他跟他們一起上路。他輕輕晃了一下頭，然後走進他居住的茅屋，帶著一個小硬紙盒出來，裡面裝著一些私人物品。

在距離拉特納普勒兩小時車程的地方，他們在一個路障前被攔下來，幾個士兵從陰影下無精打采地走出來，從道路兩側朝他們走過去。他們靜靜坐著，假裝恭順。一隻手試探性的伸進車窗，接著打了一記響指，他們便把身分證件遞上。安悠的證件令他們感到困惑，其中一個士兵打開了她那邊的車門，站在旁邊等著。她不曉得這是要她做什麼，沙勒特壓低嗓門向她解釋，然後她就從吉普車爬下來。

那個士兵彎身鑽進車裡，把她的肩包提出來，然後嘩啦嘩啦把裡面的東西倒在引擎蓋上。所有東西在陽光下無所遁形，一副眼鏡和一枝筆滑落到柏油路上，他也不加理會，安悠往前走正要撿起來，就給他伸手攔住了。在正午的烈日下，他慢吞吞地檢視眼前的每樣東西：旋開一小瓶香水嗅了一番，拿起印了鳥的明信片左看右看，掏空她的錢包，把一枝筆插進錄音帶的旋孔靜靜地轉了起來。她的袋子裡沒有什麼貴重的東西，但他慢條斯理的動作令她又窘又惱。他又打開鬧鐘的背蓋把電池掏了出來；當他看到有一包還裹在膠膜裡的電池，便把它沒收了，交到另一個士兵手上，那個士兵就它放進路旁一個周圍堆起了沙袋的洞穴裡。搜查的士兵丟下引擎蓋上的袋子和所有物件，轉身就走，頭也不回，同時揮手示意他們開車離去。「別做任何事，」她聽到漆黑的車廂裡傳來沙勒特的聲音。

她把所有東西收回袋子裡，然後回到前面的乘客座。

「那些電池是製造土製炸彈必不可少的，」沙勒特解釋。

「我曉得，」她沒好氣地說，「我曉得。」

車子駛離的一刻她回頭看了阿南達一眼，只見他毫不在乎，手指在轉動著一枝鉛筆。

那是在艾克內里戈達的一棟莊園大屋，原屬於維克拉瑪辛可家族，先後五代人在這裡居住。最後住在這裡的家族中的人是一位藝術家，一九六〇年代仍然居住於此。他去世後這棟二百年歷史的大屋便由考古學會暨歷史委員會接管。（那個家族有一位遠房親戚跟考古學會有關連。）但是當這個地區不再安寧，擄人事件頻傳，這棟大宅也就人去樓空，像一口枯竭的井，迴盪著空空落落的感覺。

沙勒特第一次來到這個莊園時還是個小男孩，當時他的弟弟恐怕活不下去了。「**白喉**，」他們說。「**嘴裡長出白色的東西**，」醫生異口同聲向他的父母低聲地說。因此，把伽米尼從醫院帶回家之前，他們就讓沙勒特帶著他最愛看的書，坐車前往艾克內里戈達，避免受到感染。莊園的主人當時正在歐洲旅行，於是這個十三歲的男孩便在這裡待了兩個月，由一位奶媽照顧。他在花園裡遊玩，繪畫貓鼬穿越灌木叢的足跡圖，又假想這裡那裡是城鎮、村落。在可倫坡綠徑路的家裡，家人閉門謝客，準備全心照顧垂死掙扎的小兒子，讓他像個小王子般安心休養，對於死神將臨的秘密，他一無所知。

沙勒特三十多歲時，只要到這一帶進行田野調查，都會重訪這棟大宅，但他起碼有十年沒來過了，如今面對空蕩荒蕪的房舍和庭院，只覺鬱結難消。但他依然記得舊日那一串鑰匙是藏在籬笆柱子的下方；他同時發現，貓鼬穿越庭院一角的多刺灌木叢，路徑始終不曾改變。

他把所有房間的門打開了，好讓跟在身旁的安悠和阿南達能各自挑選他們的臥房和工作間，然後再把用不到的房間都鎖上。他們盡可能把占用的空間縮小，不想踏遍整個大宅。他和安悠一起穿越這棟房子，感覺上它比以前小得多了，他覺得自己身處於兩個不同的時代。他逐一描述幾十年前牆上掛著的畫，當時他在這裡住了兩個月，那些日子如何自由自在，他也許永遠沒法忘懷。罹患白喉而倖存的人少之又少，這是當時他接收到的強烈訊息。他幾乎確定弟弟必死無疑，他將成為家中的獨子。

此刻安悠輕盈的腳步聲逼近。然後聽到她輕聲問道：「**那是什麼？**」當時他們走進了庭院一側的一個房間，只見左右兩面牆上有人用炭筆各寫了一個大大的僧伽羅字——「**瑪坎克魯卡**」和「**瑪達納拉嘎**」。「**那是什麼？是人名嗎？**」「不。」他伸手往上觸摸那些棕黑的字母。

「不是人名。**瑪坎克魯卡**是……很難描述的……如果說某人是**瑪坎克魯卡**，就表示他是個愛把東西打翻倒轉的人。也許就因為他把所有事物倒過來看，倒是看得更為真切。他近似魔鬼，事實上是夜叉。可是奇怪的是，瑪坎克魯卡在廟裡守護聖域。沒有人知道為什麼這樣一個人被賦予這種重任。

「那另一個字呢？」

「它就更怪了。**瑪達納拉嘎**表示『愛慾延燒』，性挑逗。這個字只能在古代的情愛傳奇故事見到。白話裡是沒有的。」

阿南達正在用心檢視那顆頭骨，安悠就繼續對「水手」的骸骨做鑑識，其中一個目標是找出他的「職業標記」。他跟沙勒特共事已經超過三個星期了，他們一直在做「野外調查」，沒有接觸到沙勒特在可倫坡的政界人脈網絡。在可倫坡沒有任何人料到他們會來到這棟莊園大屋，而且就在「水手」最初被掩埋的地點附近。也許「水手」在當地扮演某種「重要」角色或者「路人皆識」。在這裡他們靠近事發源頭，又不會受到干擾。

他們抵達後第二天早上，阿南達沒有交代半句就溜了出去，令沙勒特沮喪不已，於是安悠審慎地保持緘默。她在庭院裡一棵榕樹的斑駁陰影下架起工作台和臨時實驗室，把「水手」搬了出來。沙勒特則決定在寬大的餐廳裡自己做研究。他偶爾要回到可倫坡採購物資並向上級報告。這裡沒有電話，就只能用沙勒特那具時好時壞的行動電話，他們覺得這裡跟全國其他地方隔絕開來。

那天早上阿南達一大早起來，其實去了鄰村的市集，買了一些現做的棕櫚酒，在公共水井旁坐了下來。他跟任何坐在身旁的人閒聊，還跟人分享僅剩的幾根香菸，看著村民來來往往，注視著他們獨特的行為舉止、當地人特有的姿態和面貌特徵。他想了解一下當地人喝的是什麼，是否有某種特殊的食物令他們吃到鼓起雙頰，雙唇又是否長得比巴堤卡洛亞的人豐滿，還有髮型有什麼款式、眼界是否銳利、步行還是騎腳踏車、烹調和梳理頭髮是否用椰子油。他在村裡逛了一整天，然後到野地裡採集了三個麻袋的泥土，他會把兩袋棕土和一袋黑土調成各種色調。然後他在村裡買了幾瓶亞力酒，接著就回到莊園大屋。

他總是破曉時分就起床，置身於照進室內的一方陽光之下，並隨著它移動，像一隻貓一樣。他偶爾會看看那顆頭骨，卻沒有做些什麼。他會到村裡去，買一大堆東西回來，比如不同顏色的蠟紙、板油和食物染料，有一天還買回來兩台舊唱盤和好幾張雜七雜八的七十八轉唱片。

在這棟大宅眾多可供挑選的空間中，阿南達選了往日那位藝術家用過的房間。他對這棟古宅的歷史一無所知，只是喜愛這個房間裡的光線，也就是寫上了「瑪坎克魯拉」和「瑪達納拉嘎」兩個字的那個房間。窗外就是安悠在工作的那個庭院。阿南達實際著手處理那顆頭骨的那個早上，安悠聽到他房裡傳出音樂。男高音激昂高歌，唱著唱著，到終曲前才慢下來。在好奇心驅使下，安悠進去一看，只見阿南達正在上緊留聲機的發條。旁邊是另一台唱盤，阿南達用它來塑製一個黏土基座，頭骨就放在基座上面。他一手捏塑，一手把基座往左或右轉動，就像轉動拉陶坯的旋轉台。他已經塑製到喉頭的部位。安悠往後退走出房間。

她看得出來這就是面容重建術。他用漆上紅漆的細針來標示骨頭上各處的肉有多厚，然後在頭骨上鋪一層薄薄的橡皮泥，按細針上的紅色標記調整它的厚薄。最後把一層層薄薄的橡皮擦壓進黏土裡把臉部重建出來。這樣把種種居家物件拼湊起來的頭像，恐怕會像廉價商店裡販售的妖怪面具。

每個星期沙勒特往可倫坡跑的那三天，安悠和阿南達幾乎互不理睬。原是畫眼藝師的阿南達，變成了爛醉的寶石礦礦工，在這裡又變成面容重建師了。他和安悠刻意避開對方，在屋子裡走來走去時總是窘迫不安。他們第一天見面時的基本禮貌已經蕩然無存。她始終認為這次合作計畫是沙勒特的荒唐決定。

每天晚上她都會把擔心被雨水淋壞的器材搬進穀倉，這時阿南達已經喝得爛醉了。酗酒的情況在他開始處理頭骨之後越發嚴重。他動不動就大發雷霆，不管是廚房裡的食物被移動過，或者他被美工刀割傷——這都是經常發生的事。某一天下午在院子裡，他側身擠過去曬太陽，那時安悠正在測量骨頭，他的紗籠在她的桌面掃過，她立刻對他咆哮，他在盛怒之下喊回去。然後是片刻的沉默，接下來是更難消解的怒氣。他大步走回房間，她則幾乎擔心那顆頭骨會從他房間滾出來。

晚上她提著一盞燈到屋外找他。晚飯時他不見蹤影倒是讓她鬆了一口氣（他們平日各自做飯，然後默不作聲地一起用餐）。到了十點半他還沒有回來。他平日會把大門鎖上，這時她也準備鎖門了，但她覺得應該去找他一下，於是便提著燈走進漆黑的院子。結果發現他躺在一堵矮牆旁邊，不省人事，身上只穿著紗籠。她把他扶了起來，扛著他一身的重量搖搖晃晃地走回屋裡。

安悠不愛喝酒，覺得這不是什麼有趣浪漫的事。她才把他攙扶到玄關，他就倒到地上，呼呼大睡。他怎樣叫也叫不醒，要拖也拖不動。於是她走進自己的房間，拿著隨身聽和一盒錄音帶出來，打算來一次小小的報復。她把耳機放在他耳上，啟動隨身聽。馬上響起湯姆．維茲的〈白雪公主與七矮人〉的歌聲：「掘呀，掘呀，掘呀」直搗他腦海深處，他大驚之下彈了起來。他必然以為自己聽到了死人的喊叫聲。他在地上翻滾，彷彿無法逃避內心響起的聲音，最後才把耳機扯了下來。

她坐在院子的台階上。月亮灑下銀光，像凝視著往日屬於維克拉瑪辛可家族的大宅。她把錄音帶快轉到史蒂夫．厄爾的〈無畏的心〉，響起了神氣活現、妙不可言的歌聲。在糟透了的時刻，只有史蒂夫．厄爾能讓她挺過去。當她聽到那些在失落中怒氣沖天的歌，她的血管就會怦怦跳動，屁股會像性高潮般扭動起來。她踏著似舞非舞的步伐走進院子，從「水手」身旁走過去。這一晚天氣爽朗，可以讓「水手」留在戶外。

她回到房間裡寬衣的時候，卻想到了「水手」在塑膠布下悶得透不過氣，便出去把塑膠布拆開，讓「水手」沉浸在清風夜色之中。曾被焚燒、掩埋，如今他躺在木桌子上，沐浴在月光中。她走回房間，此刻音樂帶來的亢奮已然消退。

她和庫利斯同床共枕的那些晚上，他的指尖飄忽地在她的胴體上游走。他往床尾後退，親吻她兩腿間的棕色地帶、她的陰毛，然後是那個凹陷的洞。當他們分隔兩地，他會寫信談到他多愛她那些時刻的喘息聲，一呼一吸，不疾不徐，連綿不斷，像有備而來，彷彿知道還有很長的路要走。他的雙手在兩腿之間，他的臉濕答答的帶著她的體味。她張開手掌按著他的頸背。或者她坐在他身上，看著他在她急促的手部動作中終於解脫。各自發出清晰卻無法一一指認的聲音，見證著對方的反應。

阿南達在她面前一晃而過，那是一個嚴重酗酒者的瘦削身軀，仍然赤裸上身。他用雙手搓著雙臂和骨瘦如柴的胸膛，在院子裡舉目四望，沒察覺到她就在一個幽暗的角落。

他在她的工作台前，小心翼翼地把雙手放在背後，以免碰到任何東西，他同時彎身向前，透過厚厚的眼鏡細看她的卡鉗、重量表，就像置身於博物館鴉雀無聲的環境中。他身子再往下彎，聞一下桌上各種物件。果然有點科學頭腦，她暗想。昨天她注意到他的手指十分纖細，因為工作的關係染成了土黃色。

此刻阿南達把那副骸骨捧起來，雙臂抱住了它。

她沒有因為他這個舉動而吃驚。她也曾經歷某些時刻，當她聚精會神地埋首於鑑識工作數小時後，她也需要欠身向前，把「水手」抱進臂彎，提醒自己他一樣也是一個人。他不光是一件證物，而是一個有優點也有缺陷的人，是一個家庭的一員，是村子的一個成員，只因遇上了政治紛擾突然閃起的火花，他在最後一刻伸手抵擋而折斷了手臂。阿南達抱住「水手」，慢慢地走了一圈，把它放回桌子上，他這時才看見安悠。她輕輕地點了點頭，表示她並沒有動怒。她緩緩站起來走向他。一小片黃葉飄下，滑進了骸骨的胸廓，在裡面不停翻動。

她看到阿南達的眼鏡上照出兩個月亮。那是一副破破爛爛的眼鏡，鏡片用鐵絲固定在框架上，鏡架纏上舊布料——事實上它是抹布，用它來擦拭或擦乾手指。安悠希望能跟他互通訊息，可是他們曾經共同使用的那種語言，她早已忘卻了它表情達意的微妙變化。她原本想告訴他，從「水手」骨骼的測量數據可以推知他的體態和身型。至於他能有些什麼洞見可以分享，就真是天曉得了。

每天下午，當阿南達在面容重建中無法有突破，他就會把已重建的部分拆掉，把黏土砸破。奇怪的是，在她看來這是浪費時間，但第二天一大早，他對於各部位有多厚又是什麼質感了然於心，可以在二十分鐘內把前一天的成果重新創造出來。再經思考之後他就會把臉部進一步塑造出來。彷彿他要藉著重複之前的工夫來暖身，然後就能更有信心地向著不確定的路邁進。因此，假如她走進他的房間時他沒有正在工作，她便看不出什麼所以然來了。不過短短十天，他的房間就變得像一個巢穴，只見到處都是破布和填充料、泥團和黏土，顏料塗到每個角落，還有高高寫在牆上的大大的字母。

可是這一天晚上，不用隻字片語，他們彷彿心靈相通。這可見於他對她的工具所表現的尊重，連碰也不碰，還有他把「水手」擁進懷裡的動作。她在一個醉漢輕易流於浮濫的表情背後看到他哀愁的面容。像是被啃噬而留下凹痕。她伸手摸了一下他的前臂，然後就讓他獨自留在院子裡。接下來幾天他們又回復不談半句話的狀態。也許當晚他醉得太狠，根本不記得發生過什麼事。每天他都會拿一張七十八轉老唱片來播放兩、三回，他就站在房門口，看著她在院子裡幹些什麼。

清晨六點她穿好衣服，就出門走一哩路去學校。在快要攀上一個山坡前約幾百碼的地方，所走的路會逐漸縮窄，引向一座橋，橋的一邊是一個潟湖，另一邊是一條鹹水河。這是西莉莎將會碰上那群青少年的第一個地點。他們有的把彈弓掛在肩上，有的邊走邊吸菸，看見西莉莎會以目光示意，卻從來不跟她說半句話，她倒是總會跟他們打招呼。稍後，當他們在校園裡再和她相遇，就更是對她不理不睬了。她在橋上跟他們擦身而過後再前行五碼左右，就會邊走邊回頭瞧他們一眼，看他們投來好奇的目光。她年紀沒比他們大多少。他們正忙著裝腔作勢，也許他們當中有一兩人對女性有點兒了解。他們都察覺到西莉莎秀髮如絲，她邊走邊回頭一瞥的婀娜多姿，這是他們期望中的性感姿態。

她走到橋上時總是清晨六點半。橋下會有幾艘捕蝦船，一個男人泡在水裡，只露出頭來，水底下的雙手正在把他兒子在天未亮前就撒下去的捕蝦網張開。她走過時那個男人也正在慢慢移動。這裡她再走十分鐘就到學校，在一個小斗室裡換過衣服，然後把抹布泡進一桶水裡，開始把黑板逐個擦乾淨。如果晚上曾刮風或有暴風雨，她就會到每個房間掃除從格子窗飄進來的落葉。她在空蕩蕩的校園裡做這做那，直到她聽到那些小孩、青少年以至於年紀較大的年輕人陸續來到學校，像鳥兒漸次飛至，鳴聲愈來愈響亮，像在森林的空地上群集。她會在人群間穿過，走到沙地庭院邊緣把黑板擦乾淨，那是供最年幼的學童使用的，他們坐在地上，面向老師，學習僧伽羅語、數學和英文：「孔雀是美麗的鳥兒……拖著長長的尾巴！」

早上上課時都沒什麼動靜。到了下午一點，庭院裡就響起吵鬧聲，湧現人群，一天的課上完了，穿白制服的學生紛紛回到學校周邊的三、四個村子，回到另一種生活。她到數學教室吃午飯，打開包裹著食物的葉子，捧在左手裡，在黑板前來回踱步，用三根手指和拇指抓食物，眼睛不曾往下瞧，只是一直盯著粉筆所寫的數字和符號，追蹤著演算的過程。她過去念書時很善於數學公式的推演，對於其中的邏輯仍然歷歷在目。她信手拈來便能破解等邊三角形的難題。她在花圃或走廊幹著雜務時總會同時聽著老師們講課。午飯後她在水龍頭下洗過了手便啟程步行回家，有幾位老師仍然在大廳裡，其中幾人後來騎腳踏車從身旁經過。

晚上宵禁時段她就留在屋子裡，亮了燈在房裡看書。他的丈夫還有一個星期就會回家了。當她翻開書頁，就能找到阿南達為她畫的肖像，那是畫在一片脆弱的紙張上，夾到了後面書頁，講的是故事後半的情節。或者紙上畫的是有一雙大眼睛的大黃蜂的線畫，但她不喜歡。要不是宵禁的話，晚飯後她寧可上街逛逛，因為她愛看著商店熄燈關門。街道是漆黑的，商店的電燈也熄滅了。這是她最愛的時刻，像感官一個接一個的退場，飲料店、錄音帶店、蔬果店，一路走下去，街道也變得愈來愈暗。一輛腳踏車載著三袋馬鈴薯穩步前行，沒入無盡的黑暗中，遁入另一個世界，像是另一種的存在。當有人從我們這個時空離去，我們無法確定能不能再見到他們，抑或再見時是否容貌如昔。因此西莉莎深愛晚上平靜的街道，這時再沒有任何商業活動，就像表演落幕觀眾四散後的劇院。維瑪拉賴賈的草藥店，還有他兄弟的維瑪拉賴賈銀器店，都正在把百葉窗拉下，黑暗隨之降臨，燈光逐漸被壓縮，直至最後只剩一絲光線從鐵門底的縫隙漏出，像鑲了一條金邊，最後電燈熄滅，這一條發亮的水平線也從眼前消逝。當她幻想自己走在沒有宵禁的街道上，她的裙子彷彿隨風擺動。鴿群在拼出「卡吉爾百貨公司」這個名字的燈泡之間棲息。在黑夜的羽翼之下，人間的戲劇正在上演。有正在飛奔的狂徒，有驚惶不已的人，有擔驚受怕的人，有愚昧的狂怒者，還有那些以殺戮為業的人，儘管他們精疲力竭卻仍在敵營的村落大開殺戒。

清晨五點半西莉莎就起床了，她在住處後方的水井洗過澡後，穿好衣服，吃了些水果，啟程到學校去。她走的依舊是那條熟悉不過的二十五分鐘路程。她知道自己在橋上碰上那群男童後依舊會慵懶地回眸一瞥，依舊會看見熟悉的鳥兒，要不是栗鳶也許就是鷂。道路逐漸變窄，再往前走一百碼就到橋頭。瀉湖在左。鹹水河在右。她沒看見漁夫，路上也沒有人。擔任校工的她，是今早走在這條路上的第一個人。此刻正好是六點半。她沒碰上回眸的對象，她只知道，這代表了她的地位並沒有比對方低下。快到橋頭前十碼左右，她赫然看見兩個學生的頭顱插在木桿上，面對面在橋的兩側。十七、十八，也許十九歲吧……她不知道也無心猜想了。然後她看見橋的另一端也有兩顆頭顱，從這兒遠望她也能認得出其中一人。她只想躲進自己的空間，她想掉頭走掉，卻失去轉身的勇氣。她覺得她背後有什麼不尋常的事發生了，不管起因是什麼。此刻她只自己希望能化為烏有。她的腦袋一片空白。她甚至沒想過要把示眾的頭顱拿下來。她不敢觸摸任何東西，因為眼前這一切感覺上還是鮮活的，血肉模糊卻彷彿仍然活著。她拔足往前狂奔，奔過那些頭顱的眼前，自己的雙眼則緊緊閉上，直至把這一切丟在身後。她衝上山坡往學校直奔。她只敢不停地往前跑，沒料到前面還有更多同樣的東西。

安悠動也不動地站著，渾然迷失於心中專注的念頭。她不知道自己待在院子裡多久了，不知道她對「水手」所有可能的經歷思索多久了。當她的心神回到眼前的世界，身子一動，脖子就像給人射了一箭。

她在工作上有一項不證自明的基本原則：只有找到了受害者才可以找出凶嫌。雖然他們已知「水手」可能是在這個地區遇害，對於他的年齡和體態也略知細節，也能推斷他的身高、體重，甚或加上她不大看好的「頭部重建」，但似乎還是無法辨認他的身分，他們對於他的背景仍然一無所知。

即使他們能夠辨認他的身分，即使他們發現了他遭到殺害的細節，那又如何？他只不過是千千萬萬的受害者之一。這究竟能帶來什麼改變呢？

她想起了她在俄克拉荷馬州的老師柯萊德．史諾，他曾談到在庫德斯坦從事人權工作的經驗：**一個村莊可以代表眾多村莊，一個受害人可以代表眾多受害人**。她和沙勒特都清楚不過，在這個島國近年內戰的種種紛亂歷程中，儘管警方展開無數例行公事的調查，至今仍沒有一宗因戰亂而起的謀殺案遭到起訴。眼前這一宗案件，卻可能是直指政府的明確罪證。

可是，如果無法辨認「水手」的身分，等於還沒找到受害人。

安悠曾追隨過的一些老師，能夠從一具七百年前的骸骨身上，透過受壓迫或創傷的痕跡，推斷出那個人的職業。她在史密森學會受訓時的導師勞倫斯．安吉爾，就曾從向右彎曲的脊椎骨辨認出一個來自比薩的石匠，又曾由德州死者姆指的裂痕推斷出他們生前曾長時間在酒吧騎乘電動蠻牛機緊抓著馬鞍。康乃爾大學的肯尼斯．甘迺迪還記得安吉爾曾經從一次巴士車禍的四散遺骸中辨認出一個小喇叭手。而甘迺迪本人在研究底比斯一個千年木乃伊時，發現指骨屈肌韌帶有明顯的線紋，從而推論死者生前是一個抄寫員，線紋是因為他長期握筆書寫而形成的。

拉瑪茲尼有關工匠職業病的論文開啟了這方面的研究，指出了常在畫家身上看到的金屬中毒。其後英國醫師塔克拉談到長時間坐在織布機前的織布工的盆骨變形。（甘迺迪指出，「織布工臀部」可能是莎士比亞劇作《仲夏夜之夢》裡的人物「織布博特姆」稱號的由來。）新石器時代非洲撒哈拉地區尼日人的標槍手，跟現代職業高爾夫球員在解剖學上都有類似的病痛，也有學者針對兩者加以比較。

這就是人體上的職業標記。

前一晚，安悠曾翻閱甘迺迪《從骸骨重建人生歷程》一書的圖表，這是她出行時經常帶著的一本書。在「水手」的骨骼上她找不到任何職業傷害的明確標記。當她在院子裡動也不動地站著，她體會到她從眼前這具骸骨可以推斷出兩種可能的人生歷程，偏偏骸骨所呈現的這兩種情態在邏輯上無法並存不悖。第一，她對骨骼的觀察，顯示死者生前經常從事的一種「活動」是在肩膀以上的高度進行。他伸出雙臂，要不是向上就是往前。也許他是牆壁粉刷工人又或是鑿工。但那看來是比粉刷牆壁更吃力的動作。而且雙臂關節呈現對稱的使用程度，也就是兩根手臂都是活躍的。他的盤骨、軀幹和雙腿也呈現活躍的跡象，像在蹦床上跳和騰空翻轉。難道是雜技演員？馬戲團成員？又或是──從雙臂研判──高空鞦韆表演者？但在危難時期南部省有多少馬戲團？她記得童年時有很多馬戲團巡迴演出。她也記得看過一本有關絕種動物的兒童繪本，其中一種絕種動物就是雜技演員。

骸骨卻展現出另一種截然不同的人生歷程。他的左腿有兩個地方曾嚴重斷裂。（這些傷痕不是遇害時造成的。她可以判定兩次骨折都是在他死亡前三年就發生過。）還有他的跟骨：他的跟骨呈現完全不一樣的情態，顯示他是一個靜態的、久坐不動的人。

安悠在院子舉目四望。沙勒特坐在暗黑的屋子裡幾乎無法看見，阿南達則看似很舒服地蹲在唱盤上的那顆頭骨前面，嘴裡刁著一根點燃的手捲菸。她能想像他眼鏡後瞇著的雙眼。她往穀倉的櫥櫃走過去時經過他身旁。然後她又往回走。

「沙勒特，」她輕聲地說，他隨即走了出來。他感覺到她的語氣有點兒古怪。

「我──你能不能叫阿南達不要動，保持這種姿勢，還有我要碰他一下。好嗎？」

沙勒特的眼鏡掉到了鼻子上，定睛看著她。

「你聽懂了嗎？」

「不大懂。你要碰他一下？」

「就告訴他不要動好了，行嗎？」

沙勒特一走進房間，阿南達馬上把一塊布往那顆頭骨蓋上去。他們小聊了一下，然後沙勒特每說一句，他便帶點猶豫用的單字表示同意。安悠慢慢走進去，跪在阿南達身旁，她才碰觸了一下，他馬上跳起來。

她沮喪不已轉過身去。

「不，不！」沙勒特試著再解釋一次。他們弄了好一陣子讓阿南達回復到一模一樣的姿勢。

「讓他繃緊一點，像工作時一樣。」

安悠雙手抓住阿南達的腳踝，拇指壓住肌肉和軟骨，一路往腳踝上方幾吋的地方滑過去。阿南達乾笑了一聲。然後拇指又回到腳踝那裡。「問問他幹嘛用這種姿勢工作。」沙勒特把把答案轉告她，說這樣比較舒服。

「這才不舒服，」她說，「整隻腳沒有一處是放鬆的。到處是壓力。緊繃的韌帶壓在骨頭上。會造成永久性傷痕。再問問他。」

「問什麼？」

「問他為什麼工作時要擺出這種姿勢。」

「他是個雕匠，平常像這樣子工作。」

「可是他平常也習慣這樣蹲著嗎？」

沙勒特問過問題後，兩人就喋喋不休地聊了一番。

「他說他在寶石礦洞裡蹲慣了。洞裡的高度只有四呎左右。他在裡頭採礦好幾年了。」

「謝謝。請你也代我向他道謝。」

她雀躍萬分。

「『水手』也是在礦坑裡工作。看看這具骸骨踝骨上的這些變窄的地方。阿南達的情況也是一樣。我懂得這一點。這是我的教授專精的學問。看看骨頭上的積聚物，積起來一塊的。我相信『水手』是在一個礦坑裡工作，我們要找一張這個地區的礦坑分布圖。」

「你說的是寶石礦嗎？」

「可以是任何礦坑。而且，這只是他生前活動的其中一面，另一面倒是很不一樣。他在斷腿前一定從事過更活躍的活動。你知道嗎，我們現在知道他的背景是怎麼一回事了。他曾經是一個活動量很大的人，幾乎像一個雜技演員，後來受傷了，就只能在礦坑裡工作。這一帶還有些什麼礦坑？」

接下來幾天狂風大作，他們只能留在屋子裡。壞天氣告一段落後，安悠就借了沙勒特的行動電話，找來一把傘，在微雨下走到外面。她從樹林往山坡爬下去，穿越稻田直往另一邊走過去，沙勒特告訴她這是收訊最清晰的位置。

她需要跟外面的世界建立聯繫。她腦子裡充塞著巨大的孤獨感，腦海裡泛起太多沙勒特、太多阿南達的身影。

接聽電話的是金賽路醫院的佩雷拉醫生。他想了好一會兒才回想起她是誰。當他聽說她在一個稻田跟他通話時，心中暗忖：她在幹嘛？

她本來就想跟他聊聊她的父親，只知道自從她回到這座島上來，對父親的回憶一直縈繞在腦際。她首先表示歉意，因為在離開可倫坡前一直沒聯絡或拜訪他。但佩雷拉在電話裡好像不大想說話，步步為營似的。

「您聽起來像是病了，老師。您應該多喝水。流行性感冒就是這樣子。」

她不想告知他自己身在何處——沙勒特警告過她別洩露行蹤。當他再次問這個問題，她就假裝聽不見：「喂……喂？您還在線上嗎，老師？」隨即掛上電話。

＊　＊　＊

安悠在靜默中移動，蓄勢待發。她身體繃緊，像正在使勁的手臂。她滿腦子是狂暴、喧鬧的音樂，她正等待節奏的突變，讓她可以張開雙臂，一躍而起。這一刻終於到來，她的頭往後甩，一頭黑髮像羽毛飄起，再落下垂到腰際。她雙臂也往後甩，一按抵住地面，她隨即往後翻了一個跟斗，裙擺還沒來得及落下，雙腳就已著地。

這是絕妙的伴舞音樂。她曾與一大群人隨興跟著這首歌曲的節奏起舞，彷彿全身的能量湧上皮膚，她就在大夥兒中間穿來插去。但現在她不是在跳舞，因為它絲毫沒有跳舞的翩翩風度，沒有舞者之間的分享。她在喚醒身上的每塊肌肉，把平日謹遵不誤的規範拋諸腦後，把她所有的心智技能灌注到身體的動作。只有這樣，她才能往後一躍而起，引導她的臀部驅動雙腿騰躍。

她用頭巾把耳機綁緊在耳上。她要藉著音樂驅動自己跨進激盪而不失優雅的境界。她渴慕優雅，但在這裡，只有在眼前這樣的清晨或接近黃昏時分的一場大雨之後，當空氣輕盈而清涼，當地上的落葉濕得能讓你滑倒，才可瞥見優雅的芳蹤。她覺得深藏內心的自我像箭一般往體外直射而出。

沙勒特從餐廳的窗看到了她。他看到的是一個以前從未見過的人：一個狂放的女子，月光下的魔法師，能從窗戶滑進滑出的竊賊。這不是他認識的那個安悠。她在這個狀態下渾然忘我毫不自覺，這卻是她渴望達成的境界。不是在男性世界裡亂撲的飛蛾。不是找到了骸骨就做一番鑑識的那個安悠——儘管這另一面也是她需要的，就如她也愛扮演愛侶的角色。這一刻她卻隨著狂暴的情歌跳舞，聽著〈從放逐中回歸〉這首能驅走失落感的歌，跳著向愛侶告別自我的舞步。她覺得自己看待愛情最為理智的一刻，就是當她以不可理喻的決絕態度來對待他，對待自己，對待兩人，對待甘苦雜陳的情慾，在愛慾交纏到了最後階段時一下子甩掉一切。她輕易就會哭起來。在這種狀態下，落下的眼淚，跟流著的汗或跳舞時碰傷的腳，都算不了什麼，她不會為此停下，一如她不會因愛侶的吼叫或甜笑而改變自己，往日不會，今後也一樣。

她跳得精疲力竭，幾乎動彈不得，她停了下來。她蹲下，屈起身，最後躺在石板地上。一片樹葉落下，像一聲輕輕的喝采。音樂繼續狂暴地響著，好似死人的血液仍然會流動好幾分鐘。她在樂音中躺下，感受著自己的心神恢復，像在黑暗中亮起燭光。她不停地吸氣又呼氣，吸氣又呼氣。

周末，當他們兩人都在莊園大宅的前庭時，阿南達走過來坐在他們身旁，用僧伽羅語跟沙勒特聊了起來。

「他完成那個頭像了，」沙勒特說著，頭也沒有向她轉過去，只是繼續盯著阿南達的臉。「他看來是說，已經完成了。要是有什麼問題，我看我們還是先別抱怨，他醉得要緊。有什麼疑慮暫時別說，否則他就會一走了之。」

她沒說話，兩個男人繼續談個不停，直到夜幕低垂，蛙聲響起。她站起來，朝著此起彼落的蛙叫聲走過去。她陶醉在群蛙的對唱中，直到感覺到沙勒特的手搭在她的肩膀上。

「來，現在就去瞧瞧。」

「趁他醉得倒地不起之前嗎？噢，對，絕對批評不得。」

「先謝過了。」

「我遷就他，我遷就你，什麼時候你們遷就一下我？」

「我不認為你愛別人遷就你。」

「那就找個機會，向我表達點善意行嗎。」

院子地上插著由細枝綑紮而成的火把。一張椅子上放著「水手」的頭像。此外別無他物，只有他們兩人和頭像默默相視。

頭像的面容彷彿隨著火光動了起來。但令她激動的是，她原以為自己對「水手」的生理特徵了然於心，因為他們一直帶著這個已逝者的軀體跨越了大片國土，在班達拉維拉的小旅館裡當骸骨躺在桌上她就在旁邊的椅子睡一整晚，她對他自小以來的每一道傷痕知之甚詳，然而眼前這個頭像不僅是某人可能的相貌，它簡直就是特定的一個人。它呈現了獨特的個性，就像沙勒特這個活人的頭一樣真實。彷彿以往曾在信件中向她描述的一個人現在終於能親睹他的廬山真面目了，或者一個年幼時她曾抱過的人如今長大成人了。

她坐在台階上。沙勒特往頭像走過去，然後又往後退。接著他別過臉去，像要在它不經意時再瞥它一眼。她卻只是死盯著它，無可奈何地接納眼前這個頭像。它的面容帶著今天罕見的寧靜，沒有絲毫緊張，泰然自若。令人意外的是，它竟出自像阿南達這樣一個散漫、不牢靠的人之手。她轉頭一看，阿南達已不見蹤影。

「它是那樣的平和，」她打破沉默。

「對，問題就在這裡，」沙勒特說。

「這又有什麼問題？」

「我曉得。但這只是他對死者的期望。」

「他比我期望的年輕。我喜歡他的相貌。你那句話是什麼意思，什麼叫做『他對死者的期望』？」

「過去幾年來我們看到太多梟首的慘劇了，幾年前最為猖獗。往往一大早起來就看見，因為這通常是夜裡發生的好事，而清晨時分家屬還沒有聞得噩耗，還來不及把頭顱取下帶回家。家屬抵達現場也只好用自己的上衣裹住或把它揣在懷裡。這都是人家的兒子。對家人來說是椎心之痛。只有另一種情況更糟。那就是家裡有人無故失蹤，全無蹤影，也沒有他是死是活的任何證據。在一九八九年，拉特納普勒地區一所學校有四十六個學生和若干教職員離奇失蹤，擄走他們那幫人的車輛沒掛車牌。只是之後搜捕時有人認出一輛後來在軍營看到的黃色菱帥車。當時叛亂分子和他們在鄉村裡的支持者正面臨清剿行動的高峰期。阿南達的妻子西莉莎就是在那時失蹤的……。」

「天哪。」

「他也是最近才告訴我的。」

「我……我實在慚愧。」

「已經三年了，還沒找到她。他以前不是今天這樣子的。因此他做的那個頭像才那麼安詳。」

安悠起身走進漆黑的屋子裡。她無法再多看那個頭像一眼，不管怎樣看也只能看到阿南達的妻子。她在餐廳其中一張大藤椅坐下，暗自飲泣。她當下這樣子無法面對沙勒特。她的眼睛漸漸適應了眼前的黑暗，這時她看到一幅畫的方形輪廓，阿南達靜立在畫旁，在黑暗中凝視著她。

## 你在為誰哭泣？阿南達和他的妻子？

「對，」她說，「阿南達、『水手』、他們的愛人。還有你那個忙得快沒命的弟弟。一切都陷入了一種瘋狂的邏輯，無法化解。你的弟弟曾說過：『面對這一切你得有點兒幽默感——否則就全都不可理喻了。』如果你能夠認真地說這樣的話，你就必然是身處在地獄之中。我們回到了中世紀黑暗時期。那一晚我們帶著古內瑟納去醫院之前，我就見過你的弟弟。有一次我不小心割傷自己，便去醫院急診室打算把傷口縫合。我在那兒見到你的弟弟，他身穿黑色外套，外套沾滿了血，雖然滿身鮮血他卻拿起一本平裝小說在看。我現在肯定他就是伽米尼。當我和你一起見到他時我就覺得他很面熟。當時我還以為他是個傷患，是謀殺未遂案的受害人。你弟弟有嗑安非他命的習慣，對嗎？」

「他嗑這嗑那。我現在都搞不清了。」

「他瘦得可憐。你要幫幫他。」

「他自願擁抱這一切，這是他自己的選擇。他已取得了某種平衡。」

「那個頭像你準備怎麼處置？」

「他也許來自這裡其中一個村子。我可以去看看有沒有人認得他。」

「沙勒特，你不能這樣做。你說過……這些村子裡都有人無故失蹤。村民自己也要面對被砍掉了頭顱的屍體。」

「我們到這裡來的目的是什麼？就是要找出他的身分。總要有個起點。」

「請別這麼做。」

他一直站著，聽著他們在院子裡用英語交談。此刻他走到她面前，他不曉得她的眼淚有部分是為他而流，也不曉得她已體會到那個頭像並不是「水手」的肖像，而是阿南達在平靜的日子裡所認識的那個妻子，呈現了他想在所有受害人臉上看到的安詳。

她本來打算開燈，但她之前注意到阿南達從來不走進亮起電燈的地方。倘若天色太過陰暗，他也只會在房間裡點燃火把。彷彿電力曾經背叛過他，無法再獲得他的信任。又或許他是愛用電池的那一代人，不習慣一般的電燈。賴以照明的要不是電池就是火和月亮。

他向前走了兩步，用右手拇指抹去她眼角的哀傷，同時擦去沾濕了眼眶的眼淚。這是她的臉所感受過的最溫柔的撫摸。他的左手搭在她的肩膀上，那種溫柔與拘謹，就像那一晚急診室護士伸手搭在伽米尼肩上一樣。這也許就是為什麼她後來想起並向沙勒特述說急診室的那一幕。阿南達的左手撫平了她的激動，另一隻伸向她臉上的手，揉捏著她因哭泣而繃緊得像要爆破的肌膚，彷彿她的臉也是他塑造的，雖然她看得出來他心裡沒這麼想。她獲得的就是一種溫柔。然後他換了另一隻手搭在她另一邊肩上，又換了另一隻手擦拭她的右眼。她的飲泣停止了，然後他也悄然離去。

她察覺，她跟沙勒特一起的所有這些日子，他幾乎沒碰觸過她。跟沙勒特在一起，只覺得他在

「隔壁」。伽米尼那一晚在醫院裡跟她握手，還有那一晚他昏睡時頭靠在她大腿上，倒還是更個人化的接觸。如今阿南達撫摸她的方式，她記憶所及從來沒有人這樣撫摸過她，也許除了拉莉妲，或是她母親，遠在她已遺忘的童年。她溜進院子，看見他仍然站在「水手」的頭像面前。他就像她一樣了然於心：沒有人會認出這張臉。它不是他們在尋求的「水手」面容的重建。

她和沙勒特曾一起進入阿蘭卡勒的林中僧院，在裡頭徘徊好幾個鐘頭。岩洞入口掛了一塊波浪板，用來遮陽擋雨。從洞口往前走是一條蜿蜒的泥沙小徑，通往一個浴池。每天早上都有一個僧人花兩個鐘頭沿著小徑打掃，掃去多不勝數的落葉。到了接近傍晚時分，又有數之不盡的落葉和細枝鋪滿小徑。但在正午時分，小徑卻乾乾淨淨，只見黃色泥沙看起來像一條河流。走在這條小徑上就等於是在冥想。

林中萬籟俱寂，安悠本來聽不到半點聲音，但在刻意聆聽之下，她發現眼前景致其實有聲音傳來，就像用篩子把水篩一下，把聲音捕捉住了，是黃鸝和鸚鵡的啼聲。「沒有愛慾的人才能營造這樣的意境，我們必須超越激情。」基本上這就是當天沙勒特在阿蘭卡勒所說的唯一一句話。大部分時間他只是默默行走，沉湎在起伏的思潮中。

他們在林中漫步，發現了一些古蹟。一隻狗跟在他們後頭，安悠不禁想起，西藏人相信那些冥修不得其法的人轉世投胎就會變成狗。他們繞回林中的空地，這片空地就像本地人稱為卡瑪塔的稻田裡的曬穀場。石壁岩架上安放著一尊小佛像，有人割下一塊車前草的葉保護它免受日曬雨打。林中的樹木高高聳立在他們上方，他們感覺上就像置身在一口綠色深井中。每當風從樹梢往下吹，岩洞口的波浪板就迎風抖動，喀嚓喀嚓的作響。

她千不願萬不願離開這裡。

王侯權貴戀棧的是對人生構成累贅的世間俗物，像歷史名聲、萬貫家財、自以為顛撲不破的真理。但沙勒特告訴她，在十二世紀末，智者阿桑嘎和他的追隨者在阿蘭卡勒隱居長達數十年，世人對他們一無所知。他們過世後，僧院以至於整個森林便再無人跡。在此地杳無人煙的日子，林中小徑鋪滿落葉，卻無打掃時的沙沙妙音，也沒有沐浴時飄來的番紅花或印度苦楝樹的氣味。阿蘭卡勒也許因而變得更美，安悠暗忖，那個由無欲無垢的僧人所設計的僧院，在空無一人的情況下也許也更具妙諦。

四個世紀後僧人重回此地，住在寺院遺址上方的岩洞裡。經過了寂然無人、宗教也銷聲匿跡的漫長歲月，這樣的一個僧院已從世人的記憶裡消失，荒廢的遺址被林海掩蓋。殘餘的木造祭壇也被蟲蟻蛀蝕淨盡。浴池先是被一層層的花粉淤塞，繼而被叢生的雜草吞噬。任何路過的人再也看不到浴池，不知道內有乾坤，它成為了眾多生物的避難所，牠們在這個不見天日的世界裡爭相在石隙裡取暖，在無名的植物間棲息。

四百年來，啼鳥無人傾聽，中古時起就在這裡繁衍的蜜蜂依然嗡嗡鳴叫。一口殘留下來的十二世紀古井，也依然映照著天空，在水面泛起一縷縷的銀光。

在蓋勒菲斯海濱公園的那個晚上，沙勒特曾對她說：

「帕里帕拿每到一個古跡，都能像在自己前世的故居裡一樣活動自如，他能夠猜出水景花園的位置，把它發掘出來，重建水池的埂堤，重新種上白蓮。他曾在阿努拉達普拉和坎迪兩地的皇室花園做了多年研究。他只要稍微運用想像力，便能夠回到往日的某個世紀。當他置身於皇家花園或西部的僧院，他肯定難以劃清古今的界線。四季倒是不難分辨——只要注意一下溫度、雨量、濕度，以至青草的氣味或者它被燒灼過的顏色。但也不過這樣而已。沒有什麼能讓我們區分一個時代……因此當我足夠理解他所做的一切。他的下一步也就順理成章：也就是破除一切藩籬和規範，讓萬事萬物匯聚到同一個願景裡，由此發現以往從未得睹的真貌。

「也不要忘記，當時他正逐漸喪失視力。在他只有殘餘視力的最後幾年，他認為自己終於看到了字裡行間隱約可辨的文句。隨著字詞逐漸從他的指尖和眼前溜走，他產生了另一種感覺，能看透形體固有的結構，就像色盲的人在戰場上能識破敵人的偽裝。他活在孤獨一人的世界裡。」

當時在旁聽著的伽米尼笑了起來。

沙勒特停了一下，再說下去，「帕里帕拿年輕時，當時他正忙著學習巴利文和其他語言，也大多是孤獨一人。」

「但他卻非常迷戀女色，」伽米尼說，「他就是風流成性處處留情的人。當然你說得對，他一人獨居……也許你是對的。」

伽米尼重複說他說得對，實際上就是不表贊同。他躺在草地上，仰望天空。蓋勒菲斯海濱公園的防波堤傳來輕輕的波濤拍岸聲。他的哥哥和身旁的女子由於他的插嘴而靜了下來，他就繼續說下去。「這裡曾經是一個文明的國家，在公元前四世紀，我們就有『病患之家』收容所。其中一個十分漂亮的就在彌興泰勒。沙勒特可以帶你去看看它的遺址。當時還有藥局和婦產科醫院。到了十二世紀，醫生被派往全國各地，足跡所及包括偏遠的鄉村，甚至為隱居在岩洞裡的苦行僧服務。登山涉水去為這些人看病一定十分有趣。不管怎樣，我們可以看到醫生的名字出現在石刻中。還有盲人聚居的村莊。古文獻裡還有腦部手術的詳細紀錄。當時也設置了採用阿育吠陀傳統療法的醫院，流傳迄今。我可以找個時間帶你去看看。坐火車的話一會兒就到了。我們面對疾病和死亡向來受到很好的對待。我們曾經是最好的，大可引以自豪。今天，我們卻因為電梯壞了，要徒手把沒施打麻醉劑的傷患抬上樓。」

「我想我曾碰上過你。」

「不會吧。我從來沒見過你。」

「你難道能記得每一個人？你穿了一件黑色外套。」

他笑了起來。「我們沒空去記住些什麼。你叫沙勒特帶你去彌興泰勒好了。」

「噢，他帶我去過了，還讓我看了那裡的一則笑話。通往山上寺廟的那一列台階，頂端有一個僧伽羅語的標記，原文該是：『警告：下雨天石階十分危險。』沙勒特不禁笑了起來。有人塗改了其中一個音節，念起來就變成了：『警告：下雨天石階十分美麗。』」

「這就是我那個不苟言笑的哥哥？在家裡他常常愛在我們面前大談歷史的反諷。對他來說，我們就是城市何以陷於傾頹的最佳說明。波隆納魯瓦作為一個政治中心，最終沒落的七個原因也不外如是。還有蓋勒如何成為一個主要港口並延續至今，那十二個原因也盡在於此。我們兩兄弟沒有什麼是看法一致的。他認為我的前妻是我這輩子最大的福分。他大抵就是想上她，只是沒做而已。」

「別說了，伽米尼。」

「**我自己**也沒做。沒怎麼做。我忙不過來。傷患一卡車一卡車的送進來。她也不喜愛我手臂上擦了藥膏的氣味。事實上我值班時會用藥物讓自己能撐下去。事後回到她身邊的時候難免昏昏欲睡。這不是很好的求愛方式。我泡進浴盆裡說不定就會昏倒。我就是在一所基層醫院裡度蜜月。國家正在分崩離析，我太太娘家的人卻只管抱怨我老是沒陪伴在她身邊。他們期望看見我穿上燙得妥貼的襯衫跟她一起出席晚宴，在等待接我們赴宴的車時挽著她的手……也許我看到石階上的那個標誌時也會笑起來。危險……美麗……你們能一起去那裡也真幸運。他——」伽米尼往暗處一指，「追隨帕里帕拿學習時曾帶我去過一趟。我喜愛帕里帕拿這個人。我愛他的嚴謹態度。他是我們這個時代的一個核心人物。沒有半句廢話。他給了自己一個什麼稱號？」

「金石學家，」沙勒特說。

「他那門技術……就是解讀銘文。太神妙了！就像研究人體一樣去研讀歷史。」

「當然他的哥哥也是做同樣的事。」

「**當然當然**。然後帕里帕拿就瘋掉了。你說那是什麼，沙勒特？」

「也許是幻覺吧。」

「他瘋了。那些過度的解讀，什麼字裡行間的隱含字句，我們只能說是彌天大謊。」

「他沒發瘋。」

「好吧，算了。就跟你和我一樣。但當他發表那些看法時，他的圈子裡沒有一個人支持他。他肯定是我見過的唯一一個偉人，但對我來說他絕對不是一個『神聖不可碰觸』的人。你也知道，在任何信仰的核心所碰上的歷史，總是教導我們不要輕易相信——」

「起碼沙勒特還去看過他。」安悠插嘴說。

「是嗎。是嗎……？」

「沒有。只是上個禮拜才去了一趟。」

「那麼他還是獨自一人，」伽米尼說，「只是到處留情一如往昔。」

「他跟他的外甥女同住。那個人是他妹妹的女兒。」

安悠從沉睡中醒過來。必然是屋頂上躍動的鳥兒或遠處駛過的卡車把她吵醒了。她把樂音已停掉的耳機從頭髮上摘下來，摸索著抓一件印著歌手王子圖案的T恤，穿上後便走進庭院。清晨四點。她手中的手電筒，光束直向「水手」的骸骨射去，看見它完好無事。再向椅子照一下，看見頭像不在那裡。一定是沙勒特把它拿走了。實際上是什麼把她弄醒的？一個帶來惡夢的人？穿黑色外套的伽米尼？她一直夢見他。也許是身在遠方的庫利斯。這正是她在波瑞戈泉丟下他令他飽受創傷的同一時刻。這個可憐的古怪的戀人。

庭院此刻稍微變亮了。

一陣風在屋瓦上吹過，是一陣較強的風，在那一片漆黑的高聳樹木間匆匆吹過。她收拾行李時沒有帶走他任何照片，她為此感到自豪。她在台階上坐下來。她相信之前聽見鳥鳴聲，想要再多聽一會兒。然後她聽到一陣喘氣聲。於是立刻往阿南達的房間走去，推開門，只見黑漆漆一片。

她聽到了以往從沒聽過的聲音。她跑回去取手電筒，同時向沙勒特大喊，再回到這裡。阿南達躺在房間的一個角落，用盡尚餘的力氣拿著刀子往自己的喉頭猛捅。鮮血從刀子上往他的手指和手臂流下去。在電筒的光束下他像睜著眼的鹿。剛才的聲音不曉得從哪裡發出。不是從他的喉頭。不可能是他的喉頭，起碼此刻不可能。

「你發現得還算早吧？」是沙勒特的聲音。

「還早。我就在外頭。快從床上撕一些布來。」

她湊近阿南達。他雙眼睜得大大，一眨也不眨，她以為他已斷氣身亡了。她等著看他的眼睛能不能動起來，等了不知多久才終於動了。他的一隻手仍然半舉起來。「快把布拿來，沙勒特。」「來了。」她試著把刀子從阿南達的掌握中抽出來，卻總抽不出，就暫且不管了。鮮血從他的手肘滴到她的紗籠上，傳來近在咫尺的血腥味。她蹲在那裡，把電筒夾在兩腿間，光束往上射。

沙勒特開始把枕頭套撕成布條遞給她，她接過來纏在阿南達的脖子上，把大片割開的皮膚按平再綁緊布條。

「我需要一些消毒藥水。你知道哪裡可以找到嗎？」待他找到了拿來，她馬上把它倒到布條上，讓它能滲進傷口。幸而沒有傷及氣管，儘管他的呼吸已變得困難了，為了避免失血過多，她還是不得不把布條紮得更緊。她彎身向前，用手指壓在他的傷口上，已經沒有空去管他手上的刀了。

「你要打電話給伽米尼，請他派人來幫忙。」

「我的手機不行了，要到村子裡打電話，如果找不到人，我就開車載他到拉特納普勒。」

「請給我們點盞燈，趁你還沒有離開。」

他拿來一盞油燈。在這一刻油燈未免太亮了，他調短了燈芯，因為眼前所見實在太怵目驚心。

「他在呼喚死者，」她輕聲說。

「不。他只是像其他人一樣，因為失去親人而自尋短見。」

她發覺他雙眼閃動了一下。

安悠沒察覺沙勒特已動身離開。她仍然在房間的角落陪伴著阿南達，兩人在油燈的光芒下形影相連。她應該是前去找尋幫手。沙勒特可以跟他聊天讓他平靜下來。也許他需要的是寧靜？也許陪伴的是女人也有點幫助吧。

她從蹲坐站起身時踩到地板上的血滑了一下，接著走到床邊拿起枕頭套撕下更多布條。摸索中她發現枕頭下面有一個護身符便把它帶走了。她回到他身邊，發現他睜大雙眼，像要吞噬眼前的一切。老天——原來他沒戴眼鏡，什麼也看不見。她在地上找到他的眼鏡。他動手自殺時還是戴著眼鏡的。

她用紗籠擦乾手上的血，然後給他戴上眼鏡。突然間，儘管他受了傷，多少右手仍然握著刀子，對人仍是一種威脅，但看來他已回到了她所在的那個世界，一個活人的世界。她覺得無論自己說任何一種語言，擺出任何一種姿態，他都能理解目的何在。他曾把手按在她的肩膀上，他們這一刻的聯繫是多久以前的事了？才不過一個鐘頭以前。她把護身符放進他左手，他若非不能夠就是不願意握住它。他又陷入不省人事的昏睡狀態了。

這一刻，一個護身符或一首歌謠，或者一副眼鏡或與他人的一種聯繫，對他來說又有什麼意義？這一切只是讓她自己能夠平靜下來而已。她阻止他尋死，成為了他早登極樂的障礙。包紮的布條已沾滿血。她趕忙起身匆匆穿越院子，邊走邊用手電筒照向四面八方，她走進廚房，打開他們的旅行用冰箱，在裡面找出用報紙包著的急救腎上腺素。這是她經常帶在身邊的，也許它能減緩失血，令血管收縮，幫助他穩定血壓。她把注射液瓶放在雙掌之間搓熱，然後在他身邊跪下來，把腎上腺素抽進注射針筒。他儘管盯著她，卻像是遠離眼前的現實，對她正在做的事毫無興趣。她的左手按住他的胸膛以防他亂動，她明白，她正在把他盡可能往後推，讓他穩妥地躺在房間的角落，再把針筒插進他的手臂。她繼續用左手壓在他胸膛，從她膝頭夾著的另一個注射液瓶再把一劑腎上腺素抽進針筒，給他補上一針。她抬起頭發現他的目光仍盯住自己。直到藥物開始產生作用，他的雙眼快要撐不住了。眼皮慢慢掉下來，目光慢慢流逝，他像是死抓著支撐物讓自己不要陷入昏睡，彷彿在想，如果他再不動起來便會喪命。

早上十點，她聽到工頭如常來到茶園的聲音。工頭到這裡來是要把七個工人採摘並裝進麻袋的茶葉秤一下重量。安悠總會前來觀賞這項儀式，重溫她自童年以來緊抱的記憶。她向來喜愛茶葉發出的濃香，更認為沒有什麼比那些嫩綠的茶葉更綠。她還記得，當她走進茶葉工場和橡膠工廠，就有如進入兩個不同的王國；她更會想像自己長大成人後要活在哪個王國，甚至思考未來的丈夫該從事茶葉還是橡膠的工作。除此以外沒有其他選項。他們的家會蓋在一個獨處一隅的山丘頂上。

沙勒特找不到他的弟弟，只好開車把阿南達送到拉特納普勒醫院。他還沒有回來。她在放置秤子的棚屋旁站著，當採茶工人都離開了，她就站上搖晃不定的秤台，彎腰撿起幾片小小的綠葉。

前一晚就寢前，她提著一桶水走進阿南達的房間，跪下來擦洗地板。她要趁著他還活著時這麼做。萬一他當晚死了，她就不忍心再走進這個房間了。她擦洗了半個鐘頭。在油燈的光線下血跡看來黑黝黝的。然後她走進院子，先脫下T恤和紗籠洗乾淨，然後洗澡，洗淨每一寸皮膚、每一束烏黑秀髮上的乾血跡。她又脫下手鐲，刷洗手腕，再把手鐲也丟進水桶洗乾淨。她再從井裡打了滿滿的幾桶水，往自己身上淋了又淋。她雖然清醒卻陷入了狂躁狀態，全身打顫，很想找人聊天。她把衣服留在井旁，走進自己的房間，試著讓自己迷失於睡夢中。她在精疲力竭之下感覺冷冽的井水滲入全身，深入骨髓。儘管如此，她一直在想著沙勒特和阿南達，因為友情而同舟一命，想像他們兩人在車上，到了醫院，一個陌生人正在搶救阿南達的性命。她雙手靠在身旁，勉強抓起被單蓋在身上。天快亮了，光線溜進房內灑到她身上。這時她才終於睡著了，相信阿南達因那個好心的陌生人而有救了。

下午她一睜開眼，就看見了沙勒特。

「他無大礙了。」

「噢，」她喃喃回應了一聲，把沙勒特的手拉過來按在自己臉頰上。

「你救了他。及時發現，又為他包紮，給他腎上腺素。那個醫生說，沒多少人懂得在危急情況下做這些事。」

「那是出於幸運。我對蜜蜂過敏，所以經常把腎上腺素帶在身邊。有些人被蜂螫後會無法呼吸，而腎上腺素也能減緩失血。」

「你應該留下來，而不是只來完成你的另一項工作。」

「這不僅是『另一項工作』！我決定了我還要回來。我還想再回來。」

從村子通往那棟莊園大宅，要走過一條長長的石子路。右手邊成團成束的樹葉掩蓋著一堵古老牆垣。沿著車路前行三十碼是一個交岔路口。如果開車的話，就左轉停在採茶工人的棚屋附近。如果騎腳踏車或步行，就右轉朝大宅前進，從東側的小門進入。

這是一棟五代相傳歷經二百年的古典建築。不管從哪個角度看，它都沒有過度的繁縟或矯飾。它的選址和位置，還有用心經營的距離感——例如要站多遠才能窺其全貌，才不會看到大片其他人的產業——都會令你把注意力往內投射，不會老想著要統御周遭的世界。它看來像是一個被人意外發現的隱蔽處所，是一個失落的大莊園。

進入大宅時穿過的大門，頂端的橫樑呈現特殊的傾斜度，進門後便是一個四周有圍牆的前庭，地面是壓緊的沙棕色泥土。這裡有兩處遮陽的地方：一個有篷頂的門廊和那棵大紅木的樹蔭。樹下有一張矮石凳。安悠在這兒消磨過很多時光。這棵像風弦豎琴般彎曲著的大樹，在沙棕色的土地上投下千變萬化的陰影。

維克拉瑪辛可家族那位畫家過世時年紀多大？阿南達現在幾歲了？安悠曾呆站在機場內，因愛情上的付出不獲回報而沮喪不已、欲哭無淚，那時她又多大了？有些男人就是道貌岸然，以至於他們一輩子彬彬有禮卻不忠不誠，言不及義？如果連戀人都可以因為愛慾或愛情上的失落而互相殘害，那麼世間其他陌生人又會如何對待彼此？那些心裡不存半點愛意和那些因野心或虛榮心而被引導唆使投入敵對陣營的人又如何呢？

她置身於花園裡的一棵香欖樹和一棵印度苦楝樹之間。凋落的香欖樹花朵總是朝向月亮。苦楝樹的細枝折下來剝掉樹皮可用作牙籤，或者點燃用以驅蚊。這個地方看似一個明君的御花園。然而這位明君卻自戕以終。

他們三人從來沒談論過這棟大宅的美學。它曾是一個供人避難或逃避恐懼的地點，儘管它到處是寧靜、濃密的樹蔭，圍牆不高，樹上盛開的花也沒有比人高。可是這棟大屋，以及那個沙地庭園和那些樹木，都已在他們三人內心留下烙印。安悠永遠忘不了這裡的一段時光。多年後當她看到一幅版畫或素描而覺得似曾相識，百思不得其解——直到有人告訴她，她住過的這棟大宅一度屬於某個藝術家的家族，而藝術家本人也曾在這裡住過一段時間。但這幅畫究竟要表達什麼？就看看它如何用寥寥少許的簡單線條勾勒出來的裸體挑水夫，還有他身處的位置跟那棵樹幹扭曲如豎琴的樹，距離如何恰到好處。

一個人死於個人的艱困，跟死於公共的災難一樣容易。曾在這棟大宅住過的家庭都在孤立中度日，平日也許一邊削鉛筆一邊竊竊私語，或者待在電晶體收音機旁細聽天線從老遠接收的微弱訊號。

當收音機的電池耗盡了，有時可能要等一個禮拜家裡才會有人步行到村子裡購買，那裡才可見滿眼電燈的燈火！因為這棟大宅蓋建時還是油燈盛行的年代，那時候令人擔憂的也只有個人的艱困。如今三個人在這裡卻正在追尋一段攸關眾人的歷史。「我們這個時代的一台大戲，」詩人羅伯特．鄧肯曾這樣說，「就是所有人陷入了共同的命運。」[5]

5 詩人羅伯特．鄧肯（Robert Duncan）的詩句取自其作品全集第一冊《H.D.之書》（*H.D. Book*）第六章〈參與的儀式〉（Rites of Participation），原刊於《毛毛蟲》（*Caterpillar*）藝文雜誌一九六七年十月號。

暴風雨從北方襲來。這時他們正坐在大紅木下，天色轉黑，剛刮起的風吹得樹枝和樹影左搖右擺。唯一不因風暴而動搖的只有沙勒特，在他們絮絮不休地談著時，他一直雙眼遙望遠方。

「來，我們進屋去——」

「留下來，」他說，「反正我們都淋濕了。」

她坐在石凳上面向他，看著雨水把他梳理得整潔的頭髮打散了。她覺得在這樣的風暴下待在外頭未免太過任性。如果她還是個小孩子也許還會這樣做。她聽到村子裡傳來鼓聲，在雨聲下只是隱約可聞。

「你這一頭亂髮看起來就像你的弟弟。老實說我挺喜歡你的弟弟。」她欠身向前，「我要進去了。」

她撇下泥濘，踏入門廊，爬上階梯，她甩散頭髮，然後像擰抹布般把它扭乾。她回眸一瞥，看見沙勒特垂著頭，嘴唇蠢蠢欲動，像在跟人說話。她曉得他像一個無舟楫可達的孤島，無從得知他在想什麼。在想他的妻子？還是一幅岩洞壁畫？抑或眼前跳動的雨點？她在黑漆漆的餐廳裡把雙臂擦乾，然後左手往嘴巴湊近，把手鐲上的雨水舐掉。

在大雨之下他記起了他原本要告訴她有關阿南達的一件事。這是他從醫院開車回來時想到的。不，那其實是關於「水手」的事。「石墨，」他說，這個詞語填滿了他整個腦子，「他可能曾在一個石墨礦場工作。」

這一晚，午夜過後許久，安悠仍能聽到鼓聲穿越大雨而來。身邊的一切像是隨著鼓聲的節奏起舞。她一直期待著鼓聲止歇。

「水手」的頭——阿南達重建的容貌，目前送到村子裡，那裡一個不知名、無人期待的鼓手深受它所吸引，就在它旁邊打起鼓來。安悠了解根本不大可能辨認出「水手」的身分，因為失蹤事件實在太多了。她曉得是職業標記而不是頭像才有機會揭示骸骨的身分。因此她和沙勒特才會前去這個地區有石墨礦的村子去探聽消息。

鼓聲仍然持續不斷地起起落落，像引導人踏下步步階梯走向大海。只有當頭像主人的名字有了下落，鼓聲方才止息。當晚它沒有停下來。

# 老鼠

當伽米尼的妻子克莉香堤終結這段婚姻離他而去，他窩在家裡整整一個星期，圍繞在身邊盡是他不曾想要的東西——成套的先進廚房設備，還有她挑選的斑馬紋盆墊。她離開後，園丁、清潔工和廚師都沒有存在的必要。他也把司機辭退了。他可以步行到醫院急診室。過了這一周之後，他就整天待在醫院，他知道總能在這裡找到空床位；這樣他就可以一大早起床後到手術室投入工作。偶爾他會下意識地伸手到上衣口袋試著掏出克莉香堤送給他卻早已丟失的那枝筆，但除此以外他對於過往生活沒有什麼念念不忘。

當他的哥哥來電表示關心，他卻表示不需要別人關懷。他開始用蛋白質飲料配服某些藥丸，好讓自己在搶救垂死傷患時保持清醒。**在對血管創傷進行診斷時，必須抱持高度懷疑精神**。假如他不是那樣一個好醫生，他的行為早就遭人檢舉了。他曉得他能在醫院裡做的事就是他在社會上唯一的價值。在這裡他認定了自己的命運，他在這次戰爭裡投入一場幕後戰事。他對戰爭消息不聞不問。有人說他身上發出異味，而因為某種緣故這讓他很苦惱。他囤積好些消毒用的肥皂，每天洗三次的澡。

沙勒特的妻子某次去急診室找伽米尼，等他下班後便挽著他的手臂走出來，跟他說，她和沙勒特讓他搬到家裡來住，好讓他不要像個流浪漢。她是唯一可以跟他說這種話的人。他請她吃午飯，這是他幾個月來吃得最多的一頓飯。面對她提出的諸多疑問，他總是繞回到他對她本人感興趣的問題。整頓飯下來，他只是凝視著她的臉和手臂。他盡可能保持舉止優雅，沒有碰觸過她，唯一例外就是最初見面時她挽著他手臂的那一刻。分手時他也沒有擁抱她，要不然她就會感覺到他是如何消瘦。

他們沒談到沙勒特，只談到她在電台的工作。她知道他向來對她有好感。他也知道自己對她始終懷有愛意，知道她有一雙忙不過來的手臂，也知道他眼中這麼完美的一個人卻難解地欠缺自信。他在可倫坡郊區一個私人花園裡舉行的化裝舞會跟她首次邂逅。當時她穿著男人的晚禮服，頭髮往後梳得妥妥貼貼。他跟她聊了起來，還跳了兩支舞，由於扮裝，她不曉得他是誰。那是多年前的事了，那時候他們都還沒有結婚。

那一晚的這個男子，原來是未婚夫的弟弟。

在那次派對中他曾兩次向她求婚。當時他們站在一個木造陽台上。他塗了一張鬼臉，穿著一身襤褸的衣衫，扮成一個惡魔。她對他的大膽示愛一笑置之，說她早已訂了婚。先前他們一本正經地談到當前的戰爭，她以為他的求婚只是開玩笑，把話題扯開。於是他只好轉而談論他對這個花園早有一番認識，來過這裡多少次了。她便說，那麼他應該認識她的未婚夫，他也常到這裡來。但他謊稱沒聽過他未婚夫的名字。他們都覺得熱了，她就解開了蝶形領結，讓它鬆掛著。「你一定也熱了，一身穿著這些鬼東西。」「對。」那裡有一個水池，竹子造的噴泉噴口注滿水後便會傾斜把水注進池裡，他就跪在水池邊。「別讓油彩混進池水，池裡有魚。」於是他解下頭巾，用它蘸了池水，把臉上的油彩抹掉。當他站起身來，她認出他就是未婚夫的弟弟，他再次向她求婚。

如今，多年之後，當他自己的婚姻也告終了，他們一起從餐廳走出來，走向她停在街上的汽車。他道別時跟她保持一段距離，沒碰觸到她，只是如飢似渴地凝視著她，不假思索地向著她逐漸遠去的車子揮手。

伽米尼在醫院空蕩蕩的病房裡醒過來，沖了個澡穿上衣服。他身旁那個病人一直注視著他。這時天還沒破曉，大台階仍然漆黑一片。他慢慢步下台階，手沒有搭在扶手上，天曉得這老舊的木扶手隱藏著什麼。他從小兒科，到傳染病科、骨科，走過一個又一個病房，然後穿過前庭，在街頭小吃店買了茶和馬鈴薯烤餅，在擠滿聒噪鳥兒的一棵樹下匆匆吃完。除了寥寥幾個這樣的時刻，他幾乎整天待在醫院。他偶爾走出來坐在長凳上。他會囑咐一個實習醫生一小時後喚醒他，以免他睡著了誤事。睡著與醒來之間的界線是那麼模糊，他經常不自覺地越過界線。當他在晚間做手術，有時就覺得手術刀切下去的地方是繁星密佈的夜空。然後他從這樣的幻夢中醒來，回到眼前這棟建築。由於職責所在，他碰上不知名的陌生人就要動手開刀。他極少開口說話。他從來不會走近任何人，不管那是醫院大廳裡連連打呵欠的工友，又或是來訪而他拒與合照的政客；他只會走到傷患身旁，即使看不見對方傷在哪裡。

做手術前洗手消毒時，護士會把病歷念給他聽。大家都愛跟他一起工作；雖然他有點不近人情卻出奇地受人歡迎。當他意識到手術中的傷患無可挽救，他所下的決定是冷酷無情的。「夠了，」說罷便頭也不回走出手術室。某個曾在外國留學的醫生也跟著用葡萄牙語說「夠了」，他就在迴轉門後笑了起來。這算得上是他罕見跟人有語言交流的一刻。他也自知不是合群的人，從來不跟人閒聊。偶爾值班護士會喚醒他請他幫忙。護士總是小心翼翼，他毫不猶疑馬上起身，圍上紗籠就跟著走，幫護士為一個跟病魔搏鬥的小孩進行靜脈注射。然後他就回到借來一睡的病床。「我欠你一個人情，」他轉身離開時護士對他說。「你沒有欠任何人情。需要幫忙隨時叫醒我。」

她的檯燈整晚沒關掉。

屍體有時在海邊出現，是被波浪沖上海灘的。或者在馬塔拉海岸、維拉瓦塔，抑或是在拉維尼亞山的聖湯瑪斯學院附近，也就是沙勒特和伽米尼小時候學游泳的地方。這些都是政治謀殺的受害者。他們在高爾街或蓋勒路上某棟房子遭到拷打，然後用直升機送到數哩以外的海上，從高空丟進海中。但只有少數屍體漂回岸上成為謀殺案的證據。

在內陸，這些屍體會丟到四條主要河流——馬哈維利河、卡魯河、柯拉尼河和本托塔河。所有屍體最終都會被送到迪因街醫院。伽米尼決意不做屍體處理工作。他避免走到醫院南側的走廊，以免碰上那些送進來有待指認身分的被虐殺者。實習醫生會記下屍體的創傷情況並拍照存檔。每周一次，伽米尼還是要翻閱那些死者的照片和報告，確認所作的診斷，查驗強酸或金屬利器新近造成的傷口，再簽名批核。他前來執行這種任務前總是先服足量的藥，對著國際特赦組織某位人員留給他的錄音機急速地說話；他也總是在窗口旁邊的充分光線下看清楚那些駭人的照片，卻不忘用左手掩住死者的臉孔，同時他手腕上的脈搏急促跳動。他念出檔案號碼，提出他的批核評語，然後簽上名字。這是一星期裡最黑暗的時刻。

當他正撇下一星期堆積起來的這些照片，醫院敞開的大門又送進數以千計的死傷病人，就像一網打盡的魚群，彷彿都被噬咬過：試想數以千計的鯊和鰩在醫院的走廊上，其中一些黝黑的軀體還不停扭動著……。

他們現在會把照片上的容貌遮蓋起來。這樣他執行任務時就比較安心，不會去辨認死者是誰。

當初他踏上醫生的職業生涯，背後有一個可笑的原因：他以為這樣可以讓他踱著十九世紀的從容步調。他期盼擁有不一樣的威望。就如史匹特醫生有一起為人傳頌的軼事：話說有一次他在坎迪做夜間手術時電燈全部失靈，他就把傷患帶到醫院外的停車場，放在一張長凳上，用車頭燈照著來動手術。憑著幾個這樣的故事，一種英雄式人生就會悄悄長留在眾人記憶中。這可以給他帶來滿足感。他在別人的記憶中，就有如某個板球手在一九五三年某個下午打了一場堪稱經典的好球，一、兩個星期內他的名字就會被編進街頭歌謠傳唱一番，因而聲名大噪。

童年時，當他正跟白喉搏鬥的那幾個月，伽米尼每天午睡時躺在草蓆上，唯一的願望就是長大後能過著像父母一樣的日子。不管他選擇什麼職業，他只希望生活的格調和步伐能跟父母一樣：每天早早起床，持續工作到午餐時間後再來用餐，然後是午睡和聊天，最後回到辦公室再稍做點事。他父親和祖父的律師事務所，占用了他們綠徑路家族大宅的整個側廳。他年紀還小時，辦公時間內絕對不得進入這個充滿神秘感的作業場所，但下午五點一到，他就會拿著一個裝滿了琥珀色飲料的玻璃杯，用腳推開迴轉門走進去。裡頭有一個矮小的檔案櫃，還有一台小桌扇。他跟父親的狗打個招呼，接著就把飲料擱在桌子上。

就在此刻他的身體會被舉到半空，旋轉好幾圈，然後他就坐在父親的大腿上，被他粗壯黝黑的雙臂摟在懷裡。「從頭說起吧，」父親接著說。伽米尼就會向他細述一整天的事情——學校裡的點點滴滴，回家後母親跟他說的話。小時候他與家人相處起來完全水乳交融。如今回想起來在家裡沒見過任何令人憤怒或緊張的場面。他還記得父母彼此也總是溫柔相待，有說有笑，無所不談，甚至他在床上準備睡覺時還能聽到他們談得綿綿不斷，就像房子與外頭之間那一層保溫的羊毛。後來他體會到父親生活世界的每個層面都侷限在這棟大宅裡：顧客上門找他，來訪的客人會在屋後的網球場跟他們一家人共度周末。

父母原來期待兄弟倆加入家族的律師事務所。可是沙勒特後來離家而去決定不當律師。幾年後伽米尼也沒有順從父母的期望轉而進了醫學院。

＊　＊　＊

他妻子離他而去兩個月後，伽米尼在心力交瘁下徹底崩潰了，醫院管理層限令他強制休假。他早已放棄了自己的家，沒什麼地方可去。他體會到醫院的急診室儘管處於瘋狂的混亂狀態，在這些日子裡卻已成為了可供他棲息的繭，就像往日父母的房子。一切對他來說有價值的事物只能在這兒找到。他在病房裡睡覺，從醫院外的路邊攤販購買每一頓飯。如今他被迫離開這個他為自己挖掘、創造的天地——這個複製了他童年時那種井然有序的世界。

他步行到位於努格戈達的舊日住所，在鎖上的門上敲了起來。他聞到做飯的氣味。一個陌生人走到門前，卻沒有開門。「怎麼回事？」「我是伽米尼。」「那又怎樣？」「我住在這兒。」那個男人轉身回去，廚房傳來交談聲。

過了一會兒伽米尼知道他們將置之不理。他穿過小院子。食物的美味實在太誘人了。他從來沒覺得肚子那麼餓。他不想取回這棟房子，只是想吃一頓家常便飯。他從後門進去，舉目四望，發覺房子打理得比往日好多了。應門時不理會他的那個男人和兩個女人在一起。三個人他都不認識，他起初以為妻子把親戚招來居住。「可以給我一點水嗎？」

那個男人遞給他一杯水。他聽到這個平房後方傳來兒童的聲音，心裡感到寬慰，得知整個房子都好好利用了。他突然記起了什麼，便問他們有沒有他的郵件。他們拿來一大堆郵件。有一封是他妻子的來信，他把它塞進口袋。還有醫院寄來的幾張支票。他逐一拆開，在幾張背面簽了名遞給其中一個女人，另外兩張自己保留下來。兩個女人做了一個手勢請他坐下來一起用餐。這頓飯有米粉，佐以椰子辣椒醬，還有雞肉咖哩。飽餐一頓後他滿懷舒適信步走到銀行。紅光滿面的他接著打電話到「特快」計程車公司叫了一輛車，坐在建利銀行的冷氣大廳等候。車子一到他就一屁股坐到司機旁邊的座位。

「先到特林可馬利，再去尼拉維利海濱飯店。」

「不，不成。」

他早料到這樣的反應。那裡被認為是危險的地方，游擊隊在附近出沒。「不會有什麼問題的，我是醫生。他們不會對醫生下手，我們像妓女一樣安全。你可以把這個紅十字會標誌貼在擋風玻璃上。我租用你的車一整個星期。你不用對我友善也不用客氣。我不需要別人善待。先停一下。」

他下了車爬到後座，他要平躺下來。當車子左穿右插駛離可倫坡時，他已經睡著了。「走海濱公路，」一進入夢鄉前他喃喃吐出一句，「到了內甘博再叫醒我。」

伽米尼和司機走進內甘博一家老舊小旅館那個暗淡無光、不見天日的大廳，櫃檯旁一盞小燈照亮了坐在那兒的經理的臉，他背對著一副粗劣的海景壁畫。伽米尼突然記起什麼，轉頭望向門外，看到現實世界中同樣的海景。他們喝了一杯啤酒便繼續上路。快到庫魯內嘎拉時他吩咐司機取道一條小路。走過庫魯內嘎拉幾哩後，伽米尼鑽出車外，請司機明天早上來同一地點接他。司機過了好一陣子才明白他的意思。不管怎樣，他打算在這兒過夜。

他的父親曾帶他到這兒附近的阿蘭卡勒的一所林中修道院。初訪此地時他還是個小孩，其後每過幾年他便舊地重遊。作為戰時的醫生他早就沒有什麼信仰了，但他總覺得這是一個寧靜無比的地方。他身上沒有什麼東西，只穿著一件薄襯衫和褲子，沒有遮陽的傘也沒有食物，就這樣直直走進森林裡。有時他來到這裡發現還有人用心加以打理，有時它卻被遺棄了，就像只剩下一隻眼睛凝視著杳無人跡的一片茂林。

那口井還在。往日可供老僧歇息的門廊，上方那塊作為屋頂的波浪板也保留著。他可以在這裡棲身。早上可以到井邊洗個澡。他把襯衫胸前的口袋扣上，這樣放在裡頭的眼鏡就不會丟掉。

一星期後，伽米尼步出尼拉維利海濱飯店，走到海邊。他醉得要死。他在這個乏人問津的度假旅館裡散漫度日，飯店裡只有一個廚師、一個夜班經理和兩個打掃空房間的清潔女工。廚師閒來無事追著女工試圖把她們推進游泳池裡，她們就吱吱喳喳的大叫起來。幾個人經常在飯店大廳裡你追我逐。伽米尼在沙灘上睡著了，醒來時幾個槍手圍著他在大笑。

他的紗籠差點兒掉下來。他竭盡所能字正腔圓地用兩種官方語言說：「我——是——醫——生。」一說完馬上又昏倒了。他再次醒過來時，身處於一間擠滿受傷男孩的小屋裡。看來十六、十七歲，甚至年齡更小。他是來這兒休假的，他對其中一個槍手說：「他們等我七點回去吃晚餐。如果不能在七點半前回去，便沒有——」

「好的，好的。但這個——」那人說著伸手指向屋子裡那些受傷兒童，「看看這個，行嗎？」

伽米尼正在戒除藥癮的過程中，轉而以酒精麻醉自己，他不大確定自己醉到了什麼程度。他老是睡個不停。有時一覺醒來發現自己在陌生人的院子裡。他不是想睡，而是想不睡也不行。他夢見自己在電梯裡把屍體搬進搬出。置身電梯裡總會誘發幽閉恐怖症的感覺，但是總比咯吱咯吱作響的樓梯令人頭昏目眩來得好。

當游擊隊員發現他蜷伏在沙灘上，海水已經淹到了他的腳踝。他們專程前來尋找那個據信是醫生的觀光客。游泳池邊的一個女人告訴他們到沙灘來找他。

伽米尼來來回回的在屋子裡邊走邊檢視傷患的狀況：傷口用破布包紮，沒有止痛藥，沒有繃帶。他把飯店房間的鑰匙交給一個游擊隊員，吩咐他去拿幾張床單，可撕開來用作紗布，同時用塑膠袋裝一些有用的東西回來，像修臉潤膚露和藥丸。那人回來時穿上了他的一件襯衫。伽米尼把藥錠撒在桌上，每顆切開成四份。雙方的溝通看來是個問題。他的坦米爾語不太靈光，他們不會說僧伽羅語。伽米尼和游擊隊首領只能用零零碎碎的英語交談。

接近傍晚時分，他餓了。他錯過了中午的用餐時間，飯店員工又不願意通融。他請游擊隊首領派人去找些食物給他充飢，希望他們不必拿槍打家劫舍。他開始工作，著手治療一個一個的傷患。

大部分傷患可以保住性命，可是截肢或其他的傷殘無可避免。途經特林可馬利的短短一段時間，他已經看到許多人受傷致殘的蛛絲馬跡。他繼續在這個克難病房裡扶危治傷，帶著一個小木箱權充座椅。他坐在一個男孩身邊，用撕開的布條包紮他的四肢。他給每個準備動手術的人服用四分之一片那些被視為珍貴資源的藥錠，好讓開刀時他們情緒高漲有如服了麻醉藥。他這才驚覺即使藥量那麼小，效用卻竟那麼強；而他自己有超過一年時間每次把整顆藥丸吞下。傷患吞下藥丸十五分鐘後，三個游擊隊員就把他牢牢按在床上，伽米尼隨即把一個深長的傷口縫合起來。空氣是那麼燠熱，他把襯衫脫了下來，在雙手手腕上綁上破布，以防汗水流到手指。他好想睡覺，眼皮垂下又勉強睜開，這是睏極了的訊號，他還沒有吃到半點食物。他幾乎按捺不住要發脾氣了，結果他就在那些傷患旁邊躺了下來，蜷曲著身體睡著了。

他發出很大的鼾聲。當他的妻子離他而去，伽米尼指稱她是嫌棄自己打鼾。這一刻他身邊的孩子都沒有發出半點聲音，他不會受到騷擾。

但他被痛苦的叫喊聲吵醒了。他走到屋外在水龍頭下洗了一下臉。這時有人用腳踏車把廚師帶來了，伽米尼慢慢地操著僧伽羅語點了十份大餐供大家享用，並確保廚師把餐費記在他的帳下。情況馬上不一樣了。大餐送到時手術就暫停了。飯店員工還給他送來兩瓶啤酒。一邊吃著他想起了李納斯·柯瑞亞醫生失蹤的事件，暗忖著自己到底能不能回到可倫坡。

他一直工作到深夜，彎著身為每個傷患看診，在床的另一邊有人拿著一盞老式煤油燈。有些男孩在藥物作用逐漸消退時仍然精神錯亂。誰會把十三歲的孩子送去打仗？為了什麼深仇大恨？為了一個老朽的領袖？為了面目模糊的一面旗？他要不斷提醒自己眼前是些什麼人。出現在擁擠的街道、公車站、稻田以至於學校的炸彈，就是這些人放置的。他處理過的傷患有數以百計不治身亡，數以千計不能走路或喪失了排便能力。他始終是個醫生。一個星期後他就會回到可倫坡繼續原來的工作。

午夜過後，他在一個槍手護送下沿著海灘走回飯店。回到房間後他發現從庫魯內嘎拉帶來的鬧鐘不翼而飛。他爬上沒有床單的床上倒頭就睡。

他和他哥哥的暗鬥始自何時？一切肇始於兩人各自都冀望成為對方，即使模仿對方毫無可能。伽米尼在精神上總是沒那麼老成，無法追上哥哥，因此他有一個綽號叫「米亞」，就是老鼠的意思。而他也樂於不用肩負責任，永遠不會置身於事情的中心，卻可以對身邊各種事情從旁觀察。他的父母大部分時間沒察覺他老是半躺在安樂椅上，一邊看書，一邊豎起耳朵像一隻忠心的狗在聆聽他們交談。沙勒特熱愛歷史，他們的父親喜愛的是法律，伽米尼卻隱藏著自己的喜好。他們的母親年輕時盼望成為舞蹈家，如今就像編舞家一樣安排家中每個人踏著的舞步。她對伽米尼來說始終是神秘莫測的。她表現出的愛是一般的關愛，並不是對他獨有的愛。他很難想像她就是父親的戀人。她在別人眼中就是一個沒有女兒的母親，一天到晚在應付家中三個男人——喋喋不休的丈夫、聰穎而勢必功成名就的長子，以及神秘兮兮有如老鼠的次子伽米尼。

由於兩兄弟都無意秉承父業進入家族律師事務所，母親就要設法照顧每個人的立場——她一方面試圖站在兒子的立場上，一方面又搭著丈夫的肩膀表示跟他同一陣線。終究家庭關係還是無法維繫。沙勒特投身考古學研究，伽米尼隻身闖進醫學院，其實主要是闖進了家庭以外的世界。如果說伽米尼還有「回家」的一天，那麼回去的就是他在外頭如何放浪的傳聞。如果說伽米尼往日在家中時父母對他沒多大注意，如今他們就會聽到一籮筐有關他的令人難堪的傳言。他似乎想讓父母死心棄他而去，最終出於尷尬他們決定真的不再管他了。

事實上他往日對那個家庭不無愛意。儘管他後來跟沙勒特的妻子交談時，她也曾提出質疑：「怎麼樣的家庭會把孩子叫做『老鼠』？」她可以想像他年幼時的模樣，對大人們關心的事只是聞而不問，老是躺在大大的安樂椅上，豎起一雙大大的耳朵。

他倒是毫不介懷。他以為所有小孩都是這樣。他和他的哥哥都變得安於孤獨，安於不必說話。「唉，這可令我發瘋了，」沙勒特的妻子反唇相譏，「你們兄弟倆的情況真令人抓狂。」在跟她交談時伽米尼一直覺得自己的童年是過得滿意的，她卻認為他只是勉強熬了過來，沒有獲得充分的愛。「我被寵壞了，」他說。「你只有獨自一人做自己的事時才感到安心。你不是被寵壞了，而是被忽視了。」「我可不會在下半輩子老是責怪我的母親沒給我充分的愛。」「你大可以責怪她。」

他喜愛他的童年，他內心還是這麼想。他喜愛午後昏昏暗暗的客廳，愛在陽台上追尋蟻蹤，愛從各個衣櫥裡翻出各種衣服穿在身上，到鏡子前顧盼一番謳歌自娛。他對那張安樂椅如何寬大可供藏身更是念念不忘。如今他也想買一張一模一樣的，儘管那是出於成年人特有的考量和遐想。每當他要找些可依靠的東西，他就想到這張椅子，而不是他的父母。「那我也無話可說了，」沙勒特的妻子輕聲嘆道。

沙勒特在父母眼中是得天獨厚的孩子。他和父母邊吃飯邊談笑風生，高談闊論，伽米尼就坐在一旁觀察他們的言談風格和舉止。到了十一歲時，伽米尼對自己善於模仿深感自豪，例如他能夠模仿一隻狗感到不安時滿臉疑惑的表情。

然而，他仍然避免引起任何人的注意——包括他自己，他很少看鏡子，除了變裝自娛的時候。他的一個叔叔曾領導過一個業餘劇團，有一次他獨自在叔叔家裡，發現了一些戲服，便一件一件的試穿起來，同時上緊留聲機的發條，隨著音樂在沙發上跳舞，還一邊哼著自創的歌，直到嬸嬸回家打斷他，驚嘆大喊：「啊！你就只管幹這樣的事……」他深受羞辱，尷尬得無地自容。多年後他仍然覺得自己一無是處，因此更不願意在別人面前顯露自我。他變得更沉默，幾乎不能察覺自己獨有的微妙舉止。後來他只有在陌生人面前才會表現得比較有生氣，例如在派對最後階段的喧鬧時刻，或是在急救病房的一片混亂中。這可說是格外開恩的情況。在這些時刻裡就如在跳舞一樣忘卻自我，當一個人在追逐浪漫或在應付緊急情況，就會一心一意專注於某些技巧或渴望對自己的能力有所自覺。這時他就可以身處於事情的中心而仍覺得自己不會受到注意。他那種不好的名聲正是肇端於此。

他童年時把自己跟家人區隔開來的屏障仍然揮之不去。他也不想移除它，他不想讓兩個世界融為一體。他對此一直沒有自覺。直到後來駭人的事把他喚醒了，他才看清了這一切。那一刻他抱著哥哥的軀體，想到了自童年一路走來，自己鍥而不捨地追求自由和隱密，動力正來自這位善良的兄長。經過這麼多年，此刻當伽米尼在沙勒特身旁，他才大聲把這一切說出來，對於自己多年來出於無知的怨恨深感震驚。他領悟到在我們年紀還小的時候，必然的第一原則就是阻止別人侵害自己。我們自小就懂得這個道理。家庭裡總有一些噥噥喃喃纏繞著你的信念，像汪洋圍繞著一個島嶼。於是小孩只好瑟縮在自己的小天地，要不就是像刺蝟豎起一身的刺擺出抗拒姿態。因此我們與陌生人在一起時反倒更安心更感親切。

在求學生涯的最後幾年，「老鼠」執意要離開可倫坡進入坎迪的三一學院寄宿學校。這樣一年裡大部分時間他都可以跟家庭保持好一段的距離。他喜愛乘坐搖搖晃晃地緩緩行進的火車離家北上。他始終對火車情有獨鍾，從來不買車，也從來沒學過開車。二十來歲時，他愛在醉得頭昏腦脹時迎著風把頭伸出火車車窗，讓自己迷失在轟隆的噪音、隧道可怕的氛圍和深沉無盡的空間中。他喜歡跟陌生人親切而幽默地交談；而他知道這一切是出於一種病態，但他仍甘之如飴，他愛這種距離感和不表露身分的自在。

他既敏感、神經質而又愛交際，三年多以來在北部偏遠的醫院工作，令他變得更偏執。一年後他的婚姻在瞬間以失敗告終，自此他幾乎總是隻身一人。做手術時他只容許一名助手在旁，其他人只能隔著遠遠的距離旁觀學習。他從來不善於解釋手術的技巧和過程。他絕不是一個好教師，卻是一個好榜樣。

他這輩子只愛過一個女人，卻不是與他結婚的那個女人。後來他也曾對另一個女人動心，那是波隆納魯瓦附近一所戰地醫院裡的一個有夫之婦，最終他覺得自己身處於一艘滿載惡魔的船，自己是唯一頭腦清醒、精神正常的人。他活在這個戰爭的亂世中正是適得其所。

沙勒特和伽米尼年幼時在可倫坡的住處看不見陽光，聽不到交通的喧囂和狗的吠叫，也跟其他兒童隔絕，甚至金屬大門關閉時扣上的聲音也細不可聞。伽米尼還記得他坐在上面團團轉的那張旋轉椅，轉動時四周的文件和書架上的一切便變得混沌一片，也記得父親的辦公室裡那種令人望而生畏的氣氛。對伽米尼來說，所有辦公室都帶有一種隱密不可名狀的威嚴。即使長大成人之後，每當他走進這樣的房間裡便會感到自己置身其中如何不匹配、不正當。踏進銀行和律師事務所更是會挑起他的不確定感，讓他覺得恍如人在校長室，感到身邊的事物絕對無法解釋得清楚明白。

我們的成長歷程都是曲折的。伽米尼成長過程中該懂的事情有一半沒弄懂——他建立起或發現了一些不尋常的聯繫，因為他不知道正常的聯繫管道是怎樣的。他大半輩子是一個在椅子上旋轉的男孩。在種種事物與他隔絕開來的同時，他也成為了一個隱密不可解的謎樣人物。

在他童年的家裡，他會把右眼貼在門鎖孔上，同時輕輕敲門，如果沒人回應便會溜進父母或哥哥或叔叔的房間，赤腳走到床邊端詳一下正在午睡的人，再望一望窗外然後離開。除此以外再沒別的。有時他又會悄然無聲地靠近一群成年人。他習慣了沉默不語，除非是回答別人的問題。

有一回他在波拉勒斯嘎穆瓦的嬸嬸家裡留宿，嬸嬸和朋友在屋子的迴廊上打橋牌。他一手拿著一根點燃的蠟燭，一手遮掩著火光，朝她們那邊走過去。他把蠟燭放在她們右手邊相距一碼左右的一張茶几上。沒有人察覺他的舉動，他溜回屋子裡。幾分鐘後他拿著一支壓縮空氣槍在草地上匍匐前行，從花園最低處悄悄朝屋子靠近，他還戴上用葉子編成的草帽進一步掩飾自己的行蹤。他隱約聽到那四個女人你一聲我一聲的叫牌，同時漫不經心地閒聊。

他估計自己距離她們二十碼。他把空氣槍上了膛，像狙擊手一樣作勢瞄準，雙臂拉緊手肘朝下，雙腿擺出平衡而穩當的馬步，隨即開了一槍。什麼也沒射中。他再次上膛，重新擺好架式，又再瞄準目標。這次他打中了茶几。其中一個女人抬頭引頸四望，卻沒看到什麼。他的目標是要把蠟燭的火打熄，但接下來這一槍偏低了，才高於迴廊的紅色地板幾吋，打中了某人的腳踝。這一刻，庫馬拉斯瓦米太太痛得直喘氣的同時，他的嬸嬸抬頭望過來，看見他把空氣槍擱在臉頰和肩膀之間，正在瞄準她們。

從年少輕狂轉而成為一個工作狂，就是伽米尼最快樂的一件事了。他的第一次醫療任務要前往東北部的醫院，似乎終於讓他實現了夢想中的一次十九世紀的旅程。他還記得曾讀過老教授彼得森的回憶錄，其中描述了這樣一段旅程，那肯定是六十年前的事了。書裡還有一些蝕刻版畫，描繪一輛牛車沿著茂樹成蔭的林道行進，還有鶇鳥在一個池塘喝水。他記得其中一個句子：

我坐火車到馬塔拉，餘下來的路程就是騎馬或坐牛車，一路上有號手走在前面，吹號驅走路上的野獸。

如今內戰正酣，他在同一地點乘坐像喘著氣緩緩行進的巴士，走進同樣的景物中。在他內心浪漫的一角他渴望此刻前方也有一個號手。

在東北地區只有五個醫生提供醫療服務，擔任主管的拉克達沙，負責指派各人到周邊地區和小村落看診。史坎達是主治外科醫師，有緊急情況時他就負責統籌檢傷分類作業。還有一個古巴人，和他們一起工作只有一年。一個叫瑟什麼的眼科醫師更是三個月前才加入這個團隊。「她的文憑不大可靠，」她才來一個星期後，拉克達沙就這樣跟其他人說，「但她蠻勤奮的，我不想叫她捲鋪蓋走人。」這是伽米尼剛畢業時的第一份工作。

他們從波隆納魯瓦的基層醫院被派往周邊的醫院，有些人還要留駐當地。每星期有一天會有麻醉師前來服務，手術也都在這一天進行。其他日子如果有緊急手術，就只能用氯仿或其他現場可找到的藥物來讓傷患陷入昏迷狀態。他們從基層醫院驅車前往看診的地點，伽米尼根本聽都沒聽過，在地圖上也找不到，像阿拉甘維拉、維里坎德、派拉堤亞瓦，那些所謂診所大多就設在還沒蓋成的學校裡，前來看診的除了一般婦孺，還有瘧疾和霍亂的病患。

在東北地區熬過這段日子的醫生回想起來，都會深感這是他們生涯裡最奮力工作的時刻，而他們對眾多素未謀面的病人——不管是他們一手醫好的還是從他們手中流失的病人生命，所能起到的正面作用也是行醫生涯裡再也不曾遇上的。他們沒有任何人日後走上私人執業之路，儘管從經濟方面考量這是更明智的選擇。他們在這裡可以獲得作為醫生所有最可貴的歷練。令他們充滿正能量的，不是一種抽象的或道德的秉性，而是一種實際技能。這裡沒有報紙，沒有亮麗的桌子，也沒有稍微好一點的風扇。只能偶爾找到一本書，偶爾聽到收音機播出僧伽羅語和英語夾雜的板球賽賽程評述。在特殊日子或板球對抗賽最關鍵的幾小時裡，他們會把一台電晶體收音機放進手術室。每當播報員說的是英語，麻醉師洛漢便會馬上翻為僧伽羅語。他是團隊裡雙語能力最佳的一員，他要負責閱讀氧氣瓶上的小字說明。（洛漢不管怎麼說都是一個書迷，經常搭巴士南下可倫坡到柯拉尼亞大學參加本地或來訪的南亞作家的新書朗讀會。）手術室裡的病人恢復知覺後往往發現他們正身處於一場板球賽的激烈戰況中。

夜裡他們在燭光下刮鬍子，刮得乾乾淨淨像王公貴族才上床就寢。他們五點天還未亮就醒來，先在床上躺一會兒弄清楚自己身在何方，試著回想身處房間的模樣：頭頂上的是蚊帳還是電扇，抑或只是點著獅牌蚊香？他們是在波隆納魯瓦嗎？他們總是到處跑，在太多的地方睡過。外頭有噪鵑在啼叫，有機動三輪車的聲音。遠處還從寺廟傳來黎明前響起的擴音喇叭聲，時而嗡嗡時而劈啪作響。當有人輕輕拍打他們的肩膀，幾個醫生就會張開眼睛了，寂然無聲，彷彿身處敵軍占領之地。在一片黑暗當中，只剩絕無僅有的線索可猜測身處何地——是安帕拉？還是馬南皮堤雅？

有時候他們太早醒來，才不過凌晨三點，心裡暗怕再也睡不著了，可不到一分鐘便又沉沉入睡。沒有人在這些日子裡無法成眠。他們沉睡的模樣就像一根石柱，不管最初躺在床上或行軍床上或草蓆上是什麼姿勢，也不管是仰臥還是趴著睡，都一直維持不變一覺到底；他們多是仰臥，因為這樣可以在入睡前享受幾秒鐘因有機會歇息而來的愉悅，在所有知覺仍然活躍的同時，確定自己快要安眠了。

醒來幾分鐘之內，他們就要在黑暗中穿好衣服，在走廊上集合，喝點熱茶。不久之後就要開四十哩的車前往診所。在一片漆黑之中，憑著兩盞車頭燈發出的微弱燈光，他們穿過密林和沿途看不見的風景，偶爾在路旁瞥見村民點起的火光。他們會在一個路邊攤前停下來，在漸露的曙光下花十分鐘吃幾塊魚片當作早餐。時而傳來餐盤碰撞聲，還有拉克達沙的咳嗽聲。他們卻始終沒有交談。只是當有人從路的另一頭走過來遞上一杯茶，才顯示出彼此的密切關係。他們總覺得自己踏上了意義重大的征途，彷彿這就是王者之師。

伽米尼在東北地區工作超過三年。拉克達沙一直留在當地，在那裡設立一家又一家的診所。那位文憑可疑的眼科醫生也始終留在偏遠地區的醫院服務。在局勢最惡劣的時刻，伽米尼曾看見她一邊施行緊急手術，一邊還把棉花和消毒藥水遞給實習醫生。她最令人艷羨的，除了她本身是一個具吸引力的女人，還有工作時實實在在的表現。伽米尼喜歡走進她的病房時那一幕的情景：他一踏進房間，十五張病床上的每個人都轉頭望向門口，所有人黝黑的臉上都可見一模一樣的白色繃帶，就像大家都配戴著一個屬於她的徽章。

有人有一次把一本有關榮格的書帶進這個團隊。團隊的一個成員看到了某個句子之後在下方劃了一條底線。（他們都習慣了在書上做這種評註。一些心理學或臨床醫學上說不通的地方還會加上驚嘆號。如果小說裡有十分可恥的情節或者不大可能的驚人表現或性愛遭遇，外科醫師史坎達就會在旁邊寫下這樣的評語：這也曾發生在我身上……甚至再加上更具反諷意味的編按：一九七八年八月，在丹布拉。某個情節敘述一個男人在飯店房間裡遇上一個穿睡袍的女人遞上一杯馬丁尼雞尾酒，也留下了這樣的評語。當史坎達離開這個團隊到蓋勒附近的卡拉皮堤雅癌症病房工作，大家都知道他這樣會把書塗污，不管那是醫學書刊還是小說；他是污損書籍慣犯中最惡劣的一員。）不管怎樣，這本有關榮格的書也許就是那位麻醉師帶進來的，裡頭圖片、論文、評論和傳記兼而有之。某個被人劃了底線的句子說：有一點榮格說的絕對正確。我們每個人內心都被神祇占據。我們犯錯之處，就在於誤以為自己是占據內心的神[6]。

不管這句話是什麼意思，它看來是經過深思熟慮而提出的警告，大夥兒都把它深深藏在心底。他們都知道這句話所指的是，在那些日子裡，在那個地方，足以把他們壓倒的自我價值觀。他們不是為任何政治主張或政治目的服務。他們來到一個遠離政府、媒體以至於經濟企圖心的地方。他們原是輪調到東北地區執行三個月的任務，而儘管那裡器材不足，水源短缺，毫無享受可言，除了偶爾可在密林深處，坐在車上啜飲一罐煉乳，他們卻在這兒待了兩、三年，有些人還待得更長。這簡直就是一個最好的地方。史坎達在某次幾乎連續做了五小時的手術後說道：「重要的是，你所住的地方或身處的環境，會讓你經常用上第六感。」

榮格那句話和史坎達的這一番雋語，伽米尼都牢記於心。有關第六感的這種想法，在若干年後成了他送給安悠的一份禮物。

6 有關榮格的評語是李歐諾拉．卡靈頓（Leonora Carrington）接受羅絲瑪莉．蘇利文（Rosemary Sullivan）訪問時提出的。

# 心跳之間

在亞利桑那的實驗室工作期間，安悠碰上了莉芙並跟她共事一段日子。比她年長幾歲的莉芙成為了她最親密的朋友，形影不離。她們一起工作，當其中一人要出差時，就整天在電話上聊個不停。她叫莉芙．尼德克——這是哪兒來的怪名字啊，安悠曾多番查問而未果。莉芙讓她認識了講求精湛技藝的十瓶制保齡球，也帶她見識了酒吧裡喧鬧的叫囂，還有晚間在沙漠高速飆車來來回回胡亂轉向。「**小姐，**」她會操著西班牙語說，「**當心那些狁猞！**」

莉芙喜愛電影，對於可在戶外涼風下看戲的汽車電影院終於走入歷史一直沮喪不已。「甩掉鞋子，脫去上衣，在雪佛蘭的皮椅上滾動著身體，此情此景再也找不回來了。」因此每星期有兩三次，安悠會買一隻烤雞帶到莉芙租住的房子。電視機已經放到院子裡了，她們無拘束地坐在一棵絲蘭樹下，一起看租來的錄影帶，比如《搜索者》或者任何由約翰．福特和弗烈德．辛尼曼執導的電影。她們看過了《修女傳》、《亂世忠魂》、《雪山盟》等，要不是坐在莉芙的草坪椅上，就是蜷身躺在雙人吊床上，看著蒙哥馬利．克利夫特在黑白老片中踏著沉穩又隱約帶點性感的步伐。

莉芙家後院的這些夜晚，盡是美國西部的昔日風情。午夜時分空氣裡的熱氣還沒有消散。她們會讓播到一半的電影停下來，透口氣，在院子的澆水管下往身上澆水消暑。三個月之內，她們看過了安姬．逖金遜和華倫．奧提斯主演的全部電影。「我有氣喘病，」莉芙說，「我只好做個牛仔了。」

她們共享一根大麻煙，沉醉在《紅河谷》錯綜複雜的劇情裡，對於約翰．艾爾蘭在蒙哥馬利．克利夫特和約翰．韋恩的最後決鬥中如何離奇地無端被射擊，各抒己見。她們把錄影帶倒轉，從頭再看一次。韋恩優雅地轉過身來，同時幾乎沒有停下腳步，向著保持中立試圖制止這場決鬥的一個朋友開了一槍。她們倆跪在乾枯的草坪上，緊盯著螢光幕，一格接一格細看中槍者臉上有沒有任何憤憤不平。看來一點兒也沒有。這是發生在一個小角色身上的小情節，那人是死是活無人知曉，在電影的最後五分鐘裡也沒有任何人談到這件事。這是另一個悲中帶喜的結局。

「我不認為那顆子彈要了他的命。」

「我們不知道子彈射中他哪裡，導演霍克斯的表現手法太短促了。那個人手才按在肚皮上立刻又鬆開了。」

「如果射中肝臟那就完蛋了。別忘了，這是一八……他媽的什麼年在密蘇里州。」

「對，他叫什麼名字？」

「誰？」

「被射中的傢伙。」

「華蘭斯。徹利．華蘭斯。」

「就是跟草莓同音的『徹利』——跟蘋果一樣是水果？抑或是『傑利』？」

「徹利．華蘭斯，不是什麼蘋果．華蘭斯。」

「他還是蒙哥馬利的朋友。」

「對，蒙哥馬利的朋友徹利。」

「唔。」

「我認為不可能射中肝臟。就看射擊的角度好了。子彈看來是往上飛，我猜測要不是打斷肋骨，要不就是在肋骨旁擦過。」

「……也許擦過後還幹掉了一個站在人行道上的女人。」

「或者殺掉的是華特・白利蘭……」

「不，是一個站在人行道上霍華德正想幹她的女人。」

「女人不輕易忘記。他們都曉得吧？那些酒吧女都會記得徹利……」

「你知道嗎，莉芙，我們該寫一本書——《法醫眼中的電影》。」

「黑色電影就太麻煩了。穿的都是蓬蓬鬆鬆的衣服，畫面也老是黑不拉嘰。」

「我倒要寫一下《萬夫莫敵》。」

安悠告訴莉芙，在斯里蘭卡的電影院裡，如果出現一幕好戲——通常是歌舞場面或激烈大戰——觀眾就會高喊「重播！重播！」或「倒片！倒片！」，直到戲院經理和放映師被迫照辦。如今，在一個私人放映的規模下，在莉芙的院子裡，錄影帶被倒來倒去，直到裡面的動作都看得一清二楚。

最令她們無法釋懷的電影是《活命條件》。電影一開頭，李・馬文（他曾在另一部電影中飾演里伯提．華蘭斯，跟先前那個中槍的華蘭斯無關）在阿爾卡特拉斯島一個荒廢的監獄裡被出賣他的朋友開槍射傷，對方把他丟在島上等死，還搶走了他的女朋友，吞掉了他該得的一筆錢。結果李．馬文報了這個大仇。安悠和莉芙寫了一封信給這部電影的導演，問他過了那麼多年後是否還記得，在他想像中李．馬文是身體哪個部分中彈，讓他在片頭播放字幕時還能站得起來，蹣跚前行穿過監獄，最後還游過了小島和舊金山之間那個水流洶湧的海峽。

她們告訴導演，這是他們最愛的電影之一，只是從法醫學專家的角度提出質疑。當她們仔細察看那個場景，就發現李．馬文抬起一隻手按著胸膛。「看，他身體右邊移動有困難。他後來游過海灣是用左臂的。」「老天，這部電影太棒了。很少音樂。很多靜默時刻。」

伽米尼被派駐東北地區的最後一年都待在波隆納魯瓦基層醫院。從特林可馬利到安帕拉整個東部省所有嚴重病患都被送到這裡，不管造成傷病的是家庭血案、傷寒疫情、手榴彈炸傷，還是內戰任何一方策動的暗殺。各個病房經常陷於一片混亂：一般外科病房擠滿了門診傷患，住院的病患被迫待在走廊上，心電圖儀器有待無線電技工趕來修理。

唯一涼爽的地方就是冷藏血漿的血庫。唯一安靜的地方則是風濕病房，在這裡，你會看到一個男人悄悄地慢慢轉動一個大輪子，讓他活動一下幾個月前在意外中折斷的肩膀和手臂，或是一個女人獨自坐在一旁，把患關節炎的一隻手放在一盆熱蠟裡。至於在走廊上則會看見牆壁因潮濕而發霉，工人從手推車卸下大大的氧氣筒，一路往前滾動隆隆作響。氧氣是延續生命的泉源，它被灌進新生兒病房，供應給那些在早產兒保溫箱裡的小病人。在這個嬰兒病房外，在整座醫院建築之外，就是到處有軍隊駐紮的郊野。入夜後所有道路都被叛軍游擊隊所控制，因此政府軍夜晚不會出動。在兒童病房裡，雅納卡和蘇利亞兩人一起巡視察看病人，這些小病人或是心臟有雜音，或是出現抽搐狀況。可是如果有炸彈襲擊或村子遭受攻擊，兩人也都會變成醫院「機動小組」的一員，甚至新生兒病房的人員也要投入檢傷分類和手術室的工作。病房裡只留下一個實習醫生。

前來北部服務的專科醫生很少只在自己專精的範疇內工作。譬如一周裡他們可能有一天在小兒科病房，其餘日子就在村裡幫忙控制霍亂疫情。如果沒有霍亂藥物供應，他們就會用上舊時醫生的老方法，把一茶匙的過錳酸鉀溶解在一品脫的水裡，然後倒進每一口井或每一灘靜止的池水。過去的老方法總能奏效。伽米尼曾有一次花了四天搶救一個女嬰的性命。這個女孩完全無法進食，甚至母乳和水都吞不下去，正陷入脫水狀況。伽米尼突然記起了什麼，跑去拿來一顆石榴，把果汁餵給女嬰。她果然吞進去了。他想起的是他的奶媽曾哼過的一首有關石榴的歌……傳說中賈夫納半島上每一家坦米爾人，都會在院子裡種三棵樹——芒果、辣木和石榴。把辣木葉放進螃蟹咖哩裡煮可以去毒；把石榴葉泡進水裡有護眼的功用，吃石榴果可幫忙消化；芒果則是用來滿足口腹之欲。

伽米尼和雅納卡．方瑟卡正在兒童手術室工作之際，聽到走廊傳來消息，說一個村子遭受攻擊。他們面前的手術台上躺著一個只穿一條白色短褲的小男孩。兩人已花了一整個星期準備這場手術；兩人從來都沒做過這種手術，只是把齊爾克蘭的《心臟手術》一書反反覆覆讀了很多遍。他們要把低溫的血漿輸進男孩體內，把他的體溫降低到攝氏二十五度，直到心臟停止跳動，才能施行手術。他們剛開始動刀，大批傷患便不斷被送進醫院大廳，他們也察覺到「機動小組」正在他們身邊投入行動。

他和方瑟卡留在男孩身邊，協助的護士只留下一人。男孩的心臟不過是一個番石榴大小。他們剖開右心房。這是兩人自從來到這裡之後最為奇幻的一次經驗。他們緊張地談論著每個步驟，確保正確無誤。他們聽到手推車匆匆從大廳推過，載著的是儀器還是屍體則無從知曉。他們聽說三十哩外的一個村子發生大屠殺，村民幾乎全部喪命，要派人去看看是否還有倖存者。他們眼前這個孩子有先天性缺陷，卻是個漂亮的小孩，伽米尼一直注視著男孩的一對黑眼睛，當他給男孩注射麻醉藥時，對方舉目凝視他，流露著莫大信任。

**法洛四聯症**——心臟有四種異常狀況，如果現在不動手術，恐怕只能活到十來歲。好一個漂亮的孩子。伽米尼不打算拋下他不顧，讓他在睡夢中被遺棄。他堅持要方瑟卡留下來，不讓他離開，儘管對方認為他該去協助其他人了。「我得走了，他們一直在喊我的名字。」「我知道，你認為這只不過是一個孩子。」「媽的，這不是我的意思。」「你必須留下來。」

手術花了六個小時，伽米尼一步不曾離開孩子。三小時後他才肯讓方瑟卡離開。護士卻要留下來協助他把分流手術逆轉過來。他知道她是新來的實習生，是醫院某個職員的坦米爾裔妻子。她和丈夫上個月才來到這所偏遠地區的醫院。伽米尼站在小男孩前面，向護士解釋要做些什麼。他們要把男孩血液的溫度重新升高，在這個關鍵時刻必須把分流裝置移除。**法洛四聯症**，這次手術還是全國首例。

進入手術的第五小時，伽米尼和護士就要把他和方瑟卡先前所做的分流手術逆轉過來。年輕護士一邊動手，一邊盯著伽米尼的神情看看她有什麼做得不對。然而她沒有半點差錯，半點都沒有，而且看來比伽米尼還要鎮定。「這兒？」「對，我要你在那兒割一道淺淺三吋長的切口。不，再往左一點。」她就往男孩身上動刀了。「不要只當個護士，你會是個好醫生。」她在口罩後頭笑了。

男孩一送進恢復病房，伽米尼就離開留待護士照顧，沒有其他可信賴的人能託付這項任務了。他拿了兩具呼叫器，吩咐護士一發現什麼狀況就呼叫他。他梳洗一下便走進檢傷分類室的一片混亂中，那裡除了他之外所有人身上都血跡斑斑。

大夥兒還要多花幾小時處理這次緊急事件。在手術室裡他們要穿上白色橡膠靴，並把所有門緊閉。有時醫生覺得自己快要中暑了，便會溜進血液冷藏庫，在一袋袋血漿和血球厚液之間待幾分鐘。伽米尼接手做手術。幾乎每個病房都有一尊小佛像，旁邊有一盞小燈照亮，手術室也不例外。

所有倖存的傷患終於都送進醫院了。這個小村子在通往巴堤卡洛亞的主要公路旁邊，大屠殺慘劇發生在凌晨兩點。送進來的有一對九個月大的雙胞胎，他們四個手掌和兩條右腿各中一槍，因此這不是意外，而是近距離蓄意的襲擊，讓他們躺著等死；他們的母親則被當場幹掉。幾星期後兩個孩子已安然無恙，充滿活力。你不免質疑，他們到底做錯了什麼要受這種罪？他們又做了什麼得以倖存？他們的傷勢事實上相當輕微，傷痕卻伴隨他們一輩子。也許問題在於殺戮行動屬於形式上的邪惡？他想不明白。這一天清晨有三十人慘遭屠殺。

拉克達沙開車到村裡展開驗屍工作，否則遺族就無法領取撫恤金。這個地區裡所有人都一窮二白。一個七口之家的父親在木材行工作，每天只賺到一百盧比，也就是說家中每人每天的伙食費只有五盧比，這一丁點的錢只能買一顆太妃糖。當官員光是帶著隨扈到省裡視察，享用茶點、午膳，一行人就花掉四萬盧比。

這裡的醫生要應付來自不同政治陣營的傷患，他們卻只有一個手術台。當一個傷患從手術台被抬走，他們便用報紙把台上的血抹掉，再用消毒藥水擦拭一下，隨即把另一個傷患抬上去。真正的問題在於水源短缺，而在較大的醫院裡，由於經常斷電，要不斷把變質的疫苗和藥物銷毀。醫生要到村子裡搜羅有用的物品，像水桶、洗衣粉以至於洗衣機。「手術鉗對我們來說，就像黃金之於女人。」

整座醫院有如中世紀的村莊，廚房裡的黑板列出每天供應五百個病人需要多少麵包和白米，這還是大屠殺傷患被送進來以前的數量。醫生湊錢雇了兩個市場書記當登記員，跟著醫生到病房去一一記錄病人的名字和病情。最常見的問題是遭蛇咬，由狐狸和貓鼬所引發的狂犬病、腎衰竭、腦炎、糖尿病、結核病，還有就是戰傷。

夜晚也沒有平靜下來。他半夜醒來，周遭世界的聲音馬上傳到耳邊。狗的惡鬥聲，有人急忙跑過去拿取什麼，倒水進器皿的聲音。伽米尼童年時總覺得夜晚十分可怕，在床上一直睜大雙眼，直到他漸漸進入睡眠狀態，就讓自己連人帶床在黑暗中飄盪。他需要身邊有一個大聲嘀答作響的鐘。最理想的是房間裡有一隻狗，又或一個人，像他的嬸嬸或奶媽，發出鼾聲陪伴著他。如今，值夜班時不管是在工作還是睡覺，他總因為病房燈光之外的世界還有人和獸類的種種活動，而油然生起安穩的感覺。夜裡唯一平靜下來的是鳥類，儘管牠們白天總愛盤踞一方，啁啾叫個不停。然而有一隻波隆納魯瓦的公雞，清晨三點天還未亮就在啼叫，那些實習醫生恨不得宰了牠。

他在醫院裡來回踱步，從一端走到另一端，清風時左時右在他身邊掠過。他在四周射來的燈光下走過時，能聽到電流的滋滋細響，只有晚上能察覺得到。你看見一個樹叢，會感到它正在生長。有人走出來把血倒進水溝，並咳了起來。在波隆納魯瓦沒有人不咳個半死。

他能察覺每一種聲音，能辨別皮鞋和涼鞋的腳步聲，也能聽到病人從床上被抬起時彈簧一張一弛的聲響，以及注射液瓶被打開時的劈啪聲。在病房裡躺著睡覺時，他也憑著四方傳來的聲響獲知身邊所有事物，就像一頭巨獸向四方八面伸出牠長長的肢幹。

後來他住進分配給地區醫療的醫生辦公室，卻總是無法入睡。他就會沿著實施宵禁而空無一人的主街步行兩百碼回到醫院。值夜班的護士轉過頭來看一看他的神情，就曉得該替他找一張空病床。他不消片刻便進入夢鄉。

村子的診所來了二十個抱著嬰兒的母親。她們先填寫病歷表，懷孕的婦女還要接受糖尿病和貧血檢驗。女病人排隊候診時，醫生逐一跟她們交談，同時研讀她們的病歷表。在一張臨時架起的桌子上，護士用報紙把維他命丸裹起來遞給那些母親。他們把玻璃針筒和針頭放進一個壓力鍋用蒸氣消毒。

當針頭往第一個嬰兒扎進去，隨即引發連珠炮似的尖聲啼叫，頃刻間，權充鄉間診所的這間小茅屋裡的所有嬰兒，幾乎全都哭個不停。可是大約五分鐘後一屋子又靜了下來；因為母親紛紛把乳房掏了出來，眉開眼笑地看著胸脯前的小寶寶，問題就這樣解決了，帶來圓滿結局。這家診所不光服務這個地區的四百個家庭，鄰近地區的三百個家庭也仰賴它的服務。衛生部從來沒有派人來這些偏遠的鄉村視察。

在這裡所有醫生的眼中，拉克達沙象徵強大的道德力量，是正義的捍衛者。「這兒的問題不光是坦米爾人的問題，而是全人類的問題。」他才三十七歲，頭髮已經花白。他只要喝了酒，就能駕輕就熟地說出一長串耐人尋味的話。「一旦如果我多喝七十二毫升，我的肝臟就會抗議；如果少於這個分量，抗議的就是我的心臟了。」

拉克達沙幾乎長年靠馬鈴薯烤餅充飢。他抽的是金葉牌香菸，在自己的吉普車裡抽，車子的儀表板上黏了一台小風扇。他把一條紗籠放在車的儲物箱裡，到哪裡都可以穿起來就睡——不管是地區醫療的辦公室，還是朋友家客廳的沙發。他的體重有時會驟降十磅。他很關切自己的血壓，每天總要量一次，每天看診完畢，都會量一下自己的體重，測量一下血糖值。他比對各種數據是否合乎常態，然後繼續如常開車穿過密林和軍隊駐紮營地前去給病人看診。其實他只要知道自己的身體是什麼狀態就行了，不在乎那是怎麼樣的一種狀態。

每逢星期六早上，伽米尼和拉克達沙都會開車回到波隆納魯瓦，一路上聽電台講述球賽賽況，把診所漫長的一天工作拋諸腦後。沿途偶爾會看到柏油路上有人把穀粒堆成三十呎的長條曬乾，它鋪得那麼巧妙，車子經過時車輪不會碰到穀粒。一個拿掃帚的男人站在路旁，提醒路過的汽車注意，並隨時把散落的穀粒掃回到道路中央。

在基層醫院的食堂裡，伽米尼正坐在一張桌子前度過他半小時的休息時間，有一個女子在一旁坐下來喝茶，嚼著一塊餅乾。這是清晨四點。伽米尼不認得她，只跟她點了點頭，他只想有一點私人時間，同時他太累，不想交談。

「我曾在一次手術中幫過你，幾個月前，村子大屠殺那個晚上。」他的記憶彷彿滾回一個世紀之前。

「我以為你被調走了。」

「不錯，我走了，又回來了。」

他根本完全認不得她。她在那關鍵的幾小時跟他一起搶救那個男孩時，一直戴著口罩。在準備做手術時，她還沒有戴上口罩，他頂多也只是匆匆瞥了她一眼。他們共事期間大部分時間並不互通姓名。

「你跟這兒某人是夫婦，對嗎？」她點了點頭。她手腕上有一道疤痕。這是新的傷痕，否則做手術他一定注意到它。

他迅速把目光移向她的臉。「很高興能再見到你。」

「嗯，我也一樣。」

「你到哪裡去了？」

「他——」她咳了一下，「他被派到庫魯內嘎拉。」

伽米尼的目光停留在她臉上，看著她小心翼翼吐出每個詞語的神情。她那張年輕的臉黝黑而清瘦，一雙眼睛明亮如白天的陽光。

「事實上，我在病房裡曾多次碰上你。」

「十分抱歉。」

「不，我曉得你不認得我，這不是你的問題。」她停了下來，手指在一把頭髮中間劃過，然後一動不動。

「我見過那個男孩。」

「哪個男孩？」

她雙眼往下望，不由得笑了起來。「我們給他做手術的男孩。我探望過他。他們……他們把孩子的名字改為伽米尼。我是說男孩的父母，那就是你的名字。他們為此大費周章，要應付繁瑣的官僚程序。」

「太好了。那我就後繼有人。」

「對，太好了……我現在在兒童病房裡接受額外的訓練。」她正想繼續，卻又打住了。

他點了點頭，突然感到疲累不已。他在人生中期望做到的事，如今變得巨大無比。他所期望的，牽涉到眾多其他人的人生，要投入不知多少歲月的努力，要面對無盡的混亂、不公義、謊言。

她看著自己那杯茶，喝下最後一口。

「很高興見到你。」

「是啊。」

伽米尼很少從陌生人的角度看自己。雖然大部分的人都認識他，他總覺得旁人對他不大理會。因此那個女人在他身旁出現跟他聊起來，這彷彿發生在他內心一個空白一片的角落。就像那一晚的那一場手術，她成為了他所思所想、所作所為的唯一伴侶。後來當他把一個病人的雙手翻過來看，他想起了她手腕上的疤痕，還有她的手指如何在頭髮間劃過，他想向她透露一切。但問題在於他自己的心，無法敞開面對外面的世界。

*

*

*

下午六點巡視病房前有一小段休息時間。伽米尼把掛號簿從架子上拿下來。自從雇用了書記接手處理掛號，條目登記改善了不少——字跡乾淨、秀麗，月分和星期日還用綠色墨水劃上底線加以凸顯。他已記不起日期了，因此視線沿著一組一組的條目掃射過去，這都屬於屠殺事件前後那一段時間。然後每一組往下看裡面的實習醫生和護士。

普瑞堤柯
西拉
拉杜卡
布德希卡
卡許迪雅

他的指尖順著欄目滑下去，查看各人當時的任務，找到了她的名字。

他步行近一哩的路到達會場，穿上他僅有的一件體面的外套。小旅館蓋在湖濱那間四面都是玻璃窗的食堂，供應的食物一如往常的難吃。小孩拿著還沒點燃的仙女棒在雀躍等待，不管是什麼樣的慶祝儀式他們都會興奮若狂。一手捧著蛋糕，一手拿著仙女棒。拉克達沙正在安排煙火表演，在木筏上把輪轉煙火和盒子煙火一一排好。伽米尼瞥見了她在遠處的身影。自從兩星期前他們一起喝茶之後，他再也沒有見過她。

稍後他們彼此站得比較靠近，他看到她黝黑的皮膚映襯出一對小小的紅色耳環。那是她祖母留下來的，她一頭男性化的短髮讓他看得一清二楚：耳垂上各一顆的紅寶石小得像隻瓢蟲。「不戴時我把它藏在一角，」她說。他們漫步到遠離小旅館的一處廢墟，只見一面告示牌寫著：「嚴禁入內，勿踐踏畫像並禁止攝影。」

她身後可見殘餘的斑駁色彩，在月光下能隱約看見岩畫的紅白邊框。他們站在海岬上看著煙火表演掀起序幕。一些華麗的煙火來不及展露全貌就掉進水裡，要不就是朝小旅館的方向驚險地飛掠而過。

他轉身面向她。她的褶襉襯衫上披著他的外套。

她看得出這個拒人於千里的男人此刻動了真情。她要回過頭來，走出這座兩人無心闖入的迷宮。對他來說眼前的一切足以讓他心滿意足：她近在眼前，一邊臉上可見漂亮的耳朵和耳環，跟另一邊的臉頰兩相映襯，一輪明月高掛天上同時映照在水面上，還有水面上的睡蓮和倒影——這一切真真假假的影像圍繞在他們身邊。

她執起他的手，按在自己的額頭上。「感覺一下。感覺得到嗎？」「感覺得到。」「那是我的腦袋，我沒有你喝得那麼醉，因此腦筋比你清醒。即使你現在沒醉，我對眼前的事也知道得比你清楚，起碼清楚一點。」說罷淡然淺笑，足以讓他對所說的一切寬心釋懷。

從她襯衫領口的波浪紋褶邊往上看，可見此刻正說著話的她，態度堅定，跟她手腕上那道疤痕令人聯想到的嬌弱的疤痕完全是兩回事。

「你有時看起來像我哥哥的妻子。」他說著笑了起來。

「那麼你就是我丈夫的弟弟了。我就這樣子跟你相處好了。這也是一種愛。」

他往後靠在石柱上，此刻它有如崇山峻嶺。她踏步向前，他以為她要投懷送抱，原來只是把黑色外套還給他。

他還記得那天晚上他後來去游泳，赤身泡進漆黑一片的湖水，然後爬到放完煙火後被人棄置在湖面上的木筏。他從水面上遠遠看到小旅館四面玻璃的食堂裡有幾個人影。英國女王多年前曾來過這個小旅館，那時她還年輕。他坐在那裡，試著從腦袋裡抹掉她以最靈巧而有禮的方式離他而去沒入叢林中的身影。那個身影……。

一年後他回到可倫坡，遇上了他未來的妻子。「你就是伽米尼？」一個女子向他走過來說，「我是克莉香堤。」他念書時就認識她的哥哥。這是另一場化裝舞會。他們都沒有變裝，只是各自躲在自己過去的偽裝背後。

火車上有一些乘客蹲坐在車廂走道上，身旁是成捆成束的行李，還有關在籠中的鳥。

我才是她應該愛的人，伽米尼說。

安悠坐在他身旁，以為他要來一番告白，眼看這個反覆無常的醫生快要打開心扉，說起關乎情慾的事。但剩下來的時間裡他什麼都沒說沒做，甚至沒有如先前答應的帶她去參觀一家傳統療法醫院——這也許就是關乎情慾控制的事了。只是當火車毫不猶豫鑽進漆黑的隧道時，他才慢聲慢氣地吐出幾句話，同時目光從自己的雙手移往玻璃窗上的倒影。他就是這樣跟她說話，要不是低著頭就是別過臉去，她只看到他在玻璃窗上那個隨著火車搖晃、隨著火車走出隧道而消失的倒影。

我經常和她見面，比大部人所知的來得多。她在電台工作，而我值班的時間又跟一般人不一樣，我們要碰面就容易了。同時我們有「某種關係」……那不是求偶的關係。求偶就像是兩人共舞。嗯，我猜我們在婚禮上有跳過一次舞吧。〈我只需要空氣和你〉——記得這首歌嗎？那是浪漫的一刻。畢竟是一個婚禮，你可以互相擁抱。我終於結婚了。她早結過婚了。但我才是她應該愛的人。那時我已經有嗑藥的習慣了，跟她見面前就嗑。

你說的到底是誰，伽米尼？

我總是保持清醒，要做的也都做得好。當她被送進迪因街醫院，我正好就在那裡。她給自己灌下了鹼液。自殺者會選擇這種自殺方式，只有下定最大決心才會走上這一步，因為它是最痛苦的。首先喉嚨遭燒灼撕裂，所經之處無一器官能夠倖免。她當時失去了知覺，即使她醒來也不知道自己身在何方。我和幾個護士趕緊把她送進急診室。

我一隻手餵她吃止痛藥，另一隻手拿著氨水讓她在刺激下甦醒過來。我要讓她知道我在這裡。我不想她在人生的最後階段覺得孤單。我給了她過量的止痛藥，但我不想她昏迷不醒。我知道這樣做是自私的。我應該幫她一把，讓她就此而去。但我希望她因為我在她身邊而感到安慰，知道在這裡的人是我，不是他，不是她丈夫。

我用兩隻拇指撐開她雙眼的眼皮。我不停地搖她，直到她看到眼前的人就是我。她卻毫不在乎。我在這兒，我愛你，我說。她闔上了眼，看似滿心厭惡。然後她又再度陷入痛苦。

我不能再幫你什麼了，我說，我將會徹底失去你。她抬起手在喉頭前面作勢自刎。

火車載著她們搖搖晃晃地沒入隧道的無盡黑暗中。

她是誰，伽米尼？她看不見他。她碰碰他的肩膀，感覺到他轉過身來面向她。然後他的臉湊近她。她什麼也看不見，儘管不時閃起昏黃的燈光。

你知道這個名字又怎樣？他不是真的要問這個問題，只是隨口吐出這句話。

幾秒鐘後火車回到日光之下，然後又再遁入暗無天日的另一個隧道。

那一晚所有病房都忙得透不過氣來，他繼續說。有人遭射傷，有人要接受手術。戰爭期間總有很多自殺事件。最初令人感到奇怪，但慢慢就能明白了。而她，我相信，就是承受不了。護士都跑開了讓我一個人留在她身邊，然後我被召喚到檢傷分類病房。她全身都是嗎啡，沉沉睡去。我在大廳找到一個小孩，吩咐他去看著她，如果她醒過來便到D棟樓找我。那時是凌晨三點。我深怕小孩睡著了誤事，於是我把一顆苯甲胺藥錠掰開給他服下一半。後來他告知我她醒過來了。但我挽救不了她的性命。

火車的一扇窗開了，轟隆的聲音加倍響亮。她感覺到強風撲面。

你知道她的名字又怎樣？你會告訴我哥嗎？

她的腳踝給人踢了一下，她倒抽了一口氣。

莉芙離開亞利桑那後，安悠超過半年沒聽到她的消息；雖然她們每次暫別她都答應保持書信聯絡。莉芙還是她最親密的朋友。有一次她寄來一張明信片，畫面是一根不鏽鋼桿子，郵戳上可依稀看到來自新墨西哥州克瑪多市，可是沒有寄件人地址。安悠猜想她打算把自己甩掉，去追尋新的生活、新的朋友。小姐，當心那些犰狳！可是安悠依然在電冰箱上貼著兩人在派對上跳舞的照片，兩人往日形影不離，經常一塊兒在莉芙後院看錄影帶。她們擠在同一張吊床上，一塊兒吃大黃派，半夜三點醒來時兩人互擁在對方懷裡，然後安悠就起身開車穿過空盪盪的街道回家。

第二張明信片的畫面是一座碟型天線，同樣沒有任何訊息和發信地址。安悠很生氣，隨手把它丟了。幾個月後她去歐洲工作，接到莉芙打來的電話。她不曉得莉芙怎麼知道她的下落。

「這是非法撥接的電話，所以別提我的名字。我偷接別人的電話線。」

（莉芙十來歲時就曾盜用小山姆．戴維斯的電話號碼打長途電話。）

「噢，安姬，你在哪啊！你不是該寫信的嗎？」

「對不起，你下次休假是什麼時候？」

「一月，還有幾個月。然後我可能會去斯里蘭卡。」

「如果我寄一張機票給你，你會來找我嗎？我在新墨西哥。」

「好啊，太好了……」

於是安悠回到美國。她和莉芙在新墨西哥州索科羅市的一家甜甜圈店裡，距離「超大天線陣列無線電望遠鏡」才一小時車程。這台天文望遠鏡時時刻刻在接收遠在天外的訊息，那是數以億萬年前從億萬哩外傳來的訊息。也是在這裡，她們終於看清了彼此人生裡真實的一面。

莉芙本來說的是，她因為有嚴重的哮喘，所以搬到沙漠地區住了一年，從安悠的世界裡消失。她參與了「地景藝術」計畫，住在克瑪多市附近的「放電場」一帶。這是藝術家華特・德・瑪利亞在一九七七年創造的作品，它在沙漠的一片平原上樹立起四百根高高的不鏽鋼桿子，綿延整整一哩。莉芙的頭一件差事是充當放電場的看守人。當沙漠刮起強風，她便要負起監看任務，因為在夏季那些鋼桿會把閃電引到平原上。她站在鋼桿之間，在雷電交加的天空下。她就是想當牛仔。她愛西南部。

如今莉芙在望遠鏡陣列附近跟安悠見面——這些望遠鏡屹立在沙漠上接收來自宇宙的消息。她跟蒼穹悠遠歷史的接收者為鄰為伍。究竟那遠在彼端的是誰？那些訊號從多遠處傳來？是誰漂泊不定惶惶終日？

這一切，正好就是莉芙。

她們面對面坐在沛果德餐廳裡，這是她們每天用餐的地方。安悠發覺這個沙漠裡的巨大望遠鏡跟莉芙喜愛的汽車電影院是同一類東西。她們在交談著，聆聽著。她愛安悠。她知道安悠也愛她。兩人情同姊妹。可是莉芙病了，而且可能會惡化。

「你說什麼？」

「我就是……一直在忘記事情。你知道嗎，我能給自己診斷。這是阿茲海默症。我知道我這個年齡得這種病太年輕，可是我小時候曾罹患腦炎。」

她們在亞利桑那工作期間，沒有人能看出她的病情。儘管姊妹情深，她告別時也沒告訴安悠離去的真正原因。她鼓起僅餘的所有力氣，一路往東跑到新墨西哥的沙漠。她原來說的是哮喘。事實上她開始喪失記憶，為生命而奮戰。

她們坐在索科羅市的沛果德餐廳裡，一整個下午輕聲軟語。

「莉芙，你聽好，記得嗎——徹利．華蘭斯是誰殺的？」

「什麼？」

安悠慢慢重複了問題。

「徹利．華蘭斯，」莉芙說，「我……」

「約翰．韋恩射殺他。你再想想。」

「我曉得這回事嗎？」

「你曉得誰是約翰．韋恩吧？」

「我不曉得，親愛的。」

**好一個親愛的！**

「你想它們能聽見我們的話嗎？」莉芙問，「沙漠上那些巨大的金屬耳朵，也在接收我們的話嗎？我只是次要情節裡的一個小角色，可不是嗎。」

然後她腦袋閃起一些零碎的記憶，她彆彆扭扭地補充了一句：「嗯，你一直認為徹利．華蘭斯會就此喪命。」

她真的不行了嗎？當安悠跟沙勒特談起她的好朋友莉芙，他問道。

「不。我們在南部時我發高燒那個晚上她曾打電話給我。我們還是會互通電話，大講自己的故事，一會兒笑一會兒哭，聊個不停直到睡著。不。她的一個姊妹就住在新墨西哥望遠鏡陣列附近一直在照顧著她。」

親愛的約翰·鮑曼先生：

我沒有您的地址，承蒙費伯出版社的華特·唐納休先生將信轉給您。我和我的同事莉芙·尼德克寫信給您，是想談談您早期拍攝的電影《活命條件》裡其中一幕。

在電影開頭，也就是序幕那一段，李·馬文從四、五呎左右的距離被人開槍射中。他倒臥在牢房裡，我們以為他性命不保了。可是他最後甦醒過來，離開了阿爾卡特拉斯島，游過那個什麼海峽到了舊金山。

我們倆都是法醫，一直在爭論馬文先生是哪裡中槍。我的朋友認為這一槍從肋骨擦過，除了肋骨斷裂以外只是輕微的皮肉傷。我卻認為創傷應該比較嚴重。我了解這是多年前的作品，但也許您可以試著回想一下，告訴我們那一槍從哪裡進，從哪裡出，並想想您當時怎麼跟馬文先生商量，吩咐他中槍後反應該怎麼樣，甦醒過來之後的行動又該怎麼樣。

安悠·提瑟拉 敬上

這是某個雨夜在莊園大宅裡的一段對話。

「你就愛渾渾噩噩，對嗎，沙勒特，即使自己內心也一樣。」

「我並不認為清清楚楚就代表真相。這是頭腦太簡單了，對嗎？」

「我要知道你怎麼想。我要抽絲剝繭，從而推斷某人究竟來自哪裡。可見我沒有排斥事情的複雜性。任何秘密一旦暴露出來就再沒有任何威力了。」

「政治上的秘密可不是這樣，」他說。

「可是那些隨著秘密而來的驚險情勢，我們其實可以讓它隨風消散。你是考古學家。真相最終會顯現出來。它隱含在骸骨和泥土裡。」

「真相存在於人的性格、細微差異和心境。」

「這是主宰我們人生的因素，但不是真相。」

「對活著的人來說這就是真相，」他輕聲說。

「你為什麼走上考古學家之路？」

「我喜愛歷史，能夠進入古代的場景便感到十分親切。就像踏進夢境。有人拿一塊石頭來把弄一下，一個故事就此產生。」

「一個秘密。」

「對，一個秘密……我曾被選派到中國研習。在那兒待了一年。但我所見到的中國，範圍才不過一個草原那麼大。我一直待在同一個地方，那也是我工作的地方。那裡的村民正在清理一個小丘，發現了顏色不一樣的泥土。這不是什麼了不起的事，可是考古學家一批接一批的來。在不同顏色的灰土下面發現了一塊一塊的石板，石板下面是木料——巨大的木塊經裁切成條狀再拼合起來，就像一個大禮堂的地板。只不過，它其實是天花板。

「這就如我所說的，像夢境裡的一番遊歷，你會愈走愈深愈遠。他們用起重機把木塊吊起來，在其下發現了水。這是一座水中墳墓，由三個巨大水池構成，一位古代帝王就葬在一具浮在水面上的漆器棺柩裡。水中還有二十具棺材放著陪葬的女樂師，各帶著她們的樂器，像古琴、簫、笙、鼓、鐘等等。她們陪著帝王回到歷代祖宗那裡。當他們把骸骨從棺材裡拿出來一一排開，發現樂師的屍骨都完好無損，沒有任何斷裂，看不出她們的死因。」

「她們應該是窒息致死的，」安悠說。

「對，我們被告知就是如此。」

「要不是窒息死就是服毒死。拿骨頭化驗一下就可以知道真相。我不知道在當時的中國有沒有毒殺的習慣。那是什麼時候？」

「公元前五世紀。」

「啊對，那他們就懂得下毒了。」

「我們把漆器棺木泡進聚合液裡，以免它們出土後崩解。漆器是用摻了顏料的漆樹樹汁塗上數百層所製成。然後他們還發掘出種種樂器，有鼓，有葫蘆做的笙，還有古琴！最多的是鐘。

「接著歷史學家也來了。包括道家和儒家的學者，還有研究編鐘的專家。我們從水裡撈出了六十四口鐘。這個時期的樂器還是首次出土，儘管眾所皆知音樂是這個文化傳統裡最重要的活動，足以作為文化觀念的代表。因此陪葬的是音樂而不是金銀財寶。結果發現從水中撈出的巨鐘是以當時最先進的技術製成。看來全國每個地區都有它本身的製鐘技藝。各個地區簡直就是要在音樂上較量一番……

「沒有什麼比音樂更重要了。音樂不是被看作娛樂，而是我們與歷代祖先的聯繫，它是一種道德和精神力量。這次突破了由石板、木料和水構成的層層障礙而發現了這一批殉葬的女樂師，由此而來的體驗也帶有類似的隱秘邏輯，你能體會到嗎？你必須明白她們從容共赴黃泉的心態。就如我們這個時代的恐怖分子被灌輸的信念，以為他們為統治者的理念捐軀，生命就具永恆價值。

「在我離開回國之前，他們舉行了一場儀式。每個曾在當地工作的人聚到一起聆聽敲鐘鳴響之聲。那是我在當地停留一年的尾聲。儀式在傍晚舉行，我們聽著聽著，感覺樂音滿盈於身，引領我們進入黑夜。每口鐘能敲出兩種音調，代表了陰陽相濟的兩種對立精神力量。也許就是那些出土古鐘讓我立志成為考古學家。」

「二十個被殺的女人。」

「那是另一個世界，彰顯出它本身的價值體系。」

「愛我，愛我這個樂團。你就可以帶著它共赴黃泉！這種瘋狂想法隱伏在所有文明的深層結構裡，用不著到古老文化裡找。你們這些男人就是這麼感情用事。死得光榮。我碰上的一個傢伙就因為我的笑聲而愛上我。我們根本沒見過面，不曾共處一室，他只是在錄音帶上聽過我講話。」

「然後怎樣？」

「啊，他像一個新婚男人一樣愛得如癡如醉，害得我也墮入愛河。你也聽過這個故事了。一個聰慧的女人如何變得糊里糊塗，忽略了所有那時應該警惕的事。結果我也不怎麼笑得出來了。敲鐘打鼓更甭提了。」

「他碰上你之前就愛上了你嗎，你以為呢？」

「嗯，這很有趣。也許是因為我語調上的習慣吧。我猜他聽過那錄音帶兩、三回。他是個作家。對，作家。他們有時間去惹麻煩。我獲邀擔任一項研討會的主持。那次是由我的老師拉瑞．安吉爾主講，他是個風趣討喜的人，事實上他那種非直線的思考方式和組織能力逗得我開懷大笑。我們坐在台上的一張桌子後面，我先向觀眾介紹了他，然後他演講時我可能忘了關掉我的麥克風，那些咯咯作響的笑聲跟他的聲音混到一起了。我和這位老先生聽起來始終這樣一片和諧，像引人入勝的忘年戀，卻肯定維繫著一種高尚情操。

「我猜這位最終跟我成為朋友的作家，也一樣有一種非直線思考的習慣，因此對於我們的談笑風生有所領會。他購買那一卷錄音帶，是因為他有興趣鑽研墓葬這一類相當嚴肅的課題，要搜羅種種資訊以至於細節。這就是我們首次的邂逅，並不是親身見面。不是什麼驚天動地的一刻……接著我們驚心動魄地度過了維繫著關係的三年。」

＊＊＊

他們第一回的歷險過程：安悠開著她那輛髒兮兮並散發著霉味的白色汽車到一家斯里蘭卡菜館。那時是庫利斯聽了她的錄音帶之後才幾個月。他們驅車穿越傍晚繁忙的交通。

「那麼，你算是蠻有名的人。」

「才不是。」他笑著說。

「有點兒名氣吧？」

「我會說，如果不算親戚朋友，大概有七十人認得我的名字吧。」

「即使在這兒？」

「那恐怕沒有。天曉得。這裡是什麼鬼地方，馬斯韋爾山？」

「拱門區。」

她打開車窗大喊。

「喂，各位請聽——科學作家庫利斯．拉伊特在我的車上！抑或是庫利斯．推伊特？不錯，就是他！今天他和我在一起！」

「謝謝。」

她搖上車窗。「我們可以留意一下明天的八卦消息，看看你會不會惹來一身麻煩。」她又搖下車窗，這次猛按喇叭吸引人注意，反正他們此刻被堵在車陣中。也許遠看他們像是當街大打出手。一個憤怒的女人半個身子露出車外，向著車內的人指手畫腳，試著吸引過路者的注意。

他則安坐在前面的乘客座上，看著她胡亂地消耗精力，她毫不費力地把裙子扯到膝蓋以上，在咕噥著拉緊手煞車後再一次跳出車外。這次她揮動雙臂，在髒兮兮的車頂上猛拍。

他後來在記憶中還有很多類似的情景——當她試圖瓦解他的過度謹慎，試圖解開他深鎖的眉頭。她把隨身聽壓在他耳邊，讓他在歐洲幽暗的街道上跳起舞來。〈巴西〉——記住這首歌！他跟她在巴黎的街頭上哼起這首歌來，同時沿著地上的狗形圖案跳起舞來。

他坐在車內，背緊靠著座椅，周圍是堵死的車陣，冷眼看著她伸出車門外的軀體，看著她邊拍打車頂邊大喊。他覺得自己被禁錮在冰塊或鋼鐵之內，她用力在外頭拍打，設法碰觸他，要把他釋放出來。看她扭動著的衣衫所散發的能量，還有她走向車上咧嘴而笑送上一吻，看來她真的能夠還他自由。奈何他是有婦之夫，早已鎖上了自己的那顆心。

她終究在波瑞戈泉的棕櫚汽車旅館離他而去，沒有留下什麼讓他可以緊抓不放的東西，只有一灘像她的頭髮一樣烏黑的血，留在如同她的膚色一樣幽暗的房間裡。

他躺在漆黑的房間裡，看著手臂抖動著的肌肉讓刀子隨之搖晃。他就像失了槳的船，漂進半睡半醒的狀態。整晚他都隱約聽到旅館房間的鐘在颼颼作響。他所懼怕的是，血液的脈動一旦停止下來，試圖釋放他而敲打車頂的聲音便會靜止。偶爾一輛卡車駛過，扭曲的車燈光線照進來。他奮力抵禦睡魔。通常他愛順其自然。就如寫作時，他像水一樣滑入紙頁，任它滾卜去。作家就像隨意翻滾的雜技演員。（此刻他還記得嗎？）要不然就像銲鍋匠，帶著數以百計的鍋子盆子，還有油布、鋼絲，加上銲工的罩子和鉛筆……年復一年一切帶在身邊，慢慢的你把它們湊合起來成為一本小小的、貌不驚人的書。這就是補補綴綴的技藝。然後他又可以隨興所至重頭來過。如何寫一本書，安悠。你曾問我這該如何——你問道：**你所需要的最要緊的究竟是什麼？**安悠，就讓我告訴你……。

但是安悠此刻正乘坐夜班巴士離開山谷，包覆在半斗篷半披肩的灰色罩衫送上的暖意當中。她的雙眼離車窗才幾吋，車燈照亮的樹木忽明忽滅在眼前掠過。啊，這是他很熟悉的神情，每次爭吵後她重新整頓心情就是這個樣子。但這是最後一次了。不會再有另一次機會。她和他都一清二楚。他們這場爭吵不休的戀愛、試圖放縱自己的一段經歷，最好與最壞的時光兼而有之，一切記憶攤平開來歷歷在目，如同在俄克拉荷馬州燈光明亮的解剖台上。巴士在霧裡蹣跚前行，穿越山區一個又一個小鎮。

當氣溫漸漸下降，安悠的身體隨之蜷曲起來。可是她的雙眼依然一眨不眨，眼前仍然閃起與他在一起最後一晚的所有動作。她決意把兩人共同釀成的罪過和失誤凸顯出來。這是她目前唯一想確定的事，雖然她知道這段致命的戀情日後又會以其他面貌浮現。

除了司機以外她是車上唯一保持警戒的人。她看到一隻長耳大野兔，聽到一隻夜禽撞到車身上。這部彷彿漂浮行進的車輛裡頭沒有亮燈。她回去後會花五天清理辦公桌。然後就要啟程前往斯里蘭卡。她在皮包裡準備好了一列電話和傳真號碼，原本打算交給他，好讓他在未來兩個月可以聯絡上她。以往跟他在一起的日子，她面對他一塌糊塗的人生、無法釋懷的恐懼，還有她所付出而他始終沒膽量承受的愛與慰藉。然而，對她來說他畢竟像一個妙不可言的棲身之所，裡頭盡是不尋常的角落，充滿了種種可能性，帶來奇特的刺激感。

巴士爬過山谷。她像他一樣無法入睡。也像他一樣內心繼續在掙扎。當她的名字老是出現在他和他妻子之間，他又怎麼能夠安睡？即使在他們夫妻最溫馨的一刻，她仍然像影子一樣夾在兩人之間。她不想這樣繼續下去。不想再像一抹塵埃、一個回響，或像一個平日棄而不用的指南針，只是讓他有需要時知道她身在何方。

他半夜要找人傾訴，除了隔著幾個時區遠在他方的她又還有誰？就像廟裡地上的一塊石碑，作為僧侶祈福祝禱的對象。現在他們不再受命運擺布。他們只要逃離往日的糾纏。

安悠此刻無法高歌，但她仍然能夠默念歌詞，掌握語句的急徐：

高樹干雲紐約州，

金黃葉落正逢秋——

故園本是無憂地，
此際方知萬古愁。

她喃喃念出詞句，垂下頭來，幾及於胸，「秋」、「愁」協韻，就如她與他難捨難離。

# 生命之輪

沙勒特和安悠終於在走訪的第三個有石墨礦的村子裡確認了「水手」的身分。他就是魯旺・庫瑪拉，原本是棕櫚樹液採集工人。一次從樹上掉下來摔斷了一條腿之後，便轉而到當地的採礦場工作，村民還記得當天他被一幫外地人帶走時的情景。那伙人闖進了有十二個人正在裡頭工作的礦坑。他們帶著一個負責抓捕的頭目——他來自本地社區，但頭上罩著一個開了兩個眼洞的粗麻布袋隱匿身分，指認誰是叛黨的同路人。這個頭目稱為「貝拉」，原是指在競技比賽中恫嚇兒童的「惡魔」或「幽靈」，魯旺・庫瑪拉被他指認出來，隨即被帶走。

他們現在掌握了綁架的確切日期。回到莊園大宅之後便計畫下一步行動。沙勒特認為他們仍然要謹慎行事，搜集更多證據，否則一切努力的成果都會遭到否定。他建議先由他回到可倫坡去，查尋一下魯旺・庫瑪拉的名字是否在政府的黑名單裡，他聲稱這件事他十拿九穩，兩天後就會回來。他會把他的手機留下來，不過她可能無法聯絡上他，因此他會打電話回來。

可是五天之後沙勒特還沒有回來。

她對他的種種疑慮又再次一湧而出——他有一個當官的親戚，在他看來揭露真相是危險的。她在莊園大宅裡怒氣沖沖地來回踱步。到了第六天，她終於能用沙勒特的手機打電話出去了，她打了一通電話到拉特納普勒醫院，可是阿南達似乎已經出院回家了。她沒有能交談的對象。只能獨自一人待在「水手」身邊。

她拿起手機走到稻田的盡頭。

「哪位？」

「老師，我是安悠．堤瑟拉。」

「噢，久違了。」

「對，老師，就是那個游泳好手。」

「你一直沒來看我呢。」

「我有事要跟你談談，老師。」

「什麼事？」

「我要寫一份報告，需要幫助。」

「為什麼要找我？」

「因為您認識我的爸爸，曾和他共事。我要找一個可以信任的人。我可能要揭發了一起政治謀殺案。」

「你現在是在行動電話上通話。別提我的名字。」

「我現在被困在這裡。我要去可倫坡。您能幫忙嗎？」

「我可以嘗試安排一下。你在哪兒？」

這是他先前問過的同一個問題。她遲疑了半晌。

「老師，我在艾克內里戈達那個莊園大宅。」

「我曉得。」

他說完便馬上掛斷電話。

一天後，安悠回到了可倫坡，此刻身在格雷戈里路上的軍械庫會堂，就在一個反恐行動小組的一棟建築內。「水手」的骸骨目前不在她身邊。一輛車把她從莊園大宅送到這裡來，佩雷拉醫生不在車上，她到達可倫坡的醫院才見到他，一見面他還摟了她。然後他們到醫院食堂用餐，她說明自己正在做的一切。他奉勸她不要再有進一步行動，認為她做的是好事，卻十分危險。「你的一次演講曾談到政治責任，」她說，「當時你的看法不是這樣的。」「那只是演講而已，」他回答。當他們回到實驗室時，已無法再弄清楚「水手」的骸骨被帶去哪裡了。

這一刻，她站在這個小會堂的前方，現場一半座位上坐著各種政府人員，包括受過專門訓練對付叛黨的軍警人員。她覺得自己身陷困境。她要在沒有確實證據之下提出報告。他們正是要藉此否定她整個調查行動的可信性。安悠站在擺放著一具古老骸骨的桌子旁，那也許是「銲鍋匠」，開始陳述骸骨分析的種種方法，包括如何辨識死者生前的職業和來自何地，雖然擺在前面的不是她所需要的那具骸骨。

沙勒特站在最後一排，沒有讓她看見，靜靜聽著她在平靜地解釋，只見她沉穩踏實，態度至為平和，沒有半點激動或怒氣。這是律師陳詞的口吻，更重要的，是一個本國公民的親身見證——不再是一個外國調查人員。然後他聽見她說：「我相信我們數以百計的人遭到你們謀殺。」她說的是——「我們數以百計的人」！沙勒特心裡暗忖：十五年後她重回故國，終於是「我們」的一分子了。

此刻她和沙勒特都陷入險境了。沙勒特感覺到滿屋子的敵意，只有他不是站在她的對立面。如今他要設法保護自己。

在安悠和那具骸骨之間，不在眾人視線之內，是她的一具錄音機，把在場人員的每項意見、每個問題、每一句話全都錄了進去，直到此刻她還是禮貌卻不留情地回應著眾人的質詢。但沙勒特注意到安悠沒察覺到的一種情況——在這個燠熱的會堂裡大家開始心不在焉地舉目四望（他們一定是在陳述進行了三十分鐘之後關掉了冷氣，這是讓人分心的慣技）；他開始聽到身邊議論紛紛。原本靠在牆上的他毅然動身走向前方。

「對不起，各位。」

所有人轉頭望向他。她也抬頭一看，對於他現身並突然介入一臉驚訝。

「你身旁那具骸骨也是在班達拉維拉遺址發現的嗎？」

「不錯，」她說。

「它上面覆蓋的泥土有多厚？」

「大約三呎。」

「可以更精確一點嗎？」

「不能。我並不認為這有什麼關係。」

「這是因為，發現這具骸骨的岩洞外面的那個山坡，有些地方遭到往來的路人和牲畜踐踏，更遭到雨水沖刷……對不對？有沒有人能去打開那該死的冷氣，這麼悶熱我們所有人都無法腦筋清晰地思考。我們不是都知道嗎，十九世紀那些老墳地，不管埋葬的是謀殺案遇害人還是一般被安葬的人，大都是——其實幾乎全都是——不會有多於兩呎的泥土覆蓋在其上？」

她的情緒突然受到挑動，但她決定暫不回應。沙勒特注意到所有人的目光集中在自己身上，紛紛從座位上轉身面向他。

他走到會堂前方靠近她，在場的人也沒加干涉。他隔著桌子面對安悠，欠身向前，用一組鉗子從肋架裡取出一顆石頭。

「這顆石頭是從肋架裡找到的。」

「對。」

「告訴我們在古老傳統裡這是怎麼樣的做法……細心想想，提瑟拉小姐，不要只管推論。」

接著是片刻的靜默。

「請別這樣跟我說話，一副高人一等的態度。」

「就告訴我吧。」

「他們把屍體埋葬後，通常在覆蓋的泥土上放一顆石頭，它就像一個標記，當肉身腐敗後，便掉進骸骨裡。」

「怎麼腐敗？」

「等一下！」

「要多少年才腐敗？」

又是片刻的靜默。

「你說呢？」

依舊是片刻的靜默。

他開始慢慢說著。

「通常起碼要九年，對吧？然後石頭才會往下掉進肋架。對不對？」

「對，可是——」

「怎麼樣？」

「對。除非骸骨被燒過，燒過就不一樣。」

「但是即使在這一點上我們也無法確定，因為在上世紀大部分骸骨都被燒過，而這些骸骨都是在歷史遺跡內。你也知道，一八五六年曾爆發瘟疫。一八九〇年又有另一次瘟疫。很多屍體都得用火焚燒。你眼前這具骸骨可能是上百年前的遺物——即使你做了多精細的社會調查，一一查找死者生前的職業、生活習慣和飲食狀況……」

「能夠用來提出具體證據的那具骸骨，已經被人沒收了。」

「我們身邊有一些骸骨，難道這具骸骨就比不上被沒收的那一具重要嗎？」

「當然不是這樣。但是被沒收的那具骸骨，死者過世不到五年。」

「沒收。什麼沒收……誰把它沒收？」沙勒特說。

「我和佩雷拉醫生在金賽路醫院時它被人拿走了。就是在那兒丟的。」

「這麼說是你把它弄丟了，而不是被沒收。」

「不是我弄丟。我和佩雷拉醫生在食堂談話時，有人從實驗室把它搬走了。」

「那就是你沒把它放好。你認為佩雷拉醫生跟這件事有關嗎？」

「我不知道。也許有關。我後來沒再見過他。」

「你卻要證明那具骸骨的死者是新近亡故的，儘管現在沒有任何真憑實據。」

「迪亞瑟納先生，我要提醒您，我是作為一個人權組織的成員前來調查。我是一個法醫。我不是為您效勞，不是受雇於您。我是受國際組織委託前來的。」

他轉身直接向在場的人員發言。

「這個『國際組織』是本國政府邀請前來的，對吧？難道不是嗎？」

「我們是獨立的組織。我們提出的報告也是獨立而不受他人左右的。」

「對**我們**來說，對這裡的**政府**來說，**你**還是在為我們的政府服務。」

「我要報告的是，政府裡某些勢力可能殺害了無辜的人。這就是我一直要說的事。你是考古學家，應該相信歷史有它的真相。」

「我相信一個社會應該保持和諧，提瑟拉小姐。你提出的報告可能造成一片混亂。你為什麼不去調查一下政府官員被殺害的個案？可以開冷氣嗎，拜託！」

頓時響起了零零落落的掌聲。

「我手頭上原有的那具骸骨是某種罪行的真憑實據。重點就在這裡。『**一個村莊可以代表眾多村莊；一個受害人可以代表眾多受害人。**』記得嗎？我相信您代表的也不光是您一個人。」

「堤瑟拉小姐——」

「請叫我博士。」

「好的，『博士』。我帶來了另一具從另一個地方掘出的骸骨，是一個世紀以前的。為了說明兩者的差異，我請你也給它做一下法醫鑑識。」

「這很荒謬。」

「這並不荒謬。我要找出兩具骸骨之間有何差異的證據。來，索瑪瑟納！」

他向會堂後方某人招手示意。一具用塑膠布裹著的骸骨被推了進來。

「兩百年前的骸骨，」他高聲說，「起碼我們考古學界中的人是這樣假定的。也許你可以證明我們的推斷錯了。」

他用鉛筆在桌面上點擊著，像是在奚落她。

「我要花點時間。」

「我們給你四十八小時。別再理會你一直在談的那具骸骨，就跟著索瑪瑟納先生往大廳那邊走，他會護送你出去。你離開前必須繳出所有調查結果。這是我不得不提出的警告。二十分鐘後這具骸骨就會在前門等待你領取。」

她轉過頭去收拾桌面上的文件。

「請留下那些文件和錄音機。」

她愣住片刻，然後掏出剛放進口袋的錄音機，把它擱在桌子上。

「這是屬於我的，」她輕聲說，「記得嗎？」

「我們會還給你。」

她動身步上台階走出會堂。那些官員幾乎沒有人望她一眼。

「堤瑟拉博士！」

她在台階頂端轉過頭來面向他，她肯定這會是最後一次。

「不要回來取回這些東西，離開這裡。我們要見你的時候自然會跟你聯絡。」

她踏出門外。那扇門在自動關門器的作用之下喀嚓關上。

沙勒特留在會堂裡，輕聲向眾人說明了他這一番做法。

他和古內瑟納把載著兩具骸骨的手推車從側門推出去，穿過一條幽暗的長廊，往停車場走去。他們半路上停頓了半晌。古內瑟納默言不語。不管發生了什麼，沙勒特都不想回到會堂裡去。他摸到了電燈的開關。燈管亮起來時劈啪作響，忽明忽滅的閃動著，在這樣的建築裡這是司空見慣的事了。

一列紅色箭頭照亮著往上爬升的走道。他們在半明半暗中推著載了兩具骸骨的手推車，每經過一個箭頭，手臂便泛起緋紅光暈。他想像此刻在兩層樓上的安悠，必然是怒氣沖沖地走著，砰的一聲猛力關上她通過的每一道門。沙勒特知道她通過每一段走廊都會遭到刁難，一再檢查她的文件，把她惹惱讓她受到羞辱。他知道她會被搜身，她的公事包或口袋裡的小瓶子以至於幻燈片都會被掏出來，要她脫掉衣服又再穿上。她起碼要花四十分鐘才能熬過一次又一次的折騰，他也知道，當她最終脫身離開，她不能帶走半點搜集得來的資料，她今天早上懵懵懂懂帶進會堂的任何一張私人照片也休想帶走。不過她應該可以安然步出這棟建築，他唯一的願望就是如此。

自從妻子過世後，沙勒特再也找不到回到人世間的路。他和姻親斷絕了關係。不曾打開的弔唁信函全堆在她的書房裡，畢竟，這都是寫給她的。他重新投入考古學，隱遁在工作之中。他組織了奇洛鎮的挖掘團隊。他訓練的年輕男女隊員對他一生的遭遇所知甚少，他跟他們一起至為安心。他教他們怎麼把熟石膏一條一條的塗抹在骨頭上，雲母該怎麼搜集和存檔，什麼時候該把出土物件送走，什麼情況下該把它們留下。他跟他們一起用餐，對於工作上的任何疑問無一不答。田野調查中他所知或能推知的一切，無不傾囊相授。每個跟隨他工作的人都尊重他為個人隱私所構築的藩籬。在這個海濱城鎮完成每天的工作後他都精疲力竭地回到自己的帳篷。他當時才四十五歲上下，在學生眼中卻比實際年齡來得老。他等待傍晚時分到來，等到其他人都在海裡游完泳離開，他就會步入水裡，沒入一片漆黑之中。在這個天黑的時分，到海的深處，有時會有惡浪讓你無法馬上回到岸上。獨自被困在波浪之間，他會讓自己隨浪漂浮，身體起伏舞動，只有伸出水面的頭仍能認清周遭的環境，面對有時突然襲來的巨浪把整個人捲進浪底。

他在成長過程中愛上了大海。他在聖湯瑪斯學校念書時，跨過一條鐵道就是海邊。然而不管他在哪一處的海岸——管它是漢班托塔、奇洛還是特林可馬利，他都會靜靜看著漁夫在暮色中乘筏出海，直到他們消失在小男孩的視線之外，沒入黑暗。看起來，人世間一切分離、死亡或失蹤，都只不過是消失於觀者目光之外而已。

死亡總是以各種面貌出現在他身旁。在工作中，他覺得自己是某種聯繫，讓骨肉軀體的必朽與石上圖像的不朽得以聯結起來，更令人嘖嘖稱奇的是，它之所以不朽是由於某種信仰或意念之故。六世紀一個智者人頭落地、岩畫上的手臂經過多個世紀摧殘而掉落，跟正在歷史中開展的人類命運同時並進。他會把兩千年的雕像抱在懷中。他會把手按在雕成人形的古老而溫潤的石頭上。當他看著自己黝黑的膚色映襯著這一切，便會滿懷安慰。他的愉悅就是由此而來。它不是來自與人的溝通交談，不是來自他人的教養或手中掌握的權力；愉悅到來的一刻，就是當他把手放在石雕佛像上，那是一塊有生命的石頭，溫度隨著時辰起伏，它的疏密質感也因雨水和乍現的曙光而變化。

這隻石雕的手，也可以看作他妻子的手。它一樣的黝黑，一樣帶著歲月的痕跡，同樣帶著一種熟悉的溫婉。他可以輕易地從她房間殘餘的物件，把她的人生重新建構起來，包括他們同在一起的歲月。兩支化妝筆和一條圍巾，就足以把她的世界勾勒出來，重新召喚回來。然而他們兩人共度的人生仍然隱而不顯。不管她離去是出於什麼動機，也不管他本身有什麼缺陷、過失和不足驅使她棄他而去，他從來都不願意多加思索。當他走過一片荒野，他能想像六百年前這裡曾有一座被焚毀的會堂；面對不復存在的實物，他可以憑著一道煙燻的殘跡、一枚指紋，就把這兒昔日晚宴的燈光舞影重現出來。可是對於妻子拉薇娜，他卻無法挖掘出什麼。這不是因為他對她餘恨未消，只是他無法回到滿目瘡痍的那個舊日的小天地，當時他只顧著在昏暗中假裝眼前一片明亮自說自話。可是在眼前這一刻，在這個下午，他回到了這個紛繁的人世間，面對它的種種真相。他在此時此刻的啟悟下行事。他知道他不會獲得寬宥。

他和古內瑟納把手推車沿著爬升的走道往上推。甬道裡悶得叫人幾乎透不過氣來。沙勒特煞停了手推車。

「拿點水來，古內瑟納。」

古內瑟納點了點頭。在循規蹈矩的動作中帶有點煩躁。他隨即跑開了，讓沙勒特獨自留在昏暗中，五分鐘後帶著一個盛了水的大口杯回來。

「有煮沸過嗎？」

古內瑟納再次點了點頭。沙勒特喝過了水，原本坐在地上的他站起身來。「對不起，剛才有點兒頭昏。」

「沒關係，先生。我也喝了一杯。」

「很好。」

他還記得當日古內瑟納把剩餘的提神酒喝掉，當晚他們在前往坎迪的路上把他救起，安悠拿著瓶子餵他的情景歷歷在目。

他們繼續推著手推車走了一會兒。最後推開兩扇彈簧門，重返日光之下。

外頭的嘈雜聲和陽光差點兒令他倒退回去。他們已經來到了官員專用的停車場。有幾個司機站在一棵樹的樹蔭下。其他一些司機則待在冷氣呼呼直吹的車上。沙勒特望向大樓正門，沒有看見她的蹤影。他再也不確定她能否安然脫身。這時一輛廂型車駛近停了下來，沙勒特看著他們把那副準備交給安悠的骸骨搬上車去。那些年輕士兵想知道這一切到底是怎麼一回事。他們只是出於好奇，並懷疑有些什麼問題。沙勒特想歇一下靜下來，卻知道無法如願了。他們問的只是私人想知道而不是公務上的問題。他是哪裡來的？在這兒多久了……？要打發他們的唯一辦法就是回答問題。當他們終於問到了手推車上的骸骨，他就在自己臉前揮了揮手，留下古內瑟納面對沒完沒了的問題。

她還沒有從大樓走出來。他曉得，不管發生什麼事，他都不能走進去找她。她只能自行熬過接踵而來的謾罵、羞辱和難堪。剛才和她分開以後，到現在幾乎有一小時了。

他不能讓自己閒下來。圍籬外邊有一個男人在叫賣鳳梨片，沙勒特隔著鐵絲網買了一些，撒了些混了胡椒的鹽。一盧比有兩片。他本來可以走進大廳，避開陽光，但他一直在擔心，她會不會耐不住性子，陷入更險惡的境地。

一個半鐘頭了。他第四次轉頭望過去，終於看見她就在大門外。她站著不動，搞不清楚自己身在何處，或下一步該做什麼。

他往她走過去，握著拳頭，心神恍惚。

「你還好吧？」

她雙眼朝下，不想正視他。

「安悠。」

她抽回握在他手中的手臂。他注意到她沒有再帶著公事包。文件也都沒有了。也沒有法醫的檢測器材。他伸手往她胸前探了一下，外套暗袋那根小試管也不在了。她對此沒有反應。即使在目前的狀況下她起碼仍能了解他這一番動作。

「我告訴過你我會回到莊園大宅。」

「可是你沒有回來。」

「所有人都在盯著。我弟弟也告訴你了。你一踏進可倫坡人家就知道了。」

「去你的。」

「你現在必須離開。」

「不，謝了，我不再需要你的幫忙。」

「帶著我給你的這副骸骨上車。跟古內瑟納回到船上。」

「我所有的文件都在大樓裡。我要取回來。」

「你永遠取不回來。明白嗎？忘掉它。你要從頭來過。你可以在歐洲買到新的器材。幾乎所有東西都可以重新找回來。最要緊的是你自己安然無恙。」

「謝謝你的幫忙。你就好好保留那副他媽的骸骨吧。」

「古內瑟納，你去開車。」

「聽著……」她猛然把目光轉向他，「叫他送我回家。我不相信我能走路回去。我真的不需要你他媽的幫忙。可是我無法用走的。我原是……在那裡……」

「到實驗室去。」

「去你的，好好保住你——」

他重重的摑了她一巴掌。他察覺到四周有人在注視著，也察覺她喘著氣，面紅耳赤像發燒的樣子。

「帶著骸骨做你的鑑識。你沒有多長的時間。別來找我。漏夜把它做好。他們兩天內要看你的報告。但是你今晚就要做好。」

她被他這一番舉動嚇呆了，她慢慢地爬上停在她身邊的廂型車。沙勒特在監視著。他伸手進車窗把通行證遞給古內瑟納。當車子從他的視線拐出去，他看到她低垂著的赤紅的一張臉。

他自己可沒有車接載。他走到大門，在警衛面前走過，到了街上，揮手叫了一輛機動三輪車，把自己辦公室的地址給了司機。在這樣的三輪車上你絕不可以靠著座椅鬆弛下來，因為一不留神就可能掉出車外。他俯身向前，把頭埋在雙掌裡，當三輪車在車陣中蹣跚行進時，他只想跟周遭的世界隔絕開來。

安悠爬上登船梯板，然後沿著上層甲板踱步。眼前是午後的港灣。她可以聽到港口遠處傳來的汽笛聲和警笛聲。她需要敞開的空間和空氣，不想面對船艙裡的幽暗。碼頭遠處有一個拿著照相機的男人。於是安悠往後退，讓男人從自己的視線消失。

她知道自己不能在這兒久留，她也沒有什麼意願要待下去。這兒遍地血腥。屠殺是等閒事。她記起了納德桑人權中心一位女士對她說的一番話。「我退出了公民權利運動，因為我已記不起哪一次屠殺在什麼時候在哪個地方發生……」

快要下午五點了。安悠找到一瓶亞力酒，給自己倒了一杯，然後從狹窄的階梯走進艙房。

「還有什麼要幫忙的，小姐？」

「謝謝，古內瑟納。你可以先走了。」

「好的，小姐。」不過她知道他會留下來，只是在船的另一處地方。

她開了燈。那兒有另一套工具，是沙勒特的。她聽到身後的門關上了。

她再喝了一點亞力酒，大聲的說起話來，就是為了在昏暗的燈光下聽著那回聲，讓自己面對這具送來的古老骸骨而不會感到孤獨。她用美工刀把裹著骸骨的塑膠布割開捲下來。馬上就認出它來。為了確定沒錯，她的右手往腳踝探去，摸到了她幾星期前在骨頭上切掉一塊的痕跡。

「水手」被沙勒特找回來了。她慢慢地拿起另一盞燈照著看清楚。肋骨就像船的龍骨。她探手進胸腔一摸，摸到了裡頭的錄音機，簡直難以置信，直到她按下開關，聲音充滿了整個艙房。那些資料都在錄音帶裡，包括他們的質詢。「水手」也在這裡了。她再伸手到肋骨之間打算按停錄音機，就在這時傳出了他的聲音，非常清晰而明確。他在輕聲錄下話音時一定把錄音機緊貼著嘴巴。

我在軍械庫大樓的甬道裡。我只有一點兒時間。你也看得出來，這具骸骨不是別的，正是「水手」。這是二十世紀罪行的證據，死了才五年。馬上把錄音洗掉。洗掉我在裡面的話。把報告完成，準備好明天早上五點就離開。七點鐘有一班飛機。有人會開車送你到機場。我希望是我來接你，但也許會是古內瑟納。不要離開實驗室，也不要打電給我。

安悠把錄音帶倒轉。她從那具骸骨跑開，在艙房裡來回踱步，重新聽著他的聲音。把一切再聽一次。

兩兄弟在蓋勒菲斯海濱公園能夠無拘無束地談話，只是因為安悠在場。她就是這麼想的。許久之後她才知道，兩人當時所說的話只是講給對方聽的，他們也很高興能這樣做。他們都想跟對方重新建立關係，她就起了穿針引線的作用，也讓他們有重修舊好的藉口。他們談到了當前的內戰，談到了他們在戰亂中的所為與不為。回過頭來看，兩兄弟比他們自己想像的來得親近。

如果她現在投入另一種生活，回到她選擇移居的國家，究竟對伽米尼和沙勒特的回憶會在她的生命中占有多大分量？她會不會跟親近的人提起他們，提到可倫坡的兩兄弟？從某方面來說，她不就像夾在他們之間的姊妹，讓他們不要摧殘對方的世界？不管她的將來如何，她還會想起他們嗎？她是否還會想到這對奇怪的中產階級兄弟，他們儘管生於同一個世界，到了中年卻無情地互相踐踏。

她記得那一晚某個時刻，他們談到了如何愛自己的國家。不管面對的是怎麼的一個世界，沒有西方人能理解他們對這個地方的愛。「可是我絕不會離開這裡，」伽米尼曾輕聲訴說。

「那些美國電影、英國小說——記得它們的結局都是怎樣的嗎？」那一晚伽米尼曾問道，「那個美國人或英國人登上飛機離去。就是這樣。鏡頭也跟著走。他在飛機上望著窗外的蒙巴薩，又或是越南還是雅加達，如今他可以在雲端俯瞰這個地方了。這個疲累的英雄，跟身邊的女人聊個幾句，就這樣踏上回家之路。戰爭總算結束了。對西方來說這就足夠真實了。這也許就是過去兩百年西方政治論述的歷史。打道回府。寫一本書。功德圓滿。」

人權組織的人員送來周五發布的受害人報告——附有剛沖洗出來還沒完全晾乾的黑白照片，這個星期共有七人。他們的面容都遮蓋住了。報告就丟在伽米尼靠窗的桌子上。他去看報告時已是換班時間了。他打開錄音機，逐一描述受害人所受的傷害和可能成因。當他看到第三張照片，一眼就看出受的是什麼傷——是無辜的殘害。他丟下報告，跑下樓去，飛奔穿過走廊到病房。房門沒鎖上。他逐一掀開蓋在屍體上的布條，直到他看到了意料中會看見的那具屍體。從他拿起第三張照片那一刻開始，他能聽到的一切就是自己怦怦怦的心跳聲。

伽米尼不曉得自己在那兒站了多久。房間裡有七具屍體。有哪些事是他可以做的。他茫然無緒。也許，有些事是他可以做的。他可以看看強酸灼燒的傷痕，看看扭曲的那條腿。他打開擺放繃帶、醫用夾板和消毒藥水的櫥櫃。他著手用清洗液洗刷屍體上的深棕色烙印。他要醫治他的哥哥，矯正他的左腿，把他當作仍然活著的人，認真治療他的每一處傷口，彷彿把多不勝數的小創傷都治療妥當，就能挽回他的性命。

你手肘側面那道深長的疤痕是你在坎迪丘騎腳踏車時摔倒造成的。這道傷痕是我用板球桿打你的後果。我們兩兄弟最終還是無法背棄對方。你總是太過以兄長姿態自居了，沙勒特。不過，如果我當時就是醫生，我會把傷口縫合得比皮亞查德醫生更為仔細。那是三十年前的事了，沙勒特。那時接近黃昏時分，所有人都回家了，除了我——這個你最不喜歡的親人。你和我在一起總是無法放鬆，總是感到不安。我就是你不愉快一面的影子。

他彎身靠向屍體，開始處理每一個傷口，兩人在低斜餘暉的映照下，投射出如輪輻般連在一起的一道長長陰影。

「聖殤圖」有多種形式。他記得曾看過一幅帶有情慾意味的聖殤圖。圖中一男一女，男人正飆上高潮，女人撫摸著他的背部，對他肉體正發生的變化面露默然接受的神色。一看他就覺得，這就是沙勒特和沙勒特的妻子，然後她舉目直盯著他，直視他內心的狂亂，同時仍在撫摸著懷中丈夫的軀體。

還有其他的聖殤圖。就如同神話故事中把丈夫從死神手中拽回人世的薩維陀，在那令人吃驚的畫像裡，她一臉欣喜，他則在可怕的蛻變過程中面容扭曲，正要逆轉過來回到愛與生命的懷抱。

但終究這是兩兄弟的一幅聖殤圖。伽米尼在呆滯、紛亂的思緒下，唯一可知的是，這可能就是他與沙勒特關係的終結，又或者這是他與沙勒特一番永恆對話的開端。如果這一刻他不開口對他表白，承認彼此的關係，他的哥哥就會從他的生命裡消失。因此這一刻他決意投入這幅兄弟的聖殤圖。

他把哥哥的襯衫解開，讓他的胸口露出來。這是一個溫柔的胸脯。不像他自己的那麼剛勇而桀傲不馴。這是象頭神的寬大胸懷。配上一個亞洲人的肚皮。挺著這樣一個胸脯的人，通常會穿著紗籠，端著茶拿著報紙走進庭園或登上陽台。由於他的個性，沙勒特總是與暴力絕緣，彷彿內心也從來不會有任何衝突。他卻足以令身邊的人瘋狂。如果伽米尼是老鼠，那他的哥哥就是熊。

伽米尼把溫潤的手按在那張僵直的臉上。他從來沒有為哥哥的命運憂心，一直以為自己才是性命堪虞的人。也許他們各自都以為，自己會獨自在自我建構的黑暗世界裡碰撞得粉身碎骨。他們的婚姻、他們的生涯，都在內戰中隨著政府、恐怖分子和叛軍三方的角力而擺盪。他們之間從來沒有溝通管道。只是各自尋覓，找到了自己的小天地。沙勒特在灑滿陽光的荒野裡尋找占星石；伽米尼在恍若中古世界的醫院急診室裡度日。當他們無法意識到對方的存在時，也就是他們最安心、最自由的時刻。他們在本質上太過相似，因此無法屈從對方之下。各自都不願意表現出猶豫和恐懼，彼此在一起時唯一流露的就是自己強悍、憤怒的一面。那一晚在蓋勒菲斯海濱公園，安悠這位夾在他們中間的女子曾說：「我從來無法從別人的強處了解他們，那裡什麼也顯示不出來。我只能從弱點去了解他們。」

沙勒特的胸膛說明了一切。那也是伽米尼抗拒的一切。可是如今這個軀體在毫無防衛的狀態下躺著。過去的已成過去。再也沒有論辯的交鋒，再也沒有伽米尼拒絕接納的意見。啊，那兒好像有一個被利器刺傷的傷口。只是胸膛上一個不深的小傷口，伽米尼把傷口洗淨再包紮好。

他曾見過一些個案裡的受害者整排牙齒被拔光，鼻子被割掉，雙眼被灌入有害液體，兩耳被捅破。以往他在醫院的走廊走過，最害怕在此見到他哥哥的臉孔。這張臉孔在某些情況下是別人的捕獵對象。憑著他們可怕的眼光也許看得出沙勒特一臉傲氣。但沙勒特的臉絲毫沒受到傷害。

他們給沙勒特穿上的襯衫袖子非常寬鬆。伽米尼知道這是什麼原因。他把袖子撕開一直到袖口。雙臂手肘以下有多處折斷。

天黑了，房間裡彷彿注滿了灰濛濛的液體。他走到門邊按下電燈開關，房中央的七盞燈亮了起來。他轉身回去坐在哥哥身旁。

他在這兒待了一個鐘頭，直到城裡一次爆炸事件後傷患又開始送進醫院來。

卡圖葛拉總統穿著一套白色棉質衣服，容貌蒼老，跟多年來市區到處可見的那些歌頌他、美化他的巨型海報裡的形象不大相似。當你看見他的真實相貌，那一張在日趨稀疏的白髮之下的瘦削臉龐，一種憐憫之情便油然而生，不管他曾做過什麼傷天害理的事。他一臉倦容，面露懼色。過去幾天他一直處於精神緊繃的狀態，彷彿他已瞥見某種不祥之兆，彷彿某種他無法控制的活動已經運作起來。但今天是國家英雄日。每年這一天「銀髮總統」都要走出去與民眾接觸。他不可能放棄政治上號召群眾的機會。

一星期前，軍警特種部隊就發出了警告，叫他不要走到群眾當中。事實上他也表示同意。但到了當天下午三點半左右，他們發現他竟然在外頭與群眾接觸。總統特種護衛部隊的隊長和幾個隊員於是跳上一輛吉普車出去找他。他們很快就在可倫坡擁擠的街道上找到了他，才剛湊近站在他身後的那一刻，炸彈就爆炸了。

卡圖葛拉當時穿著一件寬鬆的長袖白色上衣，圍著紗籠，腳踏涼鞋，左腕戴上手錶。他站在立頓圓形廣場前，從他的防彈座駕起身做了一個簡短演說。

R某身穿粗棉短褲和寬鬆襯衫。衣服下面有一層炸藥和兩枚金頂電池。另外還有兩個藍色的引爆電鍵，分別由左手和右手操控，各有電線連接到炸藥上。第一個電鍵讓炸彈進入備用狀態，這個狀態可以一直維持下去。當另一個鍵按下啟動，炸彈便會即時引爆。兩個鍵都要啟動炸彈才會爆炸。不論等多久才啟動第二鍵都是可以的。或者把第一鍵關掉也行。R某在短褲上方還藏著更多東西。有四條魔鬼氈把炸彈包固定在身體上，炸藥裡頭還混了無數小鋼珠。

卡圖葛拉在立頓圓形廣場演說後，就乘坐他的防彈路虎車前去蓋勒菲斯公園的大集會。一年前一個算命師曾預測：「**他會像盤子砸到地上一樣粉身碎骨**。」此刻他的座駕沿著雙向車道行進。他不停攀出車外向人群揮手致意。R某在雜亂的人群中間穿插前行，也許是騎著腳踏車，也許是推著腳踏車走路。不管怎樣，卡圖葛拉此刻在群眾的重重包圍當中了；他再度停下來，因為他看到一群支持者揮舞著標語牌列隊從側面的小街轉入大街。他打算過去指揮隊伍行進。而準備刺殺他的R某早已滲透到卡圖葛拉隨身護衛的外圍，跟他們混熟了；此刻他騎著或推著腳踏車，慢慢的向目標逼近。

有幾張照片是卡圖葛拉生前最後半小時拍攝的，都只能作為軍方檔案保留下來。其中一些是警方在高樓上拍的，另一些是記者拍的，後來全被沒收，一去不還，始終沒有在報紙上登出來。照片中可見他一身白色裝束，看來相當虛弱，顯得有點焦慮。整體上就是一副蒼老的模樣。多年來他見諸報端的照片沒有一張不是經過美化的。可是在這些遺照裡首先令人注意的就是他的年紀，跟他背後巨型紙板上那個神采飛揚、一頭濃密銀髮的肖像相比相去甚遠。在他身後可以看到那輛他最後一次攀出去跟群眾接觸的防彈車。

卡圖葛拉在生命結束前的短暫一刻，打算引領來自他選區的支持者隊伍到蓋勒菲斯海濱公園跟群眾會合。他指揮了一輪後向座駕走回去，走到一半又改變主意重新回去指揮隊伍前行；他和他的護衛就是這樣夾在兩股很不一樣的人潮當中——他的支持者和慶祝國家英雄日的民眾。如果有人當時說總統就在人群裡，大部分人會非常驚訝。總統在哪兒？站在街上，混在人群中，唯一能見到的總統蹤影，就是像電影道具般高舉起來的巨型紙板肖像，在遊行隊伍中上下晃動著。

沒有人知道R某究竟是跟著支持者隊伍前來，還是他在遊行隊伍跟群眾會合時混進去的；目前看來前一種可能性比較大。抑或是他一直在總統座駕附近伺機而動。不管怎樣，他一直在等待這天的到來。這天他確定可以在街道上走到卡圖葛拉身邊。他根本不可能身上繫著混合了鋼珠的炸藥闖進總統府行刺。那裡的保鏢不會讓任何人輕易過關。這點是毫無例外。口袋裡的每一枝筆也要經過檢查。因此他必須在公眾地方走近刺殺目標，把所有刺殺裝置緊緊繫在身上。他不光是武器，也是瞄準器。他面對著誰，誰就會被炸死。他的眼睛和軀體就是瞄準器上的十字準星。他走近卡圖葛拉時已經啟動了其中一枚電池。深藏在他衣服內的一顆藍色小燈已經亮了起來。等到他和卡圖葛拉的距離在五碼之內，他便啟動了另一個電鍵。

在國家英雄日當天下午四點，超過五十人在一瞬間喪生，當中包括總統在內。爆炸的撕裂作用把卡圖葛拉炸得粉身碎骨。爆炸案發生後，大家關注的焦點就是總統是否給人帶走了，要是如此那是警方、軍方還是恐怖分子做的呢？因為看不見總統的蹤影。

**總統在哪兒？**

總統特別護衛部隊的隊長在半小時前接獲告知，卡圖葛拉在外頭與民眾接觸，於是他馬上跳上吉普車去找「銀髮總統」，剛找到他，堅持要他回到防彈車上並回去官邸。炸彈引爆時，他奇蹟地毫髮無損。爆炸時混在炸藥裡的鋼珠四散，有些射進並留在卡圖葛拉體內，又或穿過他身體嘩啦嘩啦地掉到他身後數呎之處的柏油路上。但爆炸的巨響掩蓋了嘩啦的響聲。大部分在現場的人或是爆炸案倖存者記憶中抹滅不掉的，就是駭人的爆炸聲。

當爆炸的最後回聲變為死寂，護衛隊隊長就成為了爆炸波及範圍內唯一存活的人。在他周圍二十碼內不見半個人的身影，除了卡圖葛拉那個巨型紙板肖像，隨著爆炸散開的鋼珠在紙板上穿破了不知多少的洞，陽光從破洞穿過造成斑駁的光影。

倒臥在他四周的死者，有政府支持者，有一個占卜師和三個警察。才幾碼外的防彈車完好無損，玻璃車窗也沒有破裂，卻是血跡斑斑。坐在車內的司機也沒受傷，只是爆炸巨響令他聽覺受損。

也許來自炸彈刺客的一些模糊的血肉黏到了對面街上一棟建築的牆壁。卡圖葛拉的右臂落在一個警察的屍體之上。人行道上撒滿了製作凝乳的陶罐的碎片。現在正好是下午四點整。

到了四點半，所有能找到的醫生都已向可倫坡各醫院的急診室報到。爆炸現場周邊有超過一百人受傷。不久之後傳聞就傳到了每間病房，說爆炸時卡圖葛拉也在人群當中。因此每所醫院都在等待隨時可能送來的受傷的總統，可是始終沒見到他。他的屍體，或者說他的殘骸好久之後才被尋獲。

一般民眾陸續接到從英國和澳洲打來的電話，方才得悉這次刺殺事件。據海外來電的親友所聞，卡圖葛拉已經身亡。不到一小時，消息便傳遍了整個可倫坡。

# 遠在他方

那尊一百二十呎高的雕像屹立在布都魯瓦嘎拉的荒野上好幾個世代了。更廣為人知的諸佛菩薩岩面浮雕就在離這裡半哩的地方。在熾熱的中午時分你赤足走到這裡來，抬頭仰望這些佛像。這是一個貧瘠得幾乎無法耕作的地區，最近的村莊在四哩之外。這些石像在岩丘上拔地而起，仰面朝天，往往就是附近的農民一天裡能從四周環境看到具備人形的事物。這些佛像凝視著寂然不動的大地，它們腳底下是隱身在焦枯草叢裡噪鳴不輟的蟬。它們給短促的生命賦予了永恆的意味。

在漫長的黑夜之後，初升的旭日先是把日光的華彩撒在諸菩薩的頭上然後是佛陀的頭上，再往下灑到他們的衣衫上，最後由於前方沒有樹林，便灑落在沙地上、枯草上和石頭上，也灑到了頂著地面的灼熱赤足走向聖像的朝聖者的身上。

三個男人揹著細長的竹梯漏夜在荒野上走過。他們邊走邊低聲交談，唯恐蹤跡被人發現。竹梯是這個下午才剛造的，現在架到了佛像身上。其中一人點了一根手捲菸叼在嘴裡，然後爬上梯子。他把一管炸藥塞進雕像的衣褶，再用香菸點燃引信。他隨即一躍而下，和其他兩人一起轉身急奔，此刻傳來一聲爆炸巨響，他們手牽著手，低頭俯身蹲伏下來，石像頹然倒下，軀幹轟隆墜地，佛像莊嚴慈悲的巨臉直往地面砸下去。

竊賊接著用金屬棒把佛像的腹部撬開，找不到什麼金銀珠寶，便都跑掉了。不過，被毀的只不過是石頭，而不是活生生的人。再說這也不是政治行動，也不是對立的信念所激發的行動。這些人只是因為飢貧交迫，或者陷入支離破碎的人生，而試著找尋出路。而佛像所在的這片被視為「超然出世」、「清淨無垢」的荒野，或許正是虐殺和掩埋的常見場所。因為它人煙罕至，只有寥寥可數的農民和朝聖者會來。受害者被卡車送到這裡來焚屍或掩埋。在這片荒野上，佛教和它的價值觀碰上了二十世紀嚴酷的政治現實。

被送到布都魯瓦嘎拉嘗試修復佛像的藝師來自南部。他生於一個盛產石匠的村莊，曾是為佛像畫眼的藝師。據監督這次修復計畫的考古部門的資料，他是一個酒徒，但每天午後才開始喝酒。他的工作和喝酒時間稍有重疊，但到了晚上他才變得叫人避之則吉。他若干年前不幸喪偶。他的妻子正是數以千計的失蹤者之一。

阿南達．烏度嘎瑪黎明時分就會來到現場，把藍圖釘在地上，把任務分派給七個跟他一起從事修復工作的工匠。這些工人把佛像的基座掘了出來，佛像的下肢和大腿仍然在基座上，並未損毀。他們把佛像的下半部掘出後存放在蜂群出沒的原野上，然後另行重建佛像的軀體。而重建這個毀損的巨佛的同時，四分之一哩外另一個佛像也正在重建，以取代一個全毀的雕像。

大家原以為阿南達會在當局和外國專家的指導下工作，但這些要員始終沒有出現。因為政治動亂風起雲湧，這裡太不安全。鄰近的野地上每天都發現未被掩埋棄置於此的屍體。遠至卡魯塔拉的受害人也被送到這裡來，讓家屬無法尋獲。阿南達對此看似無動於衷。他指派團隊裡的兩個成員處理這些屍體，給它們加上標記，再跟人權組織聯絡。隨著雨季來臨，殺戮隨之歇止，又或者至少這個地區不用再被當作殺戮場所或掩埋場。

大家後來才發現，阿南達的修復工作相當繁複而具新意。歷經酷熱的日子和強風暴雨的季節，他一直待在酷似棺材的一個上百呎長的泥溝裡，監督整個修復工程。他們找到了石像的碎片，便會丟進溝裡。溝內分割成一個個一平方呎的方格，一旦負責檢驗碎石所屬部位的工頭作出決定，撿獲的石塊便會放到適合的方格內。這只是初步的、粗略的配置。有些石塊像大圓石，也有小如指節的碎片。辨別石塊部位的工作在五月雨季天氣最惡劣時進行，因此石像的碎片丟進的是注滿水的方格。

阿南達招來額外的十個村民參與工作。從事這種工作比較安全，要不然可能被徵召當兵，或被視為叛黨嫌犯而遭圍捕。然後阿南達再招來更多村民，有男有女。只要他們願意來當志工，都會讓他們加入。他們早上五點出現，下午兩點就收工。接下來阿南達自有他的安排。

婦女負起辨別石頭的任務，把濕漉漉的石頭從手裡滑進方格中。雨下了一個多月。雨一旦停下來，熱氣便從四周的草地蒸騰而起，她們終於能聽到別人說話因而交談起來，她們的衣服在十五分鐘內就乾了。然後又再下起雨來，她們回到了嘈雜的雨聲中，在擠滿人的野地上沉默而孤零零地埋頭苦幹。刮起的風砰砰作響，把一個棚子的頂吹得搖搖欲墜，像是要把它扯下來。石塊的辨識花了好幾個星期，旱季來臨時，肢幹部位大部分已搜集齊備。現在有一根手臂，長達五十呎，還有一隻耳朵。雙腿仍然安全地擺放在蜂群出沒的野地上。他們開始在散布著鳴蟬的草地上把各部位湊合起來。工程師到來，用一根二十呎長的鑽棒從腳底一直鑽到軀體四肢，開出一條管道讓金屬灌進去作為石像的筋骨，在臀部與軀幹，從肩膀到脖子到頭部都鑽出了同樣的管道。

在把石像組合起來的那幾個月裡，阿南達把大分時間花在頭部。他和其他兩個工匠採用了一套把石塊融合起來的技術。近看的話可以看到臉部是補綴而成的。他們原打算把表面磨平，使臉部看來有如一體，但經過一番想像後阿南達決定讓臉部保持既有狀況，改而著力於刻畫臉部沉穩、安祥的神情。

當阿南達正在重建的這個佛像仍然沿著一條沙坡延伸開來，另一個已修復的佛像已逐漸重新樹立起來，迎向天際。這是一條斜的沙坡，石像頭部在最低之處，這對於最後階段的組合是必須的。

五大鍋沸騰的熔鐵在微雨下嘶嘶作響。工人拿出準備好的凹槽，把熔鐵倒進去，看著它沒入石像的雙腳，赤熱的鐵汁滑進石像體內鑽通的管道，形成了上百呎長的巨大紅色筋絡。待鐵汁重新凝固，就會把所有軀幹連接起來。然後再度下起雨了，這次持續了兩天，來自村裡的工人都回家去了。所有人都離開了現場。

阿南達坐在頭部旁邊的一張椅子上。他仰望長空，凝視著風雨的源頭。工人用竹竿架起了一個離地十呎的鷹架。四十五歲的阿南達這時站了起來，爬上鷹架的平台，俯視著凝固中的熔鐵連接起來的頭和軀幹。

第二天早上他再次來到這裡。仍在下著的雨突然停了下來。熱氣開始從地上和雕像騰升。阿南達一再除下並擦乾他那副用鐵絲固定的眼鏡。如今他大部分時間都花在平台上，身穿沙勒特幾年前送給他的印度棉衫，圍著的紗籠被雨水濕透而變得色澤深沉、笨重不堪。

他細看他們重建的佛像面容。很久以前，他就相信藝術家具有獨特創意。他年輕時也碰過一些例子。這些藝術家躺上了自古以來讓人安寢的藝術之床，只要躺上去就會舒適無比。你看到他們光榮的日子，然後看到他們顛沛流離的歲月。在顛沛流離中的藝術家和他們的作品，總是令他倍加珍愛。他自己不再創造或塑造面容了。創作已是往日的光輝。不過，這次他為了重建佛像而組織起來的一切工作，也就是為了一張臉。它由上百片碎石或碎屑湊合起來，融合而成，臉頰之間可以瞥見竹竿的影子。在此之前從來不曾有人的陰影投落在這些佛像之上。只有佛的雙眼越過這片灼熱的荒野遙望著北方遠處青綠一片的高地。它見證了戰爭，給在此逝去的人送上安慰或嘲諷。如今陽光投射到臉部的接縫上，可見這塊臉是粗略地綴合起來的。他無意隱藏這一切。他看著若干世紀前他人雕鑿的低垂雙眼，茫然的目光像包容著一切苦難；他現在貼近這對眼睛，幾乎沒有距離，像石花園裡的一頭走獸，又或一個行將垂垂老矣的人。幾天後這張臉又會重登天際，他不能再在鷹架上俯視，讓自己的影子輕拂佛顏，又或彎身從石縫掬飲有如甘霖或瓊漿玉液的雨水。他凝視著這一對曾屬於一個神靈的眼睛，頓時有一番感悟。如今作為一個藝師，他並未對崇高信仰油然生起禮讚之心。他只知道，如果他不在藝術的崗位上堅持下去，就會淪為惡魔。周遭的戰爭正是出於惡魔之手，到處是互相殘殺的鬼怪。

在為新佛像畫眼開光的儀式前夕，鄰近村莊紛紛送來供物。佛像巍然屹立，遠高於地上的火光，彷彿要沒入黑暗之中。到了凌晨三點，梵唱轉為鼓聲輕敲伴隨著的頌經。阿南達聽到佛陀檀香造像頌，同時聽到夜間出沒的昆蟲在鳴叫，鳴蟲就在佛像散射開來的一片光芒之下，光線像輪輻在地上伸展，連接到另一旁的篝火，一群婦孺就在這兒坐著或睡著，靜待黎明。鼓手剛結束表演回來，身上仍然揮著汗，在暗黑的寒夜中沿著小徑踏步前行，只有油燈照亮著他們的腳。

諸佛群像的重建工程完成時間先後不一，因此最終看似有兩尊截然不同的佛像：一尊是斑駁的灰岩雕像，一尊像雪白的石膏像，相距半哩矗立在一個寬敞的山谷裡。

阿南達坐在一張柚木椅子上，有人為他整裝彩繪。他要為新佛像進行畫眼儀式。他周遭的黑暗掩蓋了多個世紀的歷史。古時候，像在帕拉克拉瑪巴胡大帝的時代，只有國王可以主持畫眼儀式，宮庭舞者會在現場跳舞唱歌，令人恍如置身仙境。

快到四點半的時候，幾個男人從暗處抽出兩座長竹梯，在篝火照亮下架到佛像身上。當旭日升起，可以看到兩座梯子靠在巨大雕像的兩肩上。此時夜色猶濃，阿南達和他的侄子就已沿著梯子往上爬了。他們都穿著禮袍，阿南達頭上還纏了上好的絲質頭巾。他們各帶著一個布質背包。

在這個冷颼颼的世界，當他們沿著梯子往上爬到一半，他們與大地的唯一聯繫，似乎就是下面的一團團篝火。然後，他們望向前方的一片黑暗，看到曙光從地平線上躍躍欲動，緩緩在樹林上方浮現。梯子的綠色竹竿這時也抹上了陽光。阿南達感覺到手臂逐漸暖了起來，同時看到曙光也灑落在他身上的錦緞禮袍，袍子裡頭是沙勒特送給他的棉衣，他曾發願要在這次儀式中穿上它。他和那個叫安悠的女子，將會在人生路上一直背負著沙勒特．迪亞瑟納的陰魂。

他在畫眼儀式預定時辰幾分鐘前爬到了雕像的頭。他的侄子已在那兒等著他。阿南達一天前也曾爬上梯子，因此他知道如果他站在梯頂往下兩級的地方，能最舒服、最有效率地施展身手。他用一條飾帶把自己繫在梯子上，在一旁的男孩把鑿子和刷子遞給他。下面的鼓聲止住了。侄子舉起金屬鏡子，映照出佛像空洞的目光。此時眼睛還沒有成形，無法視物。佛像的眼睛總是最後才畫上或鑿成的，在此之前他沒有眼睛，也就還不是佛。

阿南達開始鑿了起來。他用一塊椰子殼去清理他先前鑿出的那個大凹槽裡的砂礫，下面的人看起來這道鑿痕只不過是代表某種表情的一條細細的線條而已。他和男孩都默然不語。他偶爾朝著梯子彎身向前，垂下雙臂，讓血液倒流回去。他和男孩得趕緊動手，因為再過一會陽光就太猛烈了。

他現在鑿刻的是第二隻眼了，錦緞袍子下的身體在冒著汗，雖然周遭不過是黎明的微溫。他就憑一條飾帶讓自己能安全地站在梯子上。到處都是石膏粉塵，在石像的臉頰和肩膀，還有阿南達的衣服上和男孩的身上。阿南達十分疲累。彷彿他所有血液有如魔法般都灌注到這個雕像體內。不過，不久之後蛻變的一刻就會來臨，鏡子上反映的雙眼會看著他，目光投在他身上。這是佛眼第一次也是最後一次那麼貼近地凝視著一個人。此後這個佛像只能遠遠的俯視眼前眾生。

男孩定睛看著他。阿南達點了點頭確認自己沒有問題。他們還是一言不發。他也許還要一個鐘頭才能大功告成。

錘敲鑿子的聲音靜止了，只剩下風繼續在身邊呼呼疾吹。他把工具遞給侄子，然後從背包掏出畫眼的顏料。他的目光越過佛像陡直的臉頰投向遠方的前景。淡綠夾雜著深綠，周遭的響聲伴隨著正在飛翔的鳥。這就是將會永恆展現在佛像眼前的世界，不管是晴是雨，即使沒有人的蹤影，這個世界依然風起雲湧。

一雙佛眼，就像此刻阿南達的雙眼，將會恆久不變的望向北方。半哩外在他的籌劃下以碎石拼成的那張斑駁的巨臉也是如此，那個佛像其實已不再具有神性，不具有優雅的神態，只剩下阿南達所發現的那充滿憂鬱的眼神。

如今這個佛像具備了一對人的眼睛，映入眼簾的是在時間中流逝著的自然界的一切動靜。他會目睹一隻鳥翩翩飛近，牠羽翼的每一陣抖動，又或時速上百哩的風暴從靠近戈納戈拉的山區往平原一捲而下。他能感覺到任何風吹草動，任何一抹天光雲影的變化。這一刻一個女孩正在樹林裡悄悄前行。那一刻不知道多少哩外的大雨像藍色的塵暴向著他翻騰而來。大火席捲草原、竹林，瀰漫著汽油和手榴彈的氣味。石像手臂上的岩層在灼熱下爆裂而發出劈啪聲。在五、六月的暴風雨季節這張臉依然睜大雙眼。千變萬化的天氣，起自溫帶森林和海洋，或是他身後西南方的荊棘灌木林，以至於落葉林山丘，吹向靠近巴杜拉正著火焚燒的大草原，再吹向紅樹林海岸、潟湖和河口三角洲。大地上的天候現象就是這樣反覆無常。

阿南達一瞬間瞥見了從這個角度所見的世界。這對他興起了莫名的誘惑力。他用父親留下的鑿子鑿刻而成的眼睛和眼神向他呈現了這個世界。鳥群從樹叢的間隙飛進去！牠們飛過層層的熱浪。牠們那丁點大的心臟急速跳動終致精疲力竭；西莉莎的失蹤無跡可尋，他就虛構了她也是如此亡故的一個故事。一顆雖小而大無畏的心。她撲進了她所愛的高處和她懼怕的黑暗。

他感覺到男孩伸出關懷的手覆蓋在他的手背上。這是人世間最美好的觸感。

# 謝辭

我要感謝在斯里蘭卡和在世界各地遇見的諸位醫生、護士、考古學家、法醫人類學家，以及人權和民權組織的人員。本書得以寫成，全憑他們慷慨襄助，無私分享了他們的知識和經驗，不管那是來自考古遺址、在混亂中克盡全力的醫院，還是在愁雲慘霧中收集資料的檔案館。謹以這本書獻給這些人和他們的組織，尤其是安賈林德蘭、瑟納克和伊安·古內提勒克三位。

＊　＊　＊

感謝以下各位在我為本書搜集資料和下筆寫作時所提供的幫助：吉利安與艾文·拉特納雅克、K·H·R·卡魯納拉特內、N·P·蘇瑪拉維拉、馬內爾·方瑟卡、蘇利雅·維克勒瑪辛赫、柯萊德·史諾、維多利亞·桑福德、K·A·R·甘乃迪、伽米尼·古內提勒克、安賈林德蘭·C、瑟納克・班達拉納雅克、拉德希卡・古瑪拉斯瓦米、堤薩・阿貝瑟卡拉、尚・佩雷拉、內爾・方瑟卡、L・K・卡魯納拉特內、R・L・譚布嘎勒、德漢・古納瑟克拉、拉文特拉・費南多、羅蘭德・希爾瓦、阿南達・索瑪班度、迪皮卡・烏達嘎瑪、古納西利・赫維帕圖拉、維德雅帕堤・索瑪班度、雅納卡・維拉屯格、迪魯尼・維拉瑟納、D・S・李雅納拉克齊、雅納卡・坎丹比、多米尼克・桑索尼、凱瑟琳・尼可森、唐雅・裴洛夫、H・盧梭、莎拉・豪斯、米洛・比奇、大衛・楊、路易絲・丹尼斯。

我還要感謝：金賽路醫院、波隆納魯瓦基層醫院、卡拉皮堤雅總醫院、納德桑中心、斯里蘭卡民權運動組織、國際特赦組織，以及由可倫坡大學醫學院和可倫坡大學人權研究中心在一九六六年五月合辦的人權研討會。

＊＊＊

以下著作為本書提供了可貴的參考資料：《斯里蘭卡全國地圖集》（國家測量部，一九八八年）；巴利文《編年小史》；保琳・修爾里爾（Pauline Sheurleer）編撰的《阿姆斯特丹國家博物館收藏的亞洲藝術品》（*Asiatic Art in the Rijksmuseum, Amsterdam*；阿姆斯特丹國家博物館，一九八五年）；《青銅時代的編鐘》（*Bells of the Bronze Age*），《考古學雜誌》（*Archaeological Magazine*）製作的紀錄片；阿南達K・古瑪拉斯瓦米（Ananda K. Coomaraswamy）著，《中世紀僧伽羅藝術》（*Mediaeval Sinhalese Art*；眾神殿圖書，一九五六年），尤其是晝眼儀式的資料；墨梅特・亞薩・伊斯坎（Mehmet Yaşar İşcan）和肯尼斯A・R・甘乃迪（Kenneth A.R. Kennedy）合編的《從骸骨重建人生歷程》（*Reconstruction of Life from the Skeleton*；約翰威立出版社，一九八九年），尤其是甘乃迪對職業勞損所遺留標記的研究；甘乃迪、德拉尼亞嘎拉（Deraniyagala）、羅厄特根（Roertgen）、齊門特（Chiment）和迪索泰（Disotell）合著的〈斯里蘭卡出土的更新世後期原人化石〉（Upper Pleistocene Fossil Hominids from Sri Lanka），刊於《美國體質人類學學刊》（*American Journal of Physical Anthropology*，一九八七年）；勞倫斯H.羅賓斯（Lawrence H. Robbins）著《殘石、遺骨與古城》（*Stones, Bones, and the Ancient Cities*；聖馬丁出版社，一九九〇年）；戰爭傷亡調查小冊，特別是G・古內提勒克的〈斯里蘭卡反步兵地雷致傷報告〉（Injuries Due to Anti-personnel Landmines in Sri Lanka）；阿南達W・P・古魯治（Ananda W.P. Guruge）著〈以梵文寫作歷史小說的作家瑟納拉特・派拉納維塔納〉（Senarat Paranavitana as a Writer of Historical Fiction in Sanskrit），刊於斯里賈雅瓦德內普拉大學（University of Sri Jayewardenepura）的《維德約達雅社會科學學報》（*Vidyodaya Journal of Social Science*）；克里斯托佛・喬伊斯（Christopher Joyce）與艾力克・斯多佛（Eric Stover）合著《來自墳墓的見證：遺骨訴說的故事》（*Witnesses from the Grave: The Stories Bones Tell*；利特爾與布朗出版社，一九九一年）；《斯里蘭卡古代醫院概略》（國家考古部出版）；羅蘭德・希爾瓦、伽米尼・維傑蘇里雅（Gamini Wijeysuriya）與馬丁・維斯（Martin Wyse）合著《丹貝戈達一幅遭毀損菩薩壁畫的修

復》（Restoration of a Vandalized Bodhisattva Image at Dambegoda），柯諾斯資訊（Konos Info）一九九〇年三月出版；P・R・C・彼得森（P.R.C. Peterson）在斯里蘭卡行醫期間的回憶錄：《不凡歲月！一九一八年一位政府醫官的回憶錄》（*Great Days! Memoirs of a Government Medical Officer of 1918*），馬內爾・方瑟卡編；國際特赦組織、亞洲瞭望（Asia Watch）以及人權委員會的報告。

* * *

本書卷首的題詞由兩首歌謠併合而成，採自雷克斯・A・卡西納德（Rex A. Casinader）的論文〈斯里蘭卡礦工民謠〉（Miner's Folk Songs of Sri Lanka），刊於瑞典哥特堡《民族學研究》（*Etnologiska Studier*）第三十五期（一九八一年）。

節錄的失蹤者名單取自國際特赦組織的報告。

感謝大衛・湯姆森提供美國西部拓荒英雄系譜的鑽研成果。

特別感謝馬內爾・方瑟卡。

很多法醫和醫學上的資訊來自我和以下人士的訪談：柯萊德・史諾（在俄克拉荷馬州和瓜地馬拉）、伽米尼・古內提勒克（在斯里蘭卡）、K・A・R・甘乃迪（在紐約州綺色佳市）；此外尚有上文提及的眾多人士。

＊＊＊

感謝噴射燃料公司。並向馬車房出版社的李克／賽門、達倫・維舒勒・亨利以及史丹・貝文頓致謝。也要感謝凱瑟琳・侯利根、安娜・賈汀、黛布拉・赫范德和雷拉・阿卡。還有艾倫・雷文、葛勒臣・穆林和圖林・瓦勒利。

最後我要感謝艾倫・瑟力格曼、索尼・梅塔、麗絲・卡爾達；還有琳達、葛利芬和伊斯坦。

# 《菩薩凝視的島嶼》專文導讀

文──許綬南（臺南大學英語學系教授兼系主任）

當戰爭來臨
他們把神像往更深處移
入叢林，消逝。

這些失蹤的僧侶
有的被捕，有的沉默
一輩子，
臉偏開，瘦削
得像葉脈（《手書》11）

這是本尋求個人安頓與國家平安的書。書內的人物純屬虛構。但翁達傑在一九八〇年代前後陷入失根的痛苦，似乎呼應了小說裡女主角的類似感受。翁達傑在一九七八年和一九八〇年各去了一趟他的出生地斯里蘭卡，《家族簡史》（*Running in the Family*）、《手書》（*Handwriting*）（一九九八），和《菩薩凝視的島嶼》（二〇〇〇）都是這兩趟旅行的成果。《菩薩凝視的島嶼》處理斯里蘭卡內戰剛開始的那幾年，或許也是因為他想要跟他的出生地有更深的接觸（*Spinks*，十一頁）。

翁達傑十一歲離開斯里蘭卡，十九歲從英國到加拿大跟他哥哥團聚。在《家族簡史》中他談到「把回憶中我父母那一代，像從靜止的歌劇轉換為文字」，也提到重返故國，「一切都會有所改變」（二十二頁）。

《菩薩凝視的島嶼》裡的安悠也是重返故國，十八歲靠游泳比賽的獎學金逃離斯里蘭卡，最後又決定放棄美國，視自己為斯里蘭卡人。她在一九八〇年代初重回故國，因為日內瓦的人權中心選派她這位法醫人類學家到斯里蘭卡。但是意外地，在斯里蘭卡，安悠逐漸放棄對西方世界生活的景仰，跳脫用科學觀察人的角度，透過僧侶的教誨，學會用不同的方式看待世界，從沙勒特及其他斯里蘭卡人對同胞的關懷，沙勒特在家裡受到忽略的弟弟伽米尼對兄長的敵視與無法切割的愛，以及最後沙勒特為斯里蘭卡人民的犧牲。安悠學著跳脫人我之分，明白身份與地位其實不是那般重要，同時對事實也是種錯誤的理解。而強忍喪妻之痛修築最後那兩尊分別代表破碎過去與嶄新未來的巨大菩薩，阿南達更是教導安悠把對人的愛普及於萬物。

安悠學習的對象非常多，這裡只舉出一個特別能展現翁達傑對界線質疑的例子。安悠從帕里帕拿這個避亂的僧人那裡學會另一種接觸世界的方法，以及採取行動去改變世界的必要性。藉由這個方法，她學到一件關鍵的事情：人與人不只是個體，也是整體。在帕里帕拿講給她跟沙勒特的個人歷史中，有一件事是關於他如何看到被掩蓋的事實。班雅明說過抄寫跟閱讀印好的書不同。前者讀者像在鄉間道路行走，可以感受到路上的距離、景色，以及各個空曠處；後者像搭乘飛機俯視鄉間道路，心靈彷彿做白日夢般（*Reflections*，六十六頁）。如此，當帕里帕拿說他用手指順著岩石上的銘文移動時，他可以體會到岩石的溫度與材質，同時他的內心也趨近刻字的工匠。這時他是應用到多重感官，而非單一感官（如視覺）去接觸事物。本書不知名的敘述者[1]說：「他對待每個問題總是從多方面切入。面對一個新發現的石池，他寧可跟一個石匠一塊兒探索，或求教於池畔一名洗衣婦，也不願意跟佩拉德尼亞大學的教授攜手研究。他並非參照歷史文獻而對銘文加以解讀，而是倚重當地傳統技藝，從傳統技藝的實踐中達成理解。他一眼就足以認定，石牆上的一道裂縫，會限制壁畫上特定人物的肩膀必須採取什麼姿勢。」與其跟教授討論，帕里帕拿選擇了工匠，更能掌握作品製作的環境，以及刻製銘文跟最後成果之間的關係。透過這個過程，帕里帕拿開始體會到被掩蓋的事實。敘述者說這位僧侶學者在字裡行間讀到了國王不會樂見的另一個故事。可以說帕里帕拿從工匠的風格，看出某種看似一樣，其實卻不一樣的事物。敘述者說，就在這個時候，把世界分隔成各個表象的想法瓦解了：「帕里帕拿所瞥見的真相開始聚合成為一幅完整的圖畫，連成一體……就如注滿字母刻紋的水把此岸與彼岸聯繫起來。無法證實的真相顯露於眼前」。

1 或許是為了挑戰讀者對身份的執迷，翁達傑作品中的敘述者究竟是誰，或是哪些人，經常是個謎。

帕里帕拿對安悠和沙勒特的影響包含好幾個方面，不過另一個比較重要的是提醒他們要採取行動去改變外在的世界。帕里帕拿看出這兩個人都不想要回到外面戰亂的世界，寧可逃避在這裡。敘述者說：「在一片漆黑中他（帕里帕拿）說下去：『即使你是個僧人，像我的哥哥，激憤或殺戮總有一天還是會降臨在你身上。如果社會不存在，你作為僧侶的身分也就沒有了著落。你要離社會而去，首先就要成為社會的一部分……』」

如前所述，造成安悠改變的因素其實很多。讀者自行細讀會更符合作者的意思。翁達傑向來慢工出細活，作品藝術性高，並不適合速讀，或是用詮釋取代。因此，接下來個人大概介紹這場內戰的背景，以及翁達傑的和平策略。

斯里蘭卡內戰在一九八三年爆發，關於戰爭的起因眾說紛云。赫爾曼—拉雅娜亞加姆指出各個反對勢力選擇性使用歷史，歸咎他方（*Sri Lanka: History and the Roots of Conflict*，一二〇頁）。坦比亞（Stanley Jeyaraja Tambiah）表示居多數信仰佛教的錫蘭人跟居少數信仰印度教的塔米爾人，並非向來不合，族群隔閡跟十三世紀起英國為方便殖民統治有關（*Buddhism Betrayed?*，一三八頁），因為英方分類族群，實施代表制，造成歧視與資源分配不均。一九七七年後族群衝突變得激烈（*Ethnic Attachments in Sri Lanka*，一頁），則很可能是斯里蘭卡政府近三十年的經濟表現不佳，故意藉由煽動族群問題來轉移焦點（*Sri Lanka: History and the Roots of Conflict*，三十九頁）

塔米爾領導人普拉巴卡蘭（Velupillai Prabhakaran）於二〇〇九年五月過世後，斯里蘭卡總統拉賈帕克薩宣佈內戰結束。但是大規模軍事衝突的結束，會演變成長久的正義與和平，還是另一種形式的衝突，難以預料（*Conflict and Peacebuilding in Sri Lanka: Caught in the Peace Trap?*，一頁）。畢竟「敵對者的目標大不相同，也缺乏互信」（*Ethnic Attachments in Sri Lanka*，二三〇頁）。

跟以上的史家敘述比較，翁達傑顯然無意自敵對方面裡，為這場族群內戰抓出個元凶。他並不相信族群差別有甚麼意義。在《家族簡史》裡提到斯里蘭卡殖民者的血統時，他便說：「幾乎每個人的血源都或多或少關聯，過了這麼多個世代，身體裡少不了錫蘭人、塔米爾人、荷蘭人、英國人和其他歐洲人的血液」（四十一頁）。《菩薩凝視的島嶼》中把戰爭的原因跟任何個人或族群脫節：「這是『百年戰爭』的現代軍備版本，暗中支援的人身處在安全的國度——這是軍火和毒品販子贊助的戰爭。顯而易見，政治敵對者背後有人為軍火利益參上一腳。『戰爭的理由就是戰爭。』」這個國家陷入失憶，因為儘管國內殺戮頻傳，「卡圖葛拉總統聲稱並未察覺國內有任何有組織的殺戮情事。但面對西方國家的壓力，為了安撫這些貿易伙伴，政府終於擺出從善如流的姿態容許外國顧問在本地官員配合下前來調查。」

固然在這本小說與《手書》詩集當中，都有謀殺總統的情節，但翁達傑並非提議謀殺斯里蘭卡的總統。小說裡暗殺的炸彈客無名無姓，卡圖葛拉則是有象徵性的「銀髮總統」，或「銀總統」，而且是在國家英雄日群眾歡騰時被殺害。殺害總統不會帶來和平。總統之死意謂翁達傑希望人們可以把愛護生命放在管控生命與物化生命之上，好好重視戰爭所帶來的傷害。

雖然小說結束於兩尊菩薩，這並不意謂翁達傑支持任何特定的宗教。巴拉希曾指出「宗教是一把兩面刃」（*Approaches to Peace*，二二〇頁）。宗教已經分隔了多數的錫蘭佛教徒跟少數的塔米爾印度教徒，這也間接說明何以整本小說並未提到宗教的教義。而最後對菩薩的描述，重心也放在阿南達觀看天下，在一隻飛鳥身上看見亡妻，這種人與萬物合一的意象。

如此，翁達傑在本書所採取的和平策略，跟政治人物不同，不是由上往下，透過政策，而是草根式的由下往上，盼望藉由改變人心來達成和平。他試圖強調斯里蘭卡人有共同的過去，族羣差別與誰對誰錯都不是重點。對和平的共同渴望，與身為人或同胞相互關懷的基本人性，必須超越難以原諒的階級與身分歧視（和連帶的資源分配不均），以及難以康復的喪親之痛。

最後要補充的是，到了這本小說，翁達傑的散文風格也大抵有了比較固定的型態：略為情緒性又富比喻的散文詩句、有點誇張的人物，情節有時間上的跳躍，變換的觀點（永遠是劇中人物的，而非作者的），同時也慣於留一些謎到全文結束。但這並不意謂在寫本書時，他脫離了寫實主義。本書算是他最直接面對人生恐怖面貌的作品。

## 引用書目：

Barash, David P. *Approaches to Peace: A Reader in Peace Studies*. Ed. David P. Barash. New York: Oxford UP, 2010. Print.

Benjamin, Walter. *Reflections: Essays, Aphorisms, Autobiographical Writings*. Trans. Edmund Jephcott. New York: Schocken, 1986. Print.

Goodhand, Jonathan and Benediki Korf. "Caught in the Peace Trap?: on the Illiberal Consequences of Liberal Peace in

Sri Lanka." Conflict and Peacebuilding in Sri Lanka: Caught in the Peace Trap? Ed. Jonathan Goodhand, Jonathan Spencer, and Benedikt Korf. New York: Routledge.1-15, 2011. Print.

Hellmann-Rajanayagam, Dagmar. "The Politics of the Tamil Past." *Sri Lanka: History and the Roots of Conflict*. Ed. Jonathan Spencer. Oxon: Routledge, 1997. 107-12. Print.

Nissan, Elizabeth, and Rl L. Stirrat. "The Generation of Communal Identities." *Sri Lanka: History and the Roots of Conflict*. Ed. Jonathan Spencer. Oxon: Routledge, 19-44. 1997. Print.

Ondaatje, Michael. *Running in the Family*. New York: Vintage, 1993. Print.

---. Handwriting. 1998. London: Picador, 2000. Print.

Sabaratnam, Lakshmanan. *Ethnic Attachments in Sri Lanka: Social Change and Cultural Continuity*. New York: Palgrave, 2001. Print.

Tambiah, Stanley Jeyaraja. *Buddhism Betrayed?: Religion, Politics, and Violence in Sri Lanka*. London: Chicago UP, 1992. Print.

大師名作坊198

# 菩薩凝視的島嶼

作　者—麥可・翁達傑
譯　者—江先聲
編　輯—黃子萍
封面設計—黃子欽
內頁排版—邵麗如
總 編 輯—嘉世強
董 事 長—趙政岷
出 版 者—時報文化出版企業股份有限公司
108019臺北市和平西路三段二四〇號三樓
發行專線—（〇二）二三〇六—六八四二
讀者服務專線—〇八〇〇—二三一—七〇五
（〇二）二三〇四—七一〇三
讀者服務傳真—（〇二）二三〇四—六八五八
郵撥—一九三四四七二四時報文化出版公司
信箱—（一〇八九九）臺北華江橋郵局第九九信箱
時報悅讀網—http://www.readingtimes.com.tw
電子郵件信箱—liter@readingtimes.com.tw
法律顧問—理律法律事務所　陳長文律師、李念祖律師
印　刷—勁達印刷有限公司
初版一刷—二〇二三年六月九日
定　價—新臺幣四三〇元
（缺頁或破損的書，請寄回更換）

時報文化出版公司成立於一九七五年，並於一九九九年股票上櫃公開發行，
於二〇〇八年脫離中時集團非屬旺中，
以「尊重智慧與創意的文化事業」為信念。

菩薩凝視的島嶼 / 麥可.翁達傑(Michael Ondaatje)作；江先聲譯. -- 初版. -- 臺北市：時報文化出版企業股份有限公司, 2023.06
面；　公分. –（大師名作坊；198）
譯自：*Anil's ghost*
ISBN 978-626-353-810-8（平裝）

885.357　　112006506



ISBN　978-626-353-810-8
Printed in Taiwan